좌절된 혁명과 서사의 형식
-1960~70년대 소설의 장르론적 해석

이 저서는 2014년 정부(교육부)의 재원으로 한국연구재단의 지원을 받아 수행된 연구임
(NRF-2014S1A6A4026024)
This work was supported by the National Research Foundation of Korea Grant funded
by the Korean Government (NRF-2014S1A6A4026024)

좌절된 혁명과 서사의 형식
−1960~70년대 소설의 장르론적 해석

장성규

역락

 책을 낼 때, 머리말을 쓰는 것이 가장 힘들다. 아마도 부족한 글을 여러 차례 다시 읽으며 공부의 부족함을 새삼 다시 느꼈기 때문인 듯하다. 핑계를 대자면, 게으른 천성에다 '실적'과는 거리가 있는 인문학 연구에 대한 공공연한 '멸시'까지 겹치다보니 공부와는 점점 멀어지는 것이 아닌가 싶기도 하다. 물론 변명일 뿐이다.

 처음 이 책을 준비하며 생각했던 것은 아주 단순한 의문이었다. 문학이 사회적 산물이라면, 당연하게도 특정한 사회적 변혁에 따라 문학에도 모종의 변혁이 발생하지 않을까라는 질문에서 이 책은 시작되었다. 보다 구체적으로 한국사회에서 이데아로서의 '민주주의'가 현현했던 빛나는 순간들, 예컨대 4·19나 5·18, 혹은 87년 6월이나 91년 5월 등등의 정치적 사건이 단순히 문학에서 소재주의적인 방식으로 반영되는 것에 그치는 것이 아니라, 문학의 보다 근본적인 미학적 원리에서의 사건으로 진전되었을 가능성을 타진해보고 싶었다. 종종 목격하게 되는 외삽적인 방식의 문학과 사회의 관계에 대한 논의가 지닌 도그마를 새로운 문제설정으로 전환시키고자 하는 조금은 터무니없는 욕망도 있었다. 그리고 부족하게나마 그 고민의 중간 결산을 한 권의 책으로 갈무리한다.

 몇 년 간의 작업을 갈무리하며, 몇몇 글들은 기존의 것을 수정해서 썼고, 그보다 많은 몇몇 글들은 새로 썼고, 어떤 글들은 단행본 구성에 맞게 다시 썼다. 한 자리에 모아 놓고 보니 몇 년 동안 같은 자리를 맴돌기만 한 것은 아닌가 싶어 스스로에게 부끄럽기도 하다. 그나마 4·19로 시작된 1960~70년대 문학에서의 급진적 미학의 가능성을 단편적으로나 읽어낸 것이 위안이다. 이후 80년대 문학 연구로 이어질 '나름의' 문학사적 구도를 여러 측면에서 고민하게 된 것 역시 작은 성과라면 성과일 것이다.

한 권의 책을 낼 때마다 내가 참 '인복(人福)'이 많은 축복받은 사람임을 실감하게 된다. 이 책은 한국연구재단의 저술출판지원사업을 통해 나올 수 있었다. 그리고 역락의 후의가 없었다면 출간 될 수 없었을 것이다. 그 외에도 여러 사람들의 도움이 없었다면 감히 내 깜냥에 시도조차 하지 못했을 연구주제이기도 했다. 수많은 분들의 이름을 일일이 나열하는 것이 오히려 결례인 듯하여 이렇게나마 감사의 마음을 표한다. 하지만 뭔가 읽고 쓰기만 할 뿐 정작 세상일은 미루기만 하는 아들을 둔 부모님, 학교일을 핑계로 항상 바쁘기만 한 남편을 둔 아내, 주말에만 왔다 가는 아빠를 기다려주는 아들 도원이의 이름은 꼭 기록해두고 싶다.

붉은 달(丹月)이 뜬다는 충주의 연구실에서
장 성 규

● 차례 ●

제4부 : 문학장의 '외부'와 서사 장르의 경계 넘기 _ 161

제5부 : '반복'과 '차이'로서의 서사 장르의 문제성 _ 243

제1부

'혁명'의 문학에서 '문학'의 혁명으로

1. 문제제기: 4·19와 한국문학의 장르사회학

1960년에 일어난 4·19가 우리 문학사에 끼친 영향은 매우 큰 것으로 평가되어왔다. 대표적인 논의는 이른바 '4·19세대' 비평가들에 의해 이루어졌는데, 이들은 4·19를 기점으로 '한글세대'가 우리 문학의 전면에 등장하게 되며, 이를 통해 비로소 개인의 자유에 대한 새로운 "감수성의 혁명"[1]이 가능했다고 주장한다. 예컨대 김윤식·김현 공저의 『한국문학사』는 첫머리에 한국문학사의 시대구분을 논하면서 해방 이후의 시대를 다음과 같이 규정한다. "民族主體勢力에 의한 獨立과 分斷이 아니었기 때문에, 또 엄청난 民族相爭역시 그러했기 때문에 위기의식, 패배의식으로 가득차 있었지만 4·19를 통해 이상주의를 확인할 수 있게 된 시대가 바로 이 시기이다."[2] 그런데 이때의 '이상주의'는 주로 문화적 층위의 '한글세대'의 등장[3]

---

1) 유종호, 「감수성의 혁명」, 『유종호 전집』(1권), 민음사, 1995, 425쪽.
2) 김윤식·김현, 『한국문학사』, 민음사, 1973, 21쪽.
3) '한글 세대'의 등장에 대한 문학사적 의미 부여는 '한글 세대' 스스로의 반복적인 재진술에 의하여 형성 및 강화된 측면이 있다. 이 문제에 대한 비판적인 고찰로는 유승환의 논의(유승환, 「모국어의 심급들, 토대로서의 번역」, 『상허학보』 47, 상허학회, 2016, 328~330쪽)를 참고할 수 있다.

으로 특징지어진다. 김현의 다음과 같은 규정이 이를 단적으로 보여준다.

> 그리고 사일구가 일어났다. 사일구는 성공한 혁명은 아니지만 완전히 실패한 혁명은 아니었다. 그것은, 한글로 사유하고 글을 쓰고 행동하는 세대가 하나의 실천적 세력으로 존재하고 있다는 것을 보여준 사건이었으며, (중략) 사일구는 해방 직후 마주쳤던 문화적 혼란, 일본어로 사유하고 한국어로 글을 쓰고 행동하는 사유 유형과 분단으로 인한 이데올로기의 경직성을 비판할 수 있는 문화적 역량이 어느 정도 성숙되어 있음을 보여주었다.[4]

따라서 이들 이른바 4·19세대 비평가들에 의해, 4·19는 우리 문학사에 "한글로 사유하고 글을 쓰고 행동하는 세대"의 등장으로 그 이전 세대의 문화적 한계를 극복할 수 있었던 계기로 규정되었다.[5] 이는 이후 김승옥 등으로 대표되는 이들 세대의 개인에 대한 인식과 새로운 감수성의 등장에 대한 고평으로 그 설득력을 확보한다.

한 편 이른바 민족문학 진영에서도 4·19가 지니는 역사적 의미에 주목하여 4·19가 분단 이후 단절되었던 참여문학, 민족문학, 민중문학이 복원되는 계기였음을 주장한다. 즉, 분단 이후 카프로부터 전해져 오던 참여문학적 전통이 단절되었으나, 4·19를 통해 사회의 민주화와 분단의 극복, 신제국주의 비판의 흐름이 복원되었으며, 문학의 영역에서도 참여문학론의 대두와 함께 이후 70년대 민족문학운동으로 이어지는 시발점이 되었다

---

4) 김현, 『분석과 해석』(김현문학전집 7권), 문학과지성사, 1991, 231쪽.
5) 한편 윤지관은 김현과 이른바 '4·19세대'가 4·19의 역사적, 현실적 성격을 탈색시키고 형식주의 미학으로 4·19를 환원시켰다는 비판을 보인다. "김현이 기본적으로 4월의 정신과 충격을 통해서 발원된 민주화투쟁과 그와 결합되어 구축되어 견지되어온 민족문학에 대한 가장 커다란 적으로 스스로를 구축하면서 이룩해낸 문학적 업적을 과소평가 할 수는 없을 것이다. (중략) 그러나 4월에서 역사와 현실을 탈색시키고 그것을 텍스트로 형식화하는 과업을 자신의 세대론으로 구성해온 김현을 4·19세대론의 중심으로 가정하는 주장과 관례는, 문학영역의 특이성을 말해주기는 하지만, 반드시 극복되어야 할 것이다."(윤지관, 「세상의 길: 4·19세대 문학론의 심층」, 최원식·임규찬 엮음, 『4월혁명과 한국문학』, 창작과 비평사, 2002, 279쪽).

는 것이다. 이는 백낙청의 다음과 같은 규정에서 단적으로 드러난다.

> 1960년대 한국사회, 한국문학의 적극적 성과의 대부분이 4·19 시민의식의 소산인 동시에 60년대의 온갖 좌절이 4·19의 빈곤과 실패에 기인한다는 점은 우리가 3·1운동과 관련하여 말했던 바와 같은 현상이다. 예컨대 60년대 문단이 보여준 〈참여문학〉에의 열의나 전통의 문제, 리얼리즘의 문제에 대한 새로운 관심, 또는 낡은 권위주의에 대한 도전은 모두 4·19와 4·19를 이룩한 젊은 지식층의 각성에서 나온 것이며(후략).[6]

이와 같이 백낙청을 중심으로 한 이른바 민족문학 진영에서는 4·19를 민족사적인 시민의식의 발로로 평가하면서 이를 통해 참여문학과 리얼리즘 문학 등으로 표상되는 민족문학론의 형성과 그 이전 시기 민족문학의 전통 계승이 가능하게 되었다는 평가를 내리고 있다.

이러한 두 가지 평가는 얼핏 대조되는 듯 보이지만, 기본적으로 4·19의 문학사적 의의를 새로운 문학사적 흐름의 등장에 두고 있다는 점에서 공통적이다. 즉 김현을 중심으로 한 '4·19세대'의 논의는 전후문학을 넘어선 '한글세대', '4·19세대'의 문학적 감수성의 등장에 4·19의 의미를 두고 있으며, 백낙청을 중심으로 한 '민족문학 진영'의 논의는 분단 이후 단절되었던 참여문학적 전통의 복원에 4·19의 의미를 두고 있다.

이러한 두 가지 경향은 거시적인 측면에서 4·19가 우리 문학사의 흐름을 변화시킨 정치적·경제적·문화적 사건이었음을 적절히 지적하고 있다. 그러나, 현재의 관점에서 이들 연구 경향은 문학의 형식과 내용을 이분법적으로 파악하는 한계를 지닌 것으로 판단된다. 거칠게 말해서 전자를 강조하는 경우 새로운 감수성에 수반된 형식적 실험의 흐름을, 후자를 강조하는 경우 4·19로부터 촉발된 현실 변혁의 내용적 재현을 1970년대까지

---

6) 백낙청, 「시민문학론」, 『한국문학과 세계문학1』, 창작과비평사, 1978, 58쪽.

주된 문학사적 성과로 구축하고 있는 셈이다. 이는 이들 연구 경향이 공통적으로 4·19라는 '혁명'이 문학에 미친 직간접적인 '영향'을 묻는 것으로 수렴된다는 사실에 기인한다. 바꾸어 말하자면 초점은 4·19라는 사건의 '재현'의 여부로 수렴되며, 따라서 4·19는 문학의 '외부'에서 전개된 모종의 사건으로 인식된다. 이러한 맥락에서 4·19와 한국문학의 관계를 묻는 작업은 결국 '혁명'의 문학적 영향관계를 고찰하는 것으로 귀결된다. 반면역으로 '문학'이 능동적으로 스스로를 전복하고 해체하며 새롭게 재구성하려는 '문학'의 혁명에 대한 고찰은 거의 수행되지 못했다. 그 결과 4·19를계기로 촉발된 정치적 '혁명'과 한국문학의 관계에 대한 연구는, 일종의 소재주의적 층위를 넘지 못한 경향이 있다.

이 책은 이와 같은 기존 연구의 성과를 계승하면서도, 그 한계를 인식하는 것에서 출발한다. 그리고 위에서 제기한 문제의식을 토대로 하여 4·19와 한국문학의 관계를 '혁명'의 문학이 아닌, 문학의 '혁명'이라는 관점에서보다 풍부히 해명하기 위한 단초를 마련하고자 한다. 이를 위해 구체적으로 4·19로 촉발된 1960년대부터 70년대 서사 텍스트를 장르론적 층위에서 분석하고자 한다. 이는 당대 역사적 혁명이 문학장에 구조화되는 양상을 실증적으로 분석하고, 나아가 실제 텍스트에 어떠한 미학적 방식으로 구현되는가를 고찰하는 작업으로 구체화될 필요가 있다. 이를 위해서 다음과 같은 연구 방법을 보다 섬세하게 적용하고자 한다.

첫째, 장르사회학적 방법론이다. 앞서 지적한 것처럼, 이 시기 문학에 대한 기존 연구가 순수–참여 논쟁이나 민족문학논쟁 등을 통해 문학의 내용과 형식을 다소 이분법적으로 파악한 경향은 극복될 필요가 있다. 문학 텍스트는 단순히 표면에 진술된 내용만으로 자신의 문제성을 표출하는 것이 아니며, 동시에 지엽적인 형식 실험만으로 자신의 미학적 완결성을 형상화하는 것이 아니다. 오히려 특정 장르에 대한 선택과 폐기, 혼용과 생성의 과정을 통해 텍스트는 자신을 배태한 사회적 현실과 언어적 질서를 구체화한다. 장르사회학은 텍스트의 "'내용'만 다루는 것도 아니며, 그렇다고 '형식'만 다루는 것도 아니다." 오히려 "기호학의 대상영역(의미론, 통사론, 거시통사론)을 사회적으로 매개된 변수로 파악"하며 이를 토대로 "다양한 사회언어학적 상황에서 허구 및 비허구의 텍스트류들이 교환가치에 의한 매개에 반응하는 양태, 그리고 매개 자체가 의미론적 양가성으로 표현되는 방식"[7]을 분석하여 장르적 규범이 지닌 사회적 의미를 추출하는 것이 장르사회학의 목표이다. 이러한 방법론을 사용할 경우, 내용과 형식의 이분법을 극복하고 특정 장르를 통해 나타나는 문학의 '혁명'적 양상을 규명할 수 있을 것으로 기대된다.

둘째, 동아시사 서사 장르론적 방법론이다. 한국 현대문학 연구에서 서구의 문학 이론은 절대적인 영향력을 행사해왔다. 이를 통해 한국 현대문학이 지니는 보편성을 확인한 것은 부정할 수 없는 성과이다. 반면 이 과정에서 한국문학의 저층에 잠재되어 있는 동아시아 서사 장르의 흐름은 간과된 것이 사실이다. 그러나 4·19 이후 전통 담론의 대두와 이를 통한 고전 서사 장르에 대한 재인식이 1970년대까지 활발히 수행되었음을 고려한다면, 장르론적 측면에서 서구의 이론 뿐 아니라 동아시사 고전 서사 장르 이론을 적절히 활용할 필요가 있다.[8] 특히 1970년대 '전(傳)'이나 '기(記)'를 비롯한 고전 서사의 표제 장르명을 사용한 텍스트들이 다수 발표된다는 점을 고려할 때, 이는 더욱 중요한 방법론으로 판단된다.

---

7) P. Zima, 허창운·김태환 옮김, 『텍스트사회학이란 무엇인가』, 아르케, 2001, 126쪽.
8) 이와 관련하여 4·19 세대에 속하는 조동일의 일련의 장르론적 연구는 매우 큰 시사점을 제공한다. 대표적으로 『한국문학과 세계문학』(지식산업사, 1991)과 『동아시아문학사비교론』(서울대 출판부, 1993)을 참조할 수 있다.

셋째, 포스트 콜로니얼적 방법론이다. 4·19 이후 프랑스 문예사조를 비롯하여 1970년대 문학사회학 이론이나 대중문화론에 이르기까지 서구 문학 이론은 매우 풍부히 수용되어 한국문학을 풍성하게 만드는데 기여했다. 그러나 이를 단순히 '이식'의 과정으로 파악하는 것은 문화적 중심과 주변의 위계서열을 강화하며, 수용된 이론과 그에 기반을 둔 텍스트들을 서구의 '정전'을 기준으로 폄하할 위험성을 지닌다. 오히려 수용 과정에서 수행되는 다양한 선택과 배제, 전유와 폐기의 전략들을 포스트 콜로니얼적 관점에서 적극적으로 조망하는 것이 필요하다.[9] 이 경우 당대 서구 문학의 수용 양상을 한국문학의 고유한 특수성을 발현하기 위한 매개로 평가할 수 있을 것으로 기대된다.

이 책은 기본적으로 위와 같은 연구 방법론을 사용하면서 필요에 따라 실증주의적 방법론이나 서발턴 연구 방법론을 활용하도록 한다. 실증주의적 방법론은 기존 연구가 4·19의 성과를 '문지'와 '창비' 에꼴의 것으로 수렴하는 경향을 노정하고 있으며, 이로 인해 이들 에꼴로부터 벗어나는 작가와 작품에 대한 배제의 메커니즘이 작동하고 있다는 점을 극복하는 데 유용할 것으로 판단된다.[10] 비평에서 김현, 소설에서 김승옥, 시에서 김수

---

9) 전유와 폐기의 개념과 관련해서는 다음과 같은 언급을 참조할 수 있다. "권력의 중개자로서 언어가 수행하는 중요한 기능 중의 하나는 포스트 콜로니얼한 저작을 통해서 중심부의 언어를 용도폐기하고 그 중심부 언어를 새로운 공간에 어울리는 담론의 형식으로 교체하는 것이다. 이것을 제대로 실행하기 위해서는 두 가지 독특한 공정 과정이 필요하다. 첫째로 식민지 본국의 언어, 즉 영어의 특권을 폐기하거나 거부함으로써 의사소통 과정에 개입하는 그 언어의 강제로부터 벗어나는 것이고, 둘째로 중심부 언어의 전유와 재구성, 즉 그 언어를 새로운 용례로 사용하는 방법을 확보하고 재조정함으로써 식민주의적 특권으로부터 일탈을 시도하는 것이다."(Bill Ashcroft 외, 이석호 옮김,『포스트 콜로니얼 문학이론』, 민음사, 1996, 65쪽) 위의 인용문에서 '언어'는 문학적 사유나 문예사조 등에도 적용될 수 있다.

10) 이와 관련하여 다음과 같은 지적을 참조할 수 있다. "4·19세대 비평은 1960년대 후반에 이르러 '자유와 평등의 정신', '사회의식과 역사의식'을 통해 문학의 현실참여를 강조한『창비』계열과, '감수성의 혁명', '리버럴리즘과 상상력'을 내세우며 미학적 탐구에 주력한『68문학』(이후『문지』) 계열로 뚜렷하게 양분되는 양상을 보인다. 이들은 '문학의 기능성/문학의 존재성', '실천적 이론/이론적 실천', '민중적 전망/시민적 전망', '현실에의 몸담음/현실에의 반성적 질문' 등 이원대립적

영 등이 반복되어 호출되는 상황이 이를 단적으로 보여준다. 이 과정에서 역으로 예컨대 비평에서 최일수나 김붕구, 조동일 등은 거의 언급되지 않았으며, 소설에서도 박태순, 신상웅, 오상원, 곽학송, 현재훈, 강호무, 최창학 등은 연구에서 배제되었다.[11] 이들 작가 중 상당수는 최소한의 기본 작품 서지조차도 확정되지 못한 상황이다. 이는 앞서 지적한 것처럼 특정 에꼴 중심으로 연구가 진행된 결과로 보인다. 이는 역으로 '새로운 감수성'이나 '민족문학론' 등의 프레임으로 환원되지 않는 독특한 미적 성취가 이들의 텍스트에 풍부히 잠재되어 있을 가능성을 보여주는 것이기도 하다. 이러한 성취를 추적하기 위해 이 책에서는 당대 일차자료에 대한 실증적 복원과 분석을 수행하고자 한다.

서발턴 연구 방법론은 기존 연구 경향이 4·19의 주체를 '대학생-엘리트' 집단으로 한정짓고 있는 한계를 극복하는 데 유용할 것으로 판단된다. 문학은 물론 역사학이나 사회학, 정치학 등 인접학문의 영역에서도 4·19는 주로 대학생-엘리트 집단에 의한 혁명으로 규정되어 왔다.[12] 반면 이

성격을 분명히 드러냄으로써, 1970년대 이후 우리 비평의 구도를 『창비』/『문지』의 대립이라는 도그마 속에 가두어 버렸다."(하상일, 『1960년대 현실주의 문학비평과 매체의 비평전략』, 소명출판, 2008, 29쪽)

11) 이와 관련하여 매우 다양한 작가들과 작품에 나타난 4·19의 재현양상을 실증적으로 검토한 김지미의 연구(「4·19의 소설적 형상화」, 『한국현대문학연구』 13, 한국현대문학회, 2003)는 상당한 시사점을 준다.

12) 이와 관련하여 다음과 같은 언급을 참조할 수 있다. "4월 11일 김주열의 시신이 발견됨으로써 시위가 확산된 후에도 4월 18일 고려대생 시위에 이르기까지 대학생의 집단행동은 등장하지 않는다. 일부 지역의 경우 '19일 오후에 이르도록 시위 학생은 대부분 고교생들이었다.' '학생은 살아 있다 시민은 안심하라' 같은 의탁(依託)의 수사는 4·19 마지막 국면에 가서야 현실화되기에 이른다. 그럼에도 〈사상계〉는 4·19 직후 '4월혁명은 자유와 민권의 선각자인 이 땅의 지식인들의 손에 의한 혁명'이라고 선언하고 있다. / 4월 25일 교수단 시위가 최종의 역할을 했기에 '4·19=지식인론'은 더욱 현실성을 띠었을 것이다. 사건 직후부터 '옆으로부터의 혁명'으로 규정된 4·19는 대학생-지식인이 주도적 역할을 했다는 사실을 공인받아 1960년대에 구미를 휩쓴 '스튜던트 파워'와 동일선상의 사건이 되었다. 이렇듯 사후적 평가 속에서 4·19가 학생, 특히 대학생의 영광으로 독점됨으로써 한국의 정치, 사회, 문화 운동은 대학생이라는 새로운 주체를 맞이하게 된다. 어떤 점에서는, 대학생이 4·19를 만들어냈다기보다 4·19가 대학생이라는 사회, 문화적 주체를 탄생시

과정에서 다양한 서발턴 집단들은 혁명의 주체로서의 위상을 박탈당한 경향이 있다. 이들은 혁명 이전은 물론 혁명 이후에도 여전히 엘리티즘적 연구 경향 속에서 다시 추방당한 셈이다. 그러나 문학 텍스트는 그 특성상 종종 텍스트의 잉여나 과잉, 점이나 얼룩 등의 형식으로 서발턴의 목소리를 징후적으로 표출하기도 한다. 이는 특히 소설 장르에서 더욱 두드러지는데, 이에 대한 해체적 독법과 텍스트 다시-쓰기의 전략을 통해 4·19로 촉발된 1960~70년대 서사 장르에 잠재되어 있는 서발터니티의 흔적을 추출할 수 있을 것으로 기대된다. 이를 위해 이 책에서는 스피박과 구하 등에 의해 수행된 인도 서발턴 연구 그룹의 작업을 참조하고자 한다.

4·19 이후 촉발되어 1970년대까지 활발히 수행된 '문학'의 혁명을 고찰하기 위해 이 책은 다음과 같은 구성을 지닌다.

1부에서는 당대 문학장의 재편과 이에 따른 서사 장르에 대한 재인식의 양상을 주로 비평적 담론을 통해 추적하고자 한다. 구체적으로 전통 담론의 대두와 고전 서사 장르의 발견, 민중문학론의 제기와 서발턴의 담화 양식에 대한 천착, 프랑스 문예사조의 수용과 누보 로망의 문제성, 문학사회학 이론과 양식론의 제기, 대중문화론의 대두와 인접 예술과의 혼용, 수용미학적 문제의식의 발현 등 당대 서사 장르를 둘러싼 다양한 분화의 비평적 토대를 검토하고자 한다. 이를 통해 구체적인 서사 텍스트가 배태된 문학적 배경을 규명하는 것이 1부의 목표이다.

2부에서는 구체적인 텍스트를 통해 전통 서사 장르의 계승 및 진화 양상을 분석하고, 나아가 이를 계승한 민족문학론의 분화 과정 속에서 새롭

컸다고 할 수 있을 정도이다. / 4·19를 통해 대학생들은 비로소 한국전쟁 이후의 양적 팽창에 걸맞은 사회적 역할을 획득할 수 있었고, 1950년대의 무력과 침묵, 수동성을 뚫고 능동적인 문화적 주체로 거듭났다."(권보드래·천정환, 『1960년대를 묻다』, 천년의상상, 2012, 38~39쪽).

게 대두한 민중의 담화 양식에 대한 천착을 보여주는 텍스트를 복원하고
자 한다. 이를 통해 이른바 '이식문학론'의 한계를 극복하려는 텍스트의 역
동성과 민중문학론의 관념적 성격에 대한 성찰로서의 서사 장르 모색을
고찰하고자 한다. 특히 '전(傳)', '기(記)', '설(說)', '사(辭)', '부(賦)'를 비롯한 동
아시아 전통 서사 장르의 현재적 계승을 보여주는 이문구, 이제하, 현재
훈, 강호무, 한수산 등의 텍스트와 민중의 담화 양식을 담아 내기 위한 박
태순, 신상웅, 황석영 등의 텍스트를 집중적으로 분석하고자 한다. 이를
통해 주로 비평사적 관점에서 평가되어온 전통론이나 제3세계문학론, 민
중문학론 등이 서사 장르로 구체화되는 양상을 규명하는 것이 2부의 목표
이다.

3부에서는 서구 문예사조의 탈식민적 수용을 매개로 수행된 서사적 실
험을 분석하고자 한다. 이를 위해 누보 로망 텍스트에 나타나는 한국적 특
수성에 대한 형상화 양상과 환타지 장르를 통해 구현된 당대 한국문학의
문학사회학적 분석을 수행하고자 한다. 구체적으로 김붕구의 누보 로망 수
용과 이를 토대로 한 최창학 등의 서사 텍스트가 지니는 한국적 누보 로망
의 기획의 양상을 고찰하고, 김치수에 의해 제기되고 김현에 의해 정식화
된 '양식론'의 관점에서 4·19를 형상화한 이어령, 최인훈, 이제하, 오탁번
등의 텍스트를 분석하고자 한다. 이를 통해 서구 문학 이론이 당대 한국
문학장에서 능동적인 방식으로 수용되어 현상하는 양상을 고찰하는 것이
3부의 목표이다.

4부에서는 혁명의 현장을 기록한 텍스트로부터 서발턴의 발화를 복원하
고 대중문화론의 대두 속에서 새롭게 등장한 서사의 매체 변환 양상을 분
석하고자 한다. 이를 위해 구체적으로 4·19 직후 제기된 최일수의 '종합예
술'론을 실증적으로 검토하고, 4·19 현장을 기록한 오상원, 곽학송, 신상

웅, 박태순 등의 텍스트로부터 유언비어나 소문, 괴담 등의 형태로 기록된 엘리티즘적 문학장 '외부'의 발화를 추적하고자 한다. 나아가 김승옥과 최인호로 대표되는 활자 매체의 영상 매체로의 변용 양상과, 황석영의 소설 텍스트의 공연 텍스트로의 변환에 따른 수용미학적 문제의식의 발현, 이병주와 최인훈 등의 텍스트에 나타나는 역사와 소설의 관계에 대한 새로운 서사 장르적 인식 등을 분석하고자 한다. 이를 통해 좁은 의미의 문학 개념으로 한정되지 않는 다양한 서사의 경계 넘기를 위한 실험들을 살펴보는 것이 4부의 목표이다.

이 책이 4·19와 한국문학의 관계를 다시 묻고자 하는 이유는 간단하다. 기존의 문학 연구는 다소 이 관계를 편의적인 것, 즉 '혁명'이 문학에 미친 영향의 문제로 환원시킨 경향이 있다. 그러나 역으로 그 혁명이 문제성을 지니는 것이라면, 당연히 '문학'에서의 혁명 역시 발생하기 마련이다. 이러한 문제설정의 전환이 4·19와 한국문학의 관계를 묻는, 보다 풍부한 질문을 가능하게 만들 수 있기를 기대한다.

2. 문학장의 재편과 서사 장르에 대한 재인식

1) 문학사적 전통 인식과 서사 장르의 확산

① 전통 담론을 통한 고전 서사 장르의 복원

4·19 이후 지성사 전반에서 두드러지는 것 중 하나는 이른바 '전통단절론'에 대한 비판적 인식과 이를 통한 역사적 연속성의 복원을 위한 작업의 대두이다. 이는 역사학을 중심으로 사회학이나 문학을 비롯한 인접 학문

영역에도 큰 영향을 미쳤다. 특히 문학장에서는 전통 담론을 매개로 하여 고전 서사 장르의 복원이 활발히 수행된다. 이를 대표적으로 보여주는 것이 조동일의 경우이다.

조동일은 1939년 태생으로 이른바 '4·19 세대'에 속한다고 볼 수 있다. 몇몇 언급을 통해 단편적으로나마 밝혀진 것처럼 조동일은 단순히 생물학적 층위에서 '4·19 세대'에 속하는 것 뿐 아니라, 실제 4·19를 주도한 인물 중 하나로 지성사에서 매우 중요한 위상을 지닌다. 반면 이에 대한 연구는 스스로 '4·19 세대'의 적자임을 강조한 김현 등에 대한 연구에 비해 절대적으로 부족한 것이 사실이다.[13] 그러나 4·19가 식민사관에 대한 비판과 이식문학론의 극복에 있어 중요한 지성사적 토대로 작용했다는 점을 고려[14]한다면 이와 같은 연구 경향은 반드시 지양되어야 할 것이다.

1960년대 조동일의 비평은 그 폭이 매우 넓음에도 불구하고 문학사적 인식과 문학비평 방법론을 연결시키고 있다는 점에서 공통적인 특성을 보인다. 예컨대 그는 짧은 분량의 월평을 쓰면서 "달마다 발표되는 작품을 열거하고 간단한 소감을 말할 수는 있어도 그 전부를 포괄할 수 있는 진단

---

13) 1960년대 조동일 비평에 대한 본격적인 연구는 하상일의 논의(「1960년대 조동일 문학비평 연구」, 『우리문학연구』 33, 우리문학회, 2011)를 제외하면 거의 없다고 할 수 있다. 그 외 1950~60년대 비평에 나타난 전통론과 관련하여 다른 비평가들과 함께 조동일을 다루는 서영채의 논의(서영채, 「민족, 주체, 전통: 1950~60년대 전통논의의 의미」, 『민족문학사연구』 34, 민족문학사학회, 2007) 등을 참고할 수 있다.

14) 김건우에 의하면 "4·19 세대로 묶일 수 있는, 60년대 중반 이후 등장하여 얼마 되지 않아 그들의 시대를 가지게 되는 비평가들의 '공통된' 정신적 기반"은 '내재적 발전론'으로 대표되는 식민주의 극복을 위한 새로운 역사적 관점에 대한 일종의 '강박'이었다. (김건우, 「국학, 국문학, 국사학과 세계사적 보편성-1970년대 비평의 한 기원」, 『한국현대문학연구』 37, 한국현대문학회, 2012, 527~528쪽) 비평과 문학사 서술의 기획을 결합한 조동일의 작업에서 이러한 측면이 잘 드러나거니와, 김건우가 특히 강조하는 지점은 이러한 기획이 한국문학비평 혹은 국문학계의 단독적인 작업이 아니라 국문학과 국사학을 포괄하는 당대 지성계의 일반적인 경향이었다는 점이다. 즉, "오해를 무릅쓰고 표현하자면, 조동일이 시도했던 구분법은 '독창적인 것'이 아니었"으며, 이러한 기획은 국문학과 국사학이 끊임없이 "서로를 참조해가며 만들어가던 것들, 그 가운데 하나였던 것이다." (위의 글, 530쪽)

이나 평가를 내리는 것은 매우 어렵고 또 된다고 해도 한 달이라는 기간이 특별한 의미를 가질 수 없다. 오히려 몇 편의 작품을 필자의 문제의식에 따라 임의로 선택하여 가능한 한 충실히 분석하고, 이해하고, 평가하는 방향으로 노력하는 것이 유익하다. 그러나 개별적인 작품이 그것대로 얼마나 잘 짜여 있는가 또는 쓴 사람이 어느 수준인가를 밝히는 것을 기대 한다기보다 더 큰 목표의 설정이 요청된다. 개별적인 작품을 토대로 하여 오늘날 우리 시는 어떻게 되어 있으며 큰 문제는 무엇인가 또 그 문제는 어떤 방향으로 해결되어야 할 것인가에 끊임없이 접근할 수 있으면 성과가 된다."[15]라고 언급한다. 그리고 이러한 문제의식에서 실제 월평에서 "杜甫와 보드레르, 鄭松江과 金起林"[16] 등의 성과를 언급하기도 한다.

이와 같은 문학사적 인식과 문학비평을 결합시키려는 자의식은 다음과 같은 글에서 보다 구체적으로 나타난다.

> 文學史와 文學批評은 별개의 분야인가 하는데 대한 회의에서 새로운 방법론의 모색은 시작되었다. 현재까지 통용되고 있는 지배적인 태도는 사실상 문학사와 문학비평을 분리시키고 있다. 문학사는 문학적 사건과 작품을 시대적으로 나열하는 것을 주로 하고 거기에다 약간의 주관적인 소감을 첨가할 뿐이고 文學批評은 일관된 역사적인 관점이 없이 각 작품에 대한 개별적이고도 평면적인 평가를 나릴려든다. 그 결과 문학사도 문학비평도 다 자기의 임무를 수행하지 못해 이른바 고전문학사와 현대문학사를 분리해 놓고 사실의 기술과 가치평가를 분리해 놓는 등 무엇이든 산산히 흩어서 그 사이에서 장님처럼 헤매고 있다. 이런 결함이 시정되지 않는한 우리 문학에 관한 어떤 근본적인 문제도 구체적으로 제기될 수 없고 아까운 노력이 다 허사가 되고 말 것이다.[17]

---

15) 조동일, 「感覺과 意味의 相互背反」, 『세대』, 1966.9, 348쪽.
16) 조동일, 「리리시즘과 참여의식」, 『세대』, 1965.10, 300쪽.
17) 조동일, 「詩人의 자리는 어디냐?」, 『청맥』, 1966.3, 147쪽.

조동일은 1960년대 비평사에서 매우 중요한 위상을 지니는데, 이는 위의 인용문에서 강조되어 표출되는 문학사와 문학비평, 고전문학사와 현대문학사의 통합적 인식의 필요성을 자각하고 있기 때문이다. 바꾸어 말하자면 조동일은 1960년대 거의 유일하게 문학사적 인식을 토대로 하여 당대 작품의 좌표를 의미화하려는 비평적 자의식을 지니고 있었던 셈이다. 그리고 이러한 비평적 자의식의 실현은 그의 문학사에 대한 선구적이고 체계적 인식에 기인한 것임은 물론이다. 이러한 맥락에서 "1960년대 이후 전통론의 주된 방향은 4월혁명 이후 급격하게 형성된 주체적 현실인식과 사회역사적 문제의식을 바탕으로 기존의 전통단절론 또는 전통부정론을 비판적으로 성찰하는 주체적 전통론의 가능성을 확장해나갔다. 1960년대 조동일의 문학비평은 바로 이러한 시대정신과 역사의식을 실천하는 운동성의 차원을 열어나갔다는 점에서 상당히 중요한 의미를 지닌다."[18]는 평가는 타당한 것으로 보인다.

　그러나 그의 문학사적 인식은 단순히 한국 고전문학과 현대문학의 연속성을 입증하는 것으로 국한되지 않는다. 오히려 조동일의 문학사적 인식이 빛나는 지점은 보다 거시적이고 본질적인 층위에서의 장르 체계에 대한 탐구라고 볼 수 있다. 예컨대 다음과 같은 글을 보자.

　　假面劇 進行中에 樂士와 登場人物들이 또는 登場人物만 音樂에 맞추어 춤추는 대목은 希臘 喜劇의 파라바시스와 起源的으로 類似한 점이 있어 서로 對比될 수 있는데, 假面劇의 登場人物은 群衆的인 性格도 지니기에 樂士만의 춤이 아니며, 파라바시스와는 달리 劇的 葛藤을 尖銳化시켜 주는 구실을 한다. (중략) 코러스는 觀衆的 性格도 지니면서 登場人物이기도 하나, 樂士는 觀衆的 入場에 만 서며, 登場人物과 나누는 對話도 觀衆이 演劇에 介入하는 것과

18) 하상일, 「1960년대 조동일 문학비평 연구」, 『우리문학연구』 33, 우리문학회, 2011, 379쪽.

같은 구실을 한다. 假面劇이 觀衆과 直接的으로 부딪치는 現實의 批判的 表現
일 수 있는 理由의 一端이 여기에 있다.19)

1960년대 말엽에 발표한 위의 글에서, 이미 조동일은 한국의 전통적 가
면극을 고대 그리스의 극과 비교하며 그 장르적 특성을 고찰하고 있다. 이
러한 조동일의 통합적 문학사 인식은 크게 두 가지 점에서 매우 선구적인
것이라고 평가할 수 있다. 첫째, 다소 감상적인 층위에서 제기된 한국 고
전문학과 현대문학의 연속성 규명의 문제설정을 넘어 인류 보편적 예술사
의 관점에서 문학사를 인식하고 있다는 점이다. 이미 1960년대에 이와 같
은 문제의식을 보여준 성취는 당시 조동일의 문학사와 문학비평에 대한
인식이 단순히 '이식문학론'의 극복 등으로 한정되지 않는다는 사실을 단
적으로 보여준다. 오히려 그는 전세계적인 예술의 규범으로 기능하는 고대
그리스의 극과 변별되는 한국의 가면극의 특성을 추출하는 방식을 통해
보편과 개별의 변증으로서의 한국문학의 위상을 해명하는 방식을 보여준
다. 즉, '악사'와 '코러스'의 차이를 귀납적 방식으로 추출함으로써 한국문
학이 지니는 "現實의 批判的 表現"으로서의 성격을 입증하는 것이 조동일의
통합적 문학사 인식의 실체인 셈이다. 둘째, 폐쇄적인 전통론의 문제설정
을 넘기 위해 문학 예술 장르의 문제를 전면에 제기하고 있다는 점이다.
주지하다시피 장르론은 개별 문화권에 국한된 문학사적 인식의 한계를 극
복하고, 나아가 근대적 예술 양식을 역사적인 개념으로 상대화시킬 수 있
는 유력한 이론적 틀이다. 당연하게도 '악사'나 '코러스'는 근대 이후 문학
예술 양식에서는 찾아볼 수 없다. 반면 이들의 기능은 근대 이후의 문학
예술 양식에서도 여전히 다른 작품 구성 요소를 통해 변용되어 지속된다.

---

19) 조동일, 「假面劇 樂士의 코러스的 성격」, 『동서문화』, 1969.7, 67쪽.

예컨대 가면극의 '악사'가 수행하는 "劇的 葛藤을 尖銳化"하는 기능은 근대 소설 장르에서 플롯 구성을 통해 지속되며, "觀衆이 演劇에 介入하는 것과 같은 구실" 역시 독자와의 상호작용을 위한 일련의 기법을 통해 지속된다.

이러한 점에서 조동일의 문학사 인식은 매우 중요한 성취로 평가될 수 있다. 그리고 이와 같은 문학사적 인식에 기반을 둔 그의 비평이 장르론적 충위에서 고도의 문제제기로 이어지는 것 역시 충분히 주목될 필요가 있다. 예컨대 1960년대 중반 발표된 '월평' 중 다음과 같은 부분은 상당히 흥미롭다.

> 결국 이 작품은 「點描的 長詩」라고 밝혀져 있듯이 그대로 단편적인 작품을 모은 것이며 여덟편의 전체적인 연결은 별로 없다. 그러면서도 「長詩」이고 「祖國의 像」이라는 아주 포괄적 명칭을 걸고 있다는데 고려해야 할 사정이 숨어 있다. 해야할 이야기는 몇 개의 단면으로 그칠 성질의 것은 아니고 일관되며 폭넓은 전개를 요구하고 있으나 작자는 충분히 실현하지 못하고 결함을 가진 중간보고서만 보여주는 것이다.[20]

위의 월평에서 다루고 있는 작품은 주성윤의 「조국의 상」 연작이다. 그런데 정작 조동일은 이 작품에 대해서는 다소 비판적인 평가를 내리고 있다. 왜냐하면 그 연작이 "단편적인 작품을 모은 것"이라는 한계를 지니기 때문이다. 그럼에도 불구하고 조동일이 한정된 지면에서 굳이 이 작품을 다루는 것은 장르적 표지인 "長詩" 때문이다. 기실 근대문학에서 이와 같은 장르적 표지는 일종의 형용모순에 가깝다. 시라는 개념이 종합예술에 가까운 의미로 사용되던 시기와는 달리, 서정 장르와 서사 장르, 극 장르로의 분화가 진행되며 이는 다시 각기 시, 소설, 희곡으로 구체화되었기 때문이다. 즉, 이미 근대문학의 장르적 규범이 자리매김한지 최소한 60여 년 가량이 지난 당대 '장시'라는 장르는 실제로는 서사 장르인 소설에 가

---

20) 조동일, 「異質的 美學의 混居」, 『세대』, 1966.10, 285쪽.

까운 형식으로 구체화되기 때문이다. 따라서 종합적 문학사 인식을 토대로 하여 이와 같은 장르론적 방법론을 확보한 그에게 애초부터 이 작품은 온전한 의미에서의 '장시'일 수 없는 셈이다. 이때의 '장시'란 단순히 텍스트의 길이의 문제가 아니라 세계인식의 발현으로서의 장르의 문제에 해당하기 때문이다.

이는 조동일이 제시하는 '장시'의 요건을 통해 더욱 뚜렷하게 나타난다. 위의 인용문에서 조동일은 '장시'의 요건으로 첫째, "해야할 이야기"가 존재해야 하며, 둘째, 그 이야기는 "몇 개의 단면으로 그칠 성질의 것"이 아니며, 셋째, 그것은 또한 "일관되며 폭넓은 전개를 요구"하고 있다는 점을 확인할 수 있다. 정리하자면 그가 제시한 '장시'의 개념은 '단면적이지 않은 이야기를 일관성을 지니고 폭넓게 전개시키는 문학 장르'로 귀결된다. 이와 같은 장르적 규범은 기실 근대문학에서의 '소설' 개념에 부합하는 것이다. 이는 그가 비판하는 '시'의 개념이 "현실관계에서 물러서서 구체적 결단이나 발언을 피한다는 전제 위에서만 시가 가능하다는 미학"[21]에 기초한 것임을 고려할 때 더욱 두드러진다. 사실 조동일이 비판하는 '미학'이란 구체적인 현실적 사건과의 객관적 대결보다는 '일인칭 형식을 통해 자아의 내면을 토로하는 문학 장르'로 요약되는 근대시 일반의 규범에 가깝다.

위에서 분석한 것처럼 이 짤막한 월평에서 중점적으로 논의되고 있는 것은 해당 작품이 아니라 오히려 근대문학의 장르 인식의 문제에 해당한다. 이 월평의 서두에서 조동일이 "이 작품을 선택한 이유는 논의해야 할 문제를 풍부하게 내포하고 있기 때문이지 가장 우수한 작품이냐는 기준과는 원칙적으로 무관하다."[22]라고 밝힐 때, 그 "논의해야 할 문제"란 바로

---

21) 위의 글. 같은 쪽.

절대적인 것으로 간주되어온 근대문학의 장르론을 지시한다. 종합적인 문학사 인식을 통해 장르 개념의 역사성을 체득한 조동일에게 시, 소설, 희곡 등의 장르 개념은 어디까지나 상대적이고 가변적인 것일 따름이었다. 이러한 인식은 전통론에 입각하면서도 좁은 의미의 민족문학 개념에 국한되지 않는 장르론의 문제설정을 보여준다는 점에서 상당한 시사점을 제공한다. 특히 전통 담론을 구체적인 문학 장르에 대한 인식으로 진전시키고 있다는 점은, 당대 조동일의 지적 작업이 담론적 층위에 국한된 것이 아님을 보여준다는 면에서 충분히 강조될 필요가 있다.

이러한 문제의식은 이후 민족문학론의 대두 속에서 이른바 '제3세계문학론'으로 계승되며 당대 문학의 장르론적 모색으로 진전된다. 주지하다시피 백낙청 등을 중심으로 제기된 민족문학론은 1960년대 순수-참여 논쟁을 발전적으로 해소하며 문학과 현실의 관계에 대한 과학적 인식을 추동했다는 점에서 그 의미를 지닌다. 반면 그 담론적 성취에 비해 양식적 측면에서의 구체적인 전통 장르의 계승이나 비서구 문학 장르에 대한 탐구, 나아가 서구 문학 장르의 능동적 수용 등의 문제는 다소 소홀하게 평가되어온 경향이 있다. 이런 측면에서 '제3세계문학론'은 보다 섬세하게 고찰될 필요가 있다.

> 따라서 제3세계의 문학인들이 짊어진 '복된 짐'이란 엄청나게 힘겨운 짐인 것이 사실이다. 하지만 그것이 문학이 되느냐 안되느냐는 문제만이 아니라 그들의 주체적 생존 자체가 걸린 문제요, 이 문제의 해결은 그들 자신만이 아니라 '선진' 제국의 인간적 갱생과도 직결되어 있다는 점에서, 역시 복된 찬스라고 아니할 수 없는 것이다. 이러한 역사적 기회를 맞아서 자신의 '전위적' 역할을 서구의 이른바 전위예술을 모방·흡수하는 것으로

---

22) 위의 글, 281쪽.

착각한다면 그야말로 역사적인 직무유기가 될 것이다. 그것은 서구의 전위예술과 아무 상관이 없는 자기 나라 민중에 대한 배반임은 물론, 서구예술이 부닥친 벽에 새로운 돌파구를 뚫어주기를 기대하는 서양 내부의 기대도 져버리는 행위인 것이다.[23]

위의 인용문에서 주목되는 것은 한국을 비롯한 제3세계 문학 전반에 걸쳐 절대적인 영향력을 행하고 있던 서구 문학의 수용에 대한 비판적인 인식이다. 당시 한국문학에서 프랑스를 비롯한 다양한 서구의 전위적 문예사조가 매우 활발히 수용되고 있었음은 주지하는 바와 같다. 그런데 제3세계가 지닌 특수성을 고려할 때 "서구의 이른바 전위예술을 모방·흡수하는 것"은 부정적인 행위로 평가된다. 물론 한국의 근대문학 자체가 서구 문학의 영향 속에서 형성된 것은 부정할 수 없는 사실이지만, 이 형성 과정에서 소거된 다양한 전통적 요소를 당대 현실과의 접합 속에서 복원하여 그 의미를 현재화하려는 문제제기가 나타나는 셈이다. 이는 특히 18세기 진보적 역할을 담지하던 서구 시민계층이 그 진보성을 상실한 현재 더욱 중요한 의미를 지닌다. 왜냐하면 근대문학의 담당층이 후퇴한 서구의 문학이 쇠퇴할 수밖에 없는 반면, 진보적 민중이 대두하는 한국을 비롯한 제3세계의 경우 새로운 문학의 진보를 담지할 가능성을 지니고 있기 때문이다. 따라서 제3세계문학론은 한국은 물론 문학에 대한 "서양 내부의 기대"까지를 포괄하는 의미를 획득하게 된다. 이러한 문제의식은 크게 두 가지 방향으로 구체화되는데, 하나는 한국의 개별성에 대한 인식을 토대로 하여 서구 근대문학에 의해 배제된 전통문학을 재인식하려는 것이며, 다른 하나는 문학의 보편성에 대한 인식을 토대로 하여 서구의 진보적 문학을 탈식민적 관점에서 전유하려는 것이다.

---

23) 백낙청, 「현대문학을 보는 시각」, 『민족문학과세계문학1』, 창비, 2011, 195쪽.

더욱이 우리 전통문화의 의미와 가치를 오늘에 이어져 흐르게 해야 하는 과제도 안고 있다. 제3세계문학으로서의 오늘의 한국문학을 단순히 '오늘의 한국적 상황에서 인간다운 삶을 추구하는 문학'이라고만 한다면, 우리와 같거나 비슷한 상황이 다른 지역에도 있을 수 있어 한국 민족문학으로서의 개성과 독창성이 분별되기 어려울 것이다. 그러므로 제3세계 민족문학은 오늘의 민중 속에 발딛고 서 있으면서 생각과 감수성은 전통문화의 뿌리로부터 '자기다움'의 진액을 빨아마셔야 하는 것이다.[24]

구중서는 제3세계문학론을 전개하며 한국문학의 개별성에 대한 인식의 필요성을 제기한다. 그는 특히 제3세계문학론이 자칫 각기 고유한 문화적 전통을 지니고 있는 비서구 지역의 문화를 환원시킬 수 있음을 지적하며, "전통문화의 의미와 가치"를 계승하면서 이를 통해 한국문학의 "개성과 독창성"을 획득할 필요성을 강조한다. 이러한 문제의식은 당대 다양한 방향에서 진행된 전통 문학 장르의 복원을 통해 실현된다.

이러한 삶을 위한 정치적·경제적 노력이 어디까지나 생활하는 민중의 기본적인 욕구를 존중하는 데서 출발해야 하듯이, 문학의 발전도 끝내는 그러한 욕구의 실현 여부에 좌우되기 마련이다. 그리고 제3세계의 민중은 구체적인 근대화를 원하지 강요된 사이비 근대화를 원하지 않으며, 구체적 근대화란 '전근대적' 유산과 가치라 해서 무턱대고 포기하는 것이 아니라는 사실이야말로 제3세계문학이 서구 리얼리즘문학의 대가들과도 거리를 취해야 할 기본적인 이유이다. 초현실주의 등 20세기 서구의 반사실주의적 흐름도 주체적으로 수용할 만큼 수용할 일이거니와, 자기 전통 속의 신화·전설·설화·민속극 등이 지닌 반자연주의적 요소는 더더구나 새로운 민중문학의 창조에서 배제해서 안될 요소들인 것이다.[25]

백낙청은 서구 리얼리즘론이 민족문학론의 절대적인 미적 규범으로 작

---

24) 구중서, 「제3세계문학으로서의 한국문학」, 『한국문학과 역사의식』, 창작과비평사, 1985, 274~275쪽.
25) 백낙청, 「제3세계와 민중문학」, 『인간해방의 논리를 찾아서』, 창비, 2011, 607쪽.

동하는 경향의 문제를 제기하며, 이를 극복하기 위해 두 가지 문학 장르의 설정을 모색한다. 하나는 문학의 개별성의 축에서 "자기 전통 속의 신화·전설·설화·민속극 등"을 계승하는 것이며, 다른 하나는 "초현실주의 등 20세기 서구의 반사실주의적 흐름도 주체적으로 수용"하는 것이다. 주목되는 것은 일반적인 문학사적 인식과는 달리, 백낙청이 이러한 장르 모색의 기준으로 '리얼리즘'을 제시하지 않는다는 점이다. 그는 전통 장르의 "반자연주의적 요소"를 계승할 필요성과, 서구 문학의 "반사실주의적 흐름"도 "주체적"으로 수용할 필요성을 강조한다. 이러한 인식은 제3세계문학론이 그 담론적 층위와는 달리 구체적인 장르 모색 과정에서 상당한 미학적 개방성을 담지하고 있음을 보여준다.

1960~70년대 이와 같은 지성사적 논의와 전통 담론, 제3세계문학론 등의 흐름은 단지 담론적 층위에 국한된 것이 아니라, 실제 구체적인 문학 텍스트를 통해 장르적 측면에서 구현된다. 이러한 흐름은 당대 이문구 등으로 대표되는 고전 서사 장르의 변용에 직간접적인 배경으로 작동한다. 나아가 이는 '이식문학론'의 한계를 내파하는 인식이라는 점에서 그 문학사적 의미를 획득한다.

② 민중문학론의 자기 성찰과 논픽션 양식의 발견

4·19 이후 민중운동의 점차적 성장은 1970년대 이른바 '산업화' 과정을 경유하며 폭발적으로 이루어진다. 특히 전태일의 죽음을 계기로 하여 문학에서도 민중을 문학의 주체로 호명하려는 움직임이 나타나기 시작한다. 물론 이전 시기에도 문학에서 민중을 재현하려는 문제의식은 존재했으나, 이 시기 민중문학론은 기성 문인들의 엘리티즘적 서사 장르의 규범을 극복하기 위한 단초를 제기하고 있다는 점에서 주목된다.

이제 일부 특수계층 및 지식귀족에게 獨寡占되어 있는 문학이 민중의 손으로 되돌아 와야 할 때가 되었다. 그리고 이러한 작업은 서서히 진행되고 있는바, 이에 따른 문학의 大衆化 문제에 대한, 진지하고도 구체적인 검토가 있어야 할 것이다.26)

위의 인용문에서 신경림은 "지식귀족"에게 독점되어 있는 문학을 민중의 것으로 재편해야 함을 주장한다. 그러나 이러한 문제의식은 단순히 기성 문인들이 기존의 문학 장르에 민중의 현실을 재현하는 것으로 그치지 않는다. 왜냐하면 이는 "문학의 大衆化 문제"로 확산되고 있는 바, 대중화는 서사 텍스트의 '내용' 뿐 아니라 그 '형식'까지를 포괄하는 개념이기 때문이다. 따라서 신경림이 민요 등을 비롯한 기층 민중의 문학 양식에 대해 고평하는 것은 필연적인 것이기도 하다.

그런데 민중을 문학의 주체로 호명하려는 "문학의 大衆化 문제"는 근본적으로 하나의 딜레마에 처할 수밖에 없다. 근대 이후 문학장이 문화적 엘리트층을 중심으로 형성되었으며, 이는 민중문학론이 제기되던 당대에도 여전히 강력한 영향력을 행사하고 있었기 때문이다. 이러한 맥락에서 다음과 같은 발언은 상당한 문제성을 지닌다.

우리가 민중을 이야기한다는 것은 간단한 일이지요. (중략) 그러므로 여기 우리들처럼 상당한 교육을 받았다든가, 우리가 즐겨하는 문학에 종사할 수 있다든가, 최소한의 생계가 보장되어 있다는 사실 자체가 이미 우리가 이야기하는 민중과는 어느 정도의 거리를 갖는다는 것을 의미합니다. 그럼에도 불구하고, 또 대다수 민중이 못 누린 혜택은 혜택대로 충분히 활용하면서, 민중과 호흡을 같이한다는 것-이것은 참 어려운 일인 듯해요.27)

---

26) 신경림, 「문학과 민중: 현대한국문학에 나타난 민중의식」, 『창작과비평』, 1973 봄, 26쪽.
27) 신동문·이호철·신경림·염무웅·백낙청, 「좌담-〈창비〉 10년: 회고와 반성」, 『창작과비평』, 1976 봄, 23쪽. 인용된 부분은 이 중 백낙청의 발언이다.

민중문학론을 선도해 온 '창비'의 10주년 기념 좌담에서, 백낙청은 민중문학론이 지닌 근본적인 모순에 대해 정직한 고민을 토로한다. 즉, 지식인–작가가 민중에 대해 논하는 것은 상대적으로 "간단한 일"이지만 실제 "민중과 호흡을 같이한다는 것"은 "참 어려운 일"이라는 것이다. 특히 자신을 포함한 민중문학론자들이 "상당한 교육"을 받았으며 이러한 이유로 인해 "민중과는 어느 정도의 거리를 갖는다"는 인식은 매우 날카로운 것이다. 이러한 인식이 진전될 경우, 지식인–작가가 민중을 대신하여 텍스트에 그들의 삶을 재현하는 것과, 텍스트에 민중 스스로의 발화와 증언을 담는 것은 엄연한 차이를 지닌다는 것을 확인할 수 있기 때문이다. 비유적으로 표현하자면 민중문학론은 단순히 민중을 '위한' 문학이 아니라, 동시에 민중에 '의한' 것이기도 해야 하는 셈이다. 이러한 문제설정은 다음과 같은 실제 민중의 문학에 대한 인식에서 단적으로 나타난다.

> 제가 노동운동을 해야 되겠다는 마음을 가지게 된 데는 아마 그 르뽀(이창복의 르뽀 「마산수출자유지역의 실태」–인용자) 읽은 감명도 있을 겁니다. 그래서 〈창비〉가 문예지라고는 하지만 르뽀 같은 데도 더욱 관심을 가져주었으면 합니다. 소설 쪽을 보면 주로 「객지」에서부터 노동문제를 꽤 다루어왔던 것 같은데, 최근의 「내 그물로 오는 가시고기」의 경우는 너무나 비유적인 것이 많이 있지 않나, 하고 싶은 말을 다 하긴 해야겠는데 다 할 수 없는 입장이어서 그런지 상당히 아쉬웠습니다.[28]

한 좌담에서 전태일이 일하던 '평화시장'의 노동자인 민종덕[29]은 기성

---

28) 김영·민종덕·이병철·채광석·안건혁, 「좌담–〈창비〉를 진단한다」, 『창작과비평』, 1978 겨울, 93쪽. 인용된 부분은 이 중 민종덕(평화시장 노동자)의 발언이다.

29) 민종덕은 전태일의 수기와 일기를 읽고 평화시장에 찾아가 노동운동에 참여한 인물이다. "그러던 중 내가 스무 서너살 때 우연한 기회에 어떤 잡지에 보도된 전태일 사건과 함께 전태일의 일기와 수기내용이 수록된 것을 읽게 되었다. (중략) 전태일은 노동자의 사랑과 각성, 분노와 투쟁, 그리고 올바른 죽음과 부활을 가르쳐주고 있다. 그래서 나는 전태일을 존경하게 되었고, 또 그가 살

민중문학에 대한 비판적인 인식을 조심스럽게 제기한다. 그는 조세희의 소설에 대해 "너무나 비유적인 것이 많"다는 점을 지적하며, 오히려 소설보다는 "르뽀"가 실제 민중의 삶에 천착하는 장르라는 인식을 나타낸다. 흥미로운 것은 동일한 조세희의 소설에 대해 지식인층에 속하는 좌담자는 "민중현실 속에 뿌리는 내리고 있는 의식이나 생활에 밀착된 세계를 보여주고 있다"[30]고 평가하는 반면, 민종덕과 유사한 입장에서 농민 좌담자는 "소위 문인이라는 하나의 지식인에 의한 현실의 증언이라는 것에는 상당히 한계가 있다"[31]고 평가한다는 점이다. 이러한 평가는 민중문학론이 당대 민중의 현실을 대리하여 재현하는 것을 너머, 민중 스스로의 발화를 "르뽀"와 "증언" 등을 통해 담아내야 한다는 점을 지적하고 있는 셈이다.

이러한 문제의식은 엘리티즘적 문학장의 서사 장르와는 변별되는 논픽션 장르에 대한 발견으로 진전된다. 당대 논픽션 문학 장르는 구체적으로 "그 내용은 傳記·회고록·체험기·探訪記·여행기·생활 기록들이 되겠으며, 그 형식으로 傳記文學·보고문·日記文學·隨筆文學·書翰文學 등"[32]으로 나타났다. 그리고 이는 실제 유동우나 석정남 등의 논픽션 수기를 통해 민중 스스로의 자기 재현으로 구체화된다.

그런데 이러한 흐름과 더불어 기존의 지식인–작가들 중에서도 논픽션 장르의 발견을 통해 당대 민중의 발화를 담아내려는 문제의식을 보여준다는 점이 주목된다. 4·19세대에 속하는 박태순이나 당대 민중문학의 한 전형을 성취한 것으로 평가되는 황석영 등이 대표적이다. 이들은 1970년대

아온 방향을 쫓아보기 위해서 그가 몸담았던 평화시장의 노동자가 되었다."(민종덕, 「조영래 변호사의 『전태일 평전』」, 『길을 찾는 사람들』, 사회평론, 1992, 242쪽)

30) 김영·민종덕·이병철·채광석·안건혁, 앞의 좌담, 91쪽. 인용된 부분은 이 중 김영(연세대 대학원생)의 발언이다.
31) 위의 좌담, 92쪽. 인용된 부분은 이 중 이병철(농민)의 발언이다.
32) 민병덕, 「논픽션과 한국독자의 의식」, 『출판학연구』, 한국출판학회, 1970, 60쪽.

들어 활발히 논픽션 텍스트들을 발표한다. 이들은 논픽션 텍스트를 구성하며 다양한 민중들의 담화를 증언하면서, 동시에 이러한 담화를 통해 자신의 지식인적인 서술적 정체성을 재구성하려는 독특한 양상을 보여준다. 이들의 실험은 지식인과 민중, 문학과 비문학간의 이분법적 대립구도를 극복하기 위한 구체적인 장르 모색이라는 점에서 주목할 필요가 있을 것이다.

2) 서구 문예사조의 수용과 서사 장르의 실험

① 프랑스 문예사조의 수용과 근대 소설 규범의 문제

한국 근대 문학의 형성 과정부터 서구 문학이 매우 큰 영향력을 행사했다는 점은 부정할 수 없는 사실이다. 이는 근대 문학이 지니는 보편적 성격에 기인하는 것이기 때문이다. 동일한 맥락에서 1960년대 한국 문학은 서구 문학의 활발한 수용, 특히 프랑스 문예사조의 수용을 통해 장르적 실험의 계기를 마련한다. 이를 대표하는 비평가로는 김붕구를 들 수 있다. 김붕구의 비평은 기존의 1960년대 비평사 연구가 순수—참여 논쟁에 집중되면서 기실 그 문제성에 비해 충분히 조망되지 않은 것이 사실이다. 언급되더라도 주로 '실존주의 문학' 등과 관련되어 다소 거칠게 일종의 프랑스 문예사조의 소개자 정도로 평가되어온 경향이 크다. 그러나 당대 한국 문학장에서의 서사 장르 인식과 관련하여 김붕구의 비평은 당시로서는 물론 현재까지도 매우 실험적인 성격을 보여준다는 점에서 주목할 필요가 있다. 이와 관련하여 우선 주목되는 것은 그가 제기한 '증언문학'이라는 개념이다.[33]

---

33) 김진규는 이를 '증인문학'으로 명명한다. 이는 그의 연구의 초점이 까뮈나 말로 등 서구 실존주의 문학자들의 수용 (불)가능성에 놓여져 있기 때문인 것으로 보인다(김진규, 「'증인'의 조건과 '행동과 연대'의 가능성」, 『한국문화』 73, 서울대학교 규장각 한국학연구원, 2016). 반면 이 책은 서사 장르를 구성하는 언어에 초점을 맞추며 이에 따라 '증언문학'으로 명명하고자 한다.

그렇다고 證言이 문학의 본질이라든가 최고의 기능이라든가 따위 이론을 전개하려는 것이 아님은 첫머리에서 이미 말해 둔 바이다. 娛樂으로서의 문학, 미학적 快感 追求, 즉 趣味로서의 문학, 社會 敎化의 문학, 또는 宣傳으로서의 문학에 이르기까지 여러 가지 기능이 있을 수 있고, 또 현재 그러한 갖가지 문학 활동이 엄연히 행해지고 있음을 우리는 알고 있다. 따라서 證言으로서의 文學이라는 것도 그 여러 기능 중의 하나를 강조한 데 불과한 것이다. 요는 時代에 따라 또는 사회 형편에 따라 그 중 어느 하나가 유달리 강조될 수도 있다 뿐이다.[34]

김붕구는 문학의 다양한 기능을 나열하며, 그 중 시대나 사회적 조건에 따라 특정한 문학이 강조될 수 있다는 점을 분명히 밝힌다. 이러한 맥락에서 그가 1960년대 중요한 위상을 지니는 것, 혹은 지녀야 할 것으로 강조하는 문학이 바로 "證言"으로서의 문학이다. 김붕구는 같은 글에서 '증언문학'을 증언의 대상에 따라 다시 두 개로 나누어 설명한다. 하나는 "작가가 대결하고 독자의 눈을 일깨워 正視케 하려는 그 현실이 외부 세계인 경우"이며, 다른 하나는 "인간 자체에 관한 內在的인 근본 문제에 부딪치는 主體的 自我의 현실인 경우"[35]이다.

여기서 유의해야 할 것은 김붕구가 제시하는 '증언문학'이 단순히 현실 문제에 대한 정치적 '증언'의 층위에 국한되지 않는다는 사실이다. 김붕구는 이와 관련하여 드레퓌스 사건에 대한 에밀 졸라의 「나는 고발한다」를 사례로 들며, 이와 같은 경우에는 문학 작품보다는 "思想 傳播의 수단인 팡푸렛"[36]이 효과적이라고 말한다. 오히려 그가 제시하는 '증언문학'의 가능성은 "이론과 과학으로 무장되어 한 국가 사회와 문화를 온통 뒤덮어 버리

---

34) 김붕구, 「證言으로서의 文學」, 장성규 엮음, 『김붕구 평론선집』, 지식을만드는지식, 2015, 172~173쪽.
35) 위의 글, 178쪽.
36) 위의 글, 179쪽.

는 정치적 虛妄" 속에서 "二重의 뜻을 가진 言語"를 통해 "한 社會, 한 時代의 文化 전체"[37]와 대결하려는 의지 속에서 발견된다.

그렇다면 김붕구가 날카롭게 지적하는 것처럼 가시적인 독재 뿐 아니라, 한 사회와 문화를 통제하며 작동하는 현대적인 '독재' 속에서 '증언문학'은 어떻게 구축 가능한가? 그는 이를 문학 언어의 특성에서 찾는다. 즉 현대 사회를 지배하는 "기계의 언어란 모든 計器盤에서 바늘이 가리키는 數字다. 모든 測量, 測定計의 數다. (중략) 인간은 기계에 둘러싸여 사는 동안 어언간 이 기계의 풍속에 동화되어 버린다. 사고방식까지도 기계를 닮는다."[38] 이 때 이러한 새로운 '독재'에 대한 문학의 응전은 기계의 언어와는 구분되는 문학의 언어를 통해서 가능하다는 것이 김붕구의 '증언문학'의 실체이다.

따라서 비평적 논점은 증언문학의 구체적 실현을 위한 '문학언어'의 특성과 이를 통해 구성된 서사의 미학적 원리에 대한 것으로 모아진다. 이와 관련하여 김붕구의 비평 중 특히 서구의 '누보 로망'과 관련된 글들은 상당한 시사점을 제공해준다.

> 이제는 小說家가 소설 자체에 대한 반성과 懷疑를 가지지 않을 수 없는 단계에 이른 것이 아닐까? 技法이니, 플롯트니, 主題니, 사상이니 하는 것은 小說이라는 장르를 일단 논의할 여지 없는 旣定·共同의 영역으로 전제하고 그 다음에 오는 문제이다. 그런데 그 소설이라는 장르 자체의 存立 여하를 그 旣定·共同의 영역으로 전제하던 근본 要件 자체를 반성하고 회의하지 않을 수 없는 단계에 이르렀다는 것이다. 이를테면 小說 王國의 國是나 政體는 불문에 부치고 그 제도와 운영 여하만을 논할 것이 아니라 바로 그 國是와 政體에 회의를 가져 마땅한 시기에 이르렀다는 말이다. 이러한 근원적 회의에서 불가피하게 조성되는 변혁을 우리는 革命이라고 부른다.

---

37) 위의 글, 180쪽.
38) 위의 글, 183쪽.

그리고 혁명은 반드시 그 변혁을 가져오지 않을 수 없게 만드는 역사적 사회적 與件에서 誘發된다는 것도 상식적인 이야기다.[39]

위의 인용문에서 충분히 강조되어야 하는 것은 서사 장르의 변화에 대한 장르사회학적인 인식이다. 김붕구는 누보 로망의 구체적인 성격을 논하기 전에 서사 장르의 변화를 혁명에 비유하며 "혁명은 반드시 그 변혁을 가져오지 않을 수 없게 만드는 역사적 사회적 與件에서 誘發된다"는 점을 강조한다. 즉, 누보 로망이 문제시되는 것은, 큰 틀에서는 근대 사회의 서사 장르인 소설의 변화를 추동하는 '현대' 사회로의 전환이, 보다 작은 틀에서는 한국 사회의 4·19를 통한 변혁 가능성의 증명이라는 역사적이고 사회적인 조건이 새롭게 대두했기 때문이다. 따라서 그의 누보 로망의 수용과 비평은 단순히 "技法이니, 플롯트니, 主題니, 사상이니 하는" 서사 장르의 몇몇 지엽적인 요소에 국한되지 않는다. 오히려 '증언문학'에서 제시한 '문학언어'의 가능성과 새로운 서사 장르의 결합이 김붕구가 제시하는 새로운 서사 장르로서의 '누보 로망'의 의미를 해명하는데 핵심적인 요소인 셈이다.

김붕구는 같은 글에서 누보 로망이 기존의 근대 소설과 결정적으로 변별되는 지점을 다음과 같이 제시한다. "허나 (근대 소설의-인용자) 마지막 절대적인 要件, 言語마저 이미 전통적인 소설에서 보는 바와 같은 言語는 아니라는 것이다(여기서 言語라 함은 Langue가 아니고 言語 活動 Parole)."[40] 이 지점에서 김붕구가 제기한 '증언문학'이 누보 로망과 연계되는 부분을 확인할 수 있다. 그에게 당대 문학이 지향해야 할 '증언문학'은 단순히 "思想 傳播의 수단인 팡푸렛" 이상의 것이었으며, 이는 곧 기계언어와는 변별되는

---

39) 김붕구, 「文明의 危機와 小說의 危機—누보로망의 文化史的 意義」, 위의 책, 193쪽.
40) 위의 글, 199쪽.

'문학언어'의 구조화를 통한 새로운 서사 장르의 미학적 실험으로 이어져야 실현될 수 있는 것이었다.

4·19 이후 활발히 전개된 순수-참여 논쟁은 문학의 사회적 기능에 대한 논의를 촉발시켰다는 점에서 중요한 문학사적 의의를 지니지만, 적어도 김붕구에게는 보다 심층적인 층위에서의 장르사회학적 논의로 진전될 때, 비로소 진정한 의미에서의 문학과 사회의 관계를 비평적으로 탐색할 수 있는 것으로 인식되었던 셈이다. 따라서 그가 누보 로망의 핵심적 성격을 기계의 언어와는 변별되는 언어, 즉 특정한 사회적이고 문화적인 제도에 의해 구성된 랑그가 아닌 그 구체적인 발현인 파롤에 의해 구성되는 새로운 서사 장르라는 점에서 찾는 것은 매우 중요한 비평적 성취이다. 김붕구에게 4·19는 단순히 타락한 권력을 끌어내린 정치적 혁명으로 국한되지 않는다. 오히려 중요한 것은 이러한 정치적 혁명이 문화적 혁명으로 확장되는 것이며, 이는 곧 현대사회의 보편적 문제인 새로운 형태의 전체주의적 '독재'에 대한 '미학적' 비판 형식을 모색하는 비평적 작업으로 이어진다.

이때 김붕구는 기성의 지배질서가 만든 기계적인 랑그가 아니라, 텍스트의 구체적인 발화에 해당하는 파롤의 가능성에 주목한다. 그가 누보 로망에 주목하는 것은 이 때문이다. 누보 로망이 의미를 지닐 수 있는 것은 기계의 언어인 랑그의 독재적이고 독점적인 속성을 극복할 수 있는 가능성을 잠재하고 있기 때문이다. 보다 구체적으로 그가 새로운 서사 장르로서의 누보 로망의 몫에 대해 "재단과 구조를 완결한 既成品으로 독자에게 제공하는 것이 아니고 독자로 하여금 그 창작에 참여하도록 호소하여 作者와 함께 作品을 構成해 나가도록 하는 것"[41]이라고 제시할 때, 이때 전체주의적 언어인 랑그는 비로소 지배질서의 미적 규범을 너머서는 파롤로 전

---

41) 위의 글, 201쪽.

환될 수 있다.

김붕구에 의해 체계적으로 수용된 누보 로망은 이후 1970년대 김치수에 의해 그 의미가 보다 뚜렷이 부여된다. 특히 김치수의 누보 로망 수용은 이른바 산업화 시대 문학 장르의 실험과 관련하여 중요한 의미를 부여하고 있다는 점에서 주목된다.

> 작품 안에서 사물화된 인간, 사물화된 일화를 객관적으로 묘사하려고 하는 것은, 지금까지의 전통적인 작품이 사물화되어가는 인간의 현실을 독자들로 하여금 의식하지 못하게 하였던 것에 대한 반성으로부터 결과한 것이다. 독자는 그처럼 미화된 현실을 읽음으로써 자신의 사물화에 눈을 감고 자신의 사물화를 묵인함으로써 체제가 요구하는 방향에 본의 아니게 기여해왔던 것이다. 이러한 기여는 작가의 편에서도 마찬가지라 할 수 있을 것이다. 그러므로 오늘의 누보로망에서 인간 현실의 사물화 현상이 일어나고 있는 것은 인간 의식의 사물화를 위한 것이 아니라, 바로 인간 의식의 사물화를 자각하게 하기 위한 것이다.[42]

김치수는 누보 로망의 의미를 그 서사 장르적 규범으로부터 추출하고 있다. 즉, 누보 로망의 "사물화된 인간, 사물화된 일화를 객관적으로 묘사"하는 장르적 규범은 단지 기법적 실험에 그치는 것이 아니라, "인간 의식의 사물화를 자각"하게 만드는 의미를 지니는 것으로 규정된다. 주지하다시피 1970년대는 압축적 근대화가 '위로부터' 강력하게 진행된 시기였으며, 이로 인해 매우 광범위한 "사물화"가 사회 전체에 걸쳐 급속히 팽창했다. 김치수는 이전 시기 이론적 층위에서 수용된 누보 로망을, 당대 한국 현실과의 관계 속에서 의미화시키는 것으로 진전시킨 셈이다.

1960년대의 김붕구와 1970년대의 김치수 등에 의해 활발히 수용된 프랑

---

42) 김치수, 「누보로망의 문학적 이념」, 『문학사회학을 위하여』(김치수 문학전집 2), 문학과지성사, 2015, 406쪽.

스 문예사조는 한국 문학에도 큰 영향을 미친다. 그런데 중요한 것은 이들의 외국문학 수용이 단순한 '소개'나 '이식'에 한정되지 않는다는 사실이다. 김붕구의 경우 4·19 이후 열린 정치적 변혁의 가능성을 문학적 층위에서 구현하기 위한 매개로, 김치수의 경우 압축적 근대화 과정에서의 제반 문제에 대한 문학적 대응의 매개로 프랑스의 누보 로망을 인식한다. 그리고 이들의 문제의식은 단순히 외국문학 이론의 수용에 그치는 것이 아니라, 당대 강호무, 최창학 등의 누보 로망 창작의 토대로 작동하며 한국 문학의 현실과 직접적으로 연계된 성과로 구체화된다.

② 문학사회학의 심화와 양식론의 결합

위에서 살펴본 김치수의 비평적 성과가 가능했던 것은, 그가 문학과 사회의 관계를 단순히 반영론적 관점에서 파악하는 것이 아니라 문학사회학의 이론적 체계를 통해 새롭게 해명하려 했기 때문이다. 그는 골드만을 비롯한 구조주의자들과 프랑크푸르트학파의 비판이론을 통해 문학과 사회의 관계를 고찰한다.[43]

> 소설 문학의 변천 과정에서 볼 때 소설은 눈에 보이고 경험된 현실의 구조를 드러낸다기보다는 체제가 표방하는 것 뒤에 감추어진 눈에 보이지 않는 현실의 구조를 보여주는 것이고 소설 사회학은 바로 그러한 것을 밝혀내는 데 중요한 의미를 갖는다. 발자크가 사회적 현실의 번역을 소설로 삼았던 데 반하여 제임스 조이스나 프루스트에게서는 바로 그러한 현실이 소설의 배경을 이루고 있다는 사실을 본다는 것은 주목할 일이다. 이 경우 조이스나 프루스트에게 왜 발자크와 같은 소설을 쓰지 않느냐고 힐난하는 것은 소설 사회학이

---

43) 김치수와 김현 등 문학사회학 논의를 주도한 비평가들은 골드만 등의 문학사회학 이론은 물론 프랑크푸르트학파의 비판이론, 바르트 등의 구조주의이론을 동시에 활용한다. 이러한 양상이 지니는 지성사적 맥락에 대한 시론적 접근으로는 서은주의 논의(「1970년대 문학사회학의 담론 지형」, 『현대문학의 연구』 45, 한국문학연구학회, 2011)를 참조할 수 있다.

할 일이 아니라, 상품의 생산을—그러니까 결과를—중요시하는 체제 쪽에서 할 수 있는 일이다. 소설 사회학은 말하자면 작가가 어떤 작품을 썼고 독자가 어떤 소설을 읽든 간에 이미 존재하고 있는 작품을 대상으로 삼는 것이지 존재해야 할 작품(그건 '없는 것'이지 '있는 것'이 아니라는 점에서 대상이 될 수가 없다)을 이야기하는 것이 아니며 동시에 존재하고 있는 작품의 숨은 의미의 구조를 찾아내고 드러내는 것이다. 그렇게 때문에 소설 사회학은 로브그리예와 같은 작가의 작품에서도 훌륭한 의미를 추출해낼 수 있었던 것이다.[44]

그에 의하면 1970년대 현실에서 문학이 사회와 관계를 맺는 것은 "사회적 현실의 번역"으로 국한될 수 없다. 이는 당시 민족문학론이 전거로 삼던 "발자크"의 시대에서는 유효했으나, 급속히 산업사회로 이행하던 당대에는 적용이 어려운 것으로 인식된다. 이와 같은 판단을 토대로 그는 현실에 대한 미메시스적 반영론을 비판한다. 오히려 그는 텍스트로부터 "체제가 표방하는 것 뒤에 감추어진" 것을 추출할 필요성을 제기한다. 그리고 이 작업은 텍스트 표면에 진술된 내용에 대한 분석이 아니라, "작품의 숨은 의미의 구조"에 대한 분석을 통해 비로소 가능하다. 이러한 김치수의 문제설정은 "새로운 문학 양식"을 통한 문학의 "전복적이며 전위적인 성격"[45]을 강조하는 방향으로 나아가며, 그 결과 당대 문학장에 다양한 서사적 실험을 수행하기 위한 비평적 토대로 작동한다는 점에서 중요하다. 더불어 문학의 내용과 형식의 이분법적 대립구조를 비판하며 문학사회학적 관점에서 텍스트의 양식에 대한 고찰로 나아갈 수 있는 계기를 마련하고 있다는 점 역시 주목된다. 그런데 그의 문학 양식에 대한 탐구는 김현에 의해 보다 본격적으로 논의된다.

---

44) 김치수, 「문학과 문학사회학」, 앞의 책, 23쪽.
45) 위의 글, 28~29쪽.

이런 두 종류의 비평을 통해서 우리가 알아낼 수 있는 것은 넓게 잡으면 한국 문학은 시대의 변화에 따라 어떻게 변했으며 그 변모의 양태는 작품 구조와 어떤 연관을 맺고 있느냐, 한 시대의 작품 구조는 또한 그 시대의 독자 조건의 어느 부분을 충족시키고 있는가, 그것은 다음 시대에 어떻게 이전되는가 하는 문제와 한국인의 상상력은 어떠한 기호를 산출시키고 있는가, 그 기호를 유지시키고 지탱시키는 구조는 무엇인가, 한국 문학의 기본적인 소리형은 무엇인가, 기본적인 틀, 원형적인 질서는 무엇이며 그것은 어떻게 변모하고 있느냐 하는 것이 될 것이고, 좁게 잡으면 한 시대의 시대 정신은 작품 속에 어떠한 육화된 인물을 통해 나타나는가, 그것은 독자의 의식을 어떻게 규제하는가 하는 따위의 것과 한 작가의 기본 소리형은 무엇이며, 그것은 그의 상상 체계와 어떤 연관을 맺고 있는가, 그의 상상력은 어떤 구조를 갖고 있는가 등등의 것이 될 것이다. 이러한 근본적인 문제의 천착이 없는 한, 55년대 비평가들이 그들의 돌연한 방향 전환으로서 우리를 실망시킨 비평에의 두 가지 도전은 아무런 의미도 획득하지 못할 것이다. "내용이냐 형식이냐" "참여냐 순수냐" 하는 헛된 이원론의 논쟁이 그때 다시 시작되리라.[46]

김현은 이전 시기 비평 담론을 비판적으로 검토하며 내용과 형식, 참여와 순수를 둘러싼 대립적 인식을 극복할 필요성을 제기한다. 주지하다시피 1960년대 순수-참여 논쟁과 1970년대 민족문학논쟁은 그 성과에도 불구하고 일종의 이분법적 사유 체계를 극복하지 못한 경향이 있다. 김현은 문학사회학적 인식을 토대로 이러한 한계를 비판하며, 그 대안적 접근 방법으로 구조주의적 비평이론을 제시한다. 그리고 이는 그의 독특한 '양식'에 대한 관심으로 나타난다.

그러므로 오늘날 비평이 당면하고 있는 가장 큰 문제는 한국 작가들에 대한 전투적 견지에서 본 비난이나, 기교적 견지에서 본 비난만을 되풀이 하여, 저 30년대의 공소한 싸움을 계속하기보다는 차라리 한국 작가·작품

---

46) 김현, 「한국 비평의 가능성」, 『현대 한국 문학의 이론』(김현 문학전집 2), 문학과지성사, 1991, 108쪽.

의 양식화의 경향을 판단해내고, 그럼으로써 작가들을 훈도하기보다는, 작가들에게 유익한 양식화의 길을 보여주는 것이 가장 타당한 것처럼 생각된다. 양식화의 길, 혹은 경향이라는 말을 우리가 쓸 수 있는 것은 양식화가 결국은 의식의 문제이기 때문이다.[47]

다소 추상적인 언급에 그치고 있으나, 김현은 문학의 "양식"을 통해 당대 한국문학의 고유한 "의식"을 규명할 수 있는 가능성을 탐색한다. 물론 이러한 문제의식은 실제 문학사적 검토를 통해서만 그 유효성이 검증될 수 있는 것이기도 하다. 이러한 맥락에서 그가 당대 문학장에 대한 논의는 물론, 김윤식과 함께 한국문학사를 서술하며 나름의 양식을 추출하려 했다는 점은 중요하다.[48] 그의 양식에 대한 논의는 당대 비평이 노정하고 있던 내용과 형식, 혹은 순수와 참여의 이분법을 극복할 수 있는 중요한 계기를 마련하고 있다는 점에서 주목될 필요가 있다.

김치수와 김현을 중심으로 한 서구 문학이론의 수용은 당대 한국문학장에서 중요한 위상을 지닌다. 김치수는 골드만의 문학사회학의 수용을 통해 텍스트 이면에 숨겨진 현실의 지배적인 구조를 읽어내며, 이러한 문제의식은 일련의 서사 실험을 추동하는 비평 담론으로 기능한다. 김현은 구조주의 이론의 수용을 통해 내용과 형식, 순수와 참여의 이분법적 사유를 극복하기 위한 매개로 '양식' 개념을 제시한다. 특히 이들의 논의는 단순히 서

---

47) 위의 글, 15쪽.
48) 그러나 구체적인 문학사 서술에서 이러한 문제설정은 충분히 구현되지는 못한 것으로 보인다. "'의미망'으로 상징되는 김현의 구조주의적인 시각은 문학사에서 각 시대를 대표하는 양식에서 의식형태(에피스테메)를 추출하려는 탐구로 나아갔으나, 실제에 있어서는 각 시대와 문학 양식 간의 관계를 실증적으로 밝혀내지 못했다. 이는 '근대 기점'을 '근대 의식'의 발생에서 찾고 있는 것과 같이, 문학적 전개를 '문학 형식 자체의 변화'보다는 '의식'의 변화에 치중하고 있기 때문이다. 김현은 지배 이념이 왜 그러한 형식으로 표현될 수밖에 없었는지를 설명하기보다는 지배 이념의 특성 규명과 여기에서 선험적으로 규정되는 가치 평가로 흐르고 말았다."(정은경, 「필연적 미완의 기획으로서의 문학사: 김현의 한국문학사 서술에 대하여」, 『국제어문』 42, 국제어문학회, 2008, 434쪽)

구 문학이론의 소개나 이입에 그치는 것이 아니라 압축적 근대화로 요약되는 당대 한국 사회에서 문학의 위상과 기능을 새롭게 모색하고 있다는 점에서 주목된다. 그리고 이들의 논의는 최인훈이나 이청준, 이제하 등으로 대표되는 1970년대 서사 텍스트의 실험으로 구체화된다.

3) 문학장의 '외부'와 서사 장르의 경계 넘기

① 엘리티즘적 문학장 '외부'의 호명

위에서 살펴본 것처럼 1960년대와 70년대 서사 장르에 대한 비평적 논의는 크게 두 가지 방향에서 이루어졌다. 하나는 한국문학의 개별성에 초점을 맞추는 경향으로, 이는 전통 서사 장르에 대한 복원과 제3세계 문학으로서의 한국 문학 장르의 특수성 고찰로 수렴된다. 다른 하나는 문학이 지니는 보편성에 초점을 맞추는 경향으로, 이는 특히 프랑스 문예사조에 대한 수용과 문학사회학적 인식을 통한 양식론의 제기로 수렴된다.

그런데 이들 논의는 그 뚜렷한 차이에도 불구하고 당대 서사 장르를 엘리티즘적 문학장 내부의 것으로 한정짓고 있다는 점에서는 공통적이다. 물론 몇몇 논픽션이나 환타지 장르의 텍스트를 통해 서발턴 담화가 재현되기도 하지만, 이러한 양상은 어디까지나 예외적인 것이었다. 즉, 정작 4·19를 통해 혁명적 '주체'로 현현한 다수 서발턴의 목소리는 여전히 문학장의 '외부'에 놓인 셈이다. 그런 면에서 다음과 같은 서사 장르에 대한 인식은 매우 중요한 의미를 지닌다.

> 문학을 서정적 양식, 서사적 양식, 극양식으로 3분한다면 소설은 서사시와 더불어 서사적 양식에 속한다. 서사시가 고전적 세계에 대응되는 것이라면 소설은 근대적 세계에 대응되는 것이며, 도래할 제3의 세계(미래)에는 그에 상응

하는 새로운 서사적 양식인 〈그 무엇〉이 출현될 것이다. 이 점에서 보면 소설 은 과도기적 성격을 면하지 못하는 것이다. 이러한 장르성격상 소설은 그 창 작방법이 다른 장르와 비교할 때 훨씬 정밀하지 못하고, 자유분방한 것이며, 자칫하면 창작방법을 논의할 수조차 없는 형편으로 보이기 쉽다.[49]

위의 인용문에서 주목되는 부분은 엘리티즘적 문학장을 관통하는 고전 적 장르 개념을 역사적이고 가변적인 개념으로 파악하는 지점이다. 주지하 다시피 아리스토텔레스의 『시학』 이후 문학을 서정, 서사, 극으로 분류하 는 것은 매우 오래된 장르 구분의 관습이다. 그런데 김윤식은 서사 장르가 역사적 흐름에 따라 서사시에서 소설로 이행했음을 지적하며, 이후에는 "그 무엇"으로 다시 이행할 것임을 주장한다. 이는 특히 소설의 경우 그 창작방법이 "자유분방"함으로 인해 "과도기적 성격"을 지니고 있다는 인식 으로 나아간다. 물론 김윤식의 논의는 헤겔과 루카치의 장르 이론을 바탕 으로 한 것이지만, 적어도 근대 소설이 서사 장르의 절대적인 범주가 아니 라는 점은 분명히 밝히고 있다. 이러한 장르 인식에 따르면, 엘리티즘적 문학장의 '외부'에서의 서사 역시 언제든지 문학 텍스트에 틈입할 가능성 을 항시적으로 지니고 있는 셈이다.

이와 관련하여 이 시기 서발턴의 자기 재현이 활발히 수행된다는 점은 충분히 강조될 필요가 있다. 유동우나 석정남 등의 수기가 대표적인 바, 이들은 자신의 삶을 스스로 서사화했으며, 이는 문학장에도 상당한 '충격' 을 미쳤다.[50] 특히 관념적인 층위에서 문학과 현실의 관계를 조망하던 지

---

49) 김윤식, 「소설이론과 창작방법 논의: 소설의 장르적 성격」, 『한국학보』 5권 4호, 1979, 147쪽.
50) 1970년대 일련의 노동자 수기와 관련해서는 비교적 최근 활발히 연구가 도출되고 있다. 대표적인 것으로 노동자 글쓰기를 당대 저널리즘과의 연관성 속에서 조망하고 있는 김성환의 연구(「1970 년대 노동수기와 노동의 의미」, 『한국현대문학연구』 37, 한국현대문학회, 2012), 글쓰기 주체의 변화에 따른 증언적 성격을 분석하고 있는 오창은의 연구(「민중의 자기서사와 한국 노동현실의 증언」, 『한국문학이론과비평』 76, 한국문학이론과 비평학회, 2017), 당대 노동자들을 규율하던

식인-작가들에게 서발턴의 서사는 기존의 관습화된 소설 개념을 성찰하는 계기로 작동한다.

이러한 맥락에서 기존 문학장의 지식인-작가들에 의해 구성된 텍스트에 나타나는 서발턴의 발화 형식에 대한 재현은 보다 섬세한 독해를 요구한다. 서발턴은 공적 담론에서 억압되거나 배제된 존재이기 때문에 문학장 '내부'의 텍스트에 진입하기 어렵다. 그리고 공적 담론에서 서발턴의 언어를 '번역'하는 것 역시 어렵기는 마찬가지이다. 즉, "사회구성원 각자는 자기집단이 향유하는 특유한 언어를 내면화하고 있기 때문에 다른 집단의 언어유형으로 바꾸어 말을 주고 받기란 쉽지 않다. 대부분의 사람들은 다른 집단이나 계급으로 자신의 사회적 신분이 옮겨지지 않는 한 일생동안 자기가 태어난 집단의 언어양식에 얽매일 수밖에 없다."[51]

그러나 서사 장르의 개방성과 가변성으로 인해 종종 이들의 발화는 텍스트에 자신의 흔적을 남기기도 한다. 특히 서발턴이 빈번히 사용하는 담화 형식, 예컨대 유언비어, 소문, 괴담 등은 주목을 요한다. 당시 "유언비어는 주로 동네 이웃집이나 사랑방, 식당, 술집 등에서의 일상적인 모임, 학교와 학원에서의 일상적인 수업, 그리고 버스나 택시 승차와 같은 일상적인 행위 속에서 유포되었다. 유언비어가 갖는 이러한 일상성은 정부의 통제를 어렵게 만들었"[52]으며, 이는 각종 소문이나 괴담, 풍문 등도 마찬가지였다.

지배적 담론을 추적하고 있는 신병현의 연구(「70년대 지배적인 담론구성체들과 노동자들의 글쓰기」, 『산업노동연구』 12권 1호, 한국산업노동학회, 2006), 여성노동자의 서술적 정체성의 형성이라는 측면에 주목하는 김양선의 연구(「70년대 노동현실을 여성의 목소리로 기억/기록하기」, 『여성문학연구』 37, 한국여성문학학회, 2016) 등을 들 수 있다. 반면 역으로 이들 서발턴의 자기 재현 서사가 기존의 문학장에 미친 영향에 대한 연구는 거의 없는 것이 사실이다.

51) 원우현, 「대중문화와 유언비어」, 『현대사회』 1권 3호, 현대사회연구소, 1981, 118쪽.
52) 오제연, 「1970년대 '유언비어'의 불온성」, 『역사문제연구』 32, 역사문제연구소, 2014, 198쪽.

여기서 역사적으로 지배적인 인식틀(에피스테메)이 의심의 대상으로 인식될 때, 이들 언어 형식이 활발히 나타난다는 점에 주목할 필요가 있다. 근대문학의 영역에 국한시킨다면 1930년대 이른바 '전형기' 소설에 유독 강하게 유언비어, 소문, 괴담 등이 빈번히 재현된다. 이는 4·19라는 '혁명'을 통해 단지 정치적 변혁만이 아니라, 기존 지배 담론의 틈새를 뚫고 현현한 서발턴의 경험에서도 나타난다.

이러한 맥락에서 기존의 4·19와 한국문학에 대한 연구가 일종의 엘리티즘적 한계를 노정하고 있었다는 점은 충분히 강조될 필요가 있다. 일반적인 역사 담론은 4·19의 주도층을 '대학생-지식인 집단'으로 설정하고 있다. 이 과정에서 정작 4·19에 참여했던 서발턴적 존재들은 '혁명'에서도 다시 억압되고 추방된다. 하지만 "오늘날 4·19가 지녔던 대중봉기적 성격은 몇몇 연구사에서나 상기될 뿐 대중적으로는 거의 잊혀 있지만, 187명의 사망자 명단에서 운전사, 직공, 이발사 등의 직업으로 표시된 이름이 높은 비중으로 눈에 띄는 것을 보더라도 도시 빈민층이 1960년 3~4월의 정치적 격변에서 중요한 역할을 했다는 사실은 부정할 수 없다. 넝마주의와 구두닦이, 양아치와 깡패 등이 섞인 이들은 경찰서 습격 등의 사건에서 흔히 선두에 섰"[53]다는 점을 기억한다면 연구의 엘리티즘적 성격 역시 극복될 필요가 있다. 왜냐하면 이들은 4·19 이전은 물론 그 이후에도 여전히 문학장에서 배제되어 왔기 때문이다. 그리고 이 점이야말로 4·19로 촉발된 '문학'의 혁명을 실체적으로 규명하는 데 핵심적인 과제이기 때문이다.

논리적으로 문학장에서 추방된 서발턴의 목소리는 두 가지 방식을 통해 다시 복원될 수 있을 것이다. 먼저 서발터니티가 잠재되어 있는 텍스트들을 방치되어 있는 자료 창고로부터 찾아내고, 이를 대안적인 문학사 서술

---

53) 권보드래, 「4·19와 5·16, 자유와 빵의 토포스」, 『상허학보』 30, 상허학회, 2010, 92쪽.

로 수렴하는 방법이 있다. 기실 이러한 방식은 그 연구 방법론의 적합성에 대한 의문을 수반할 수밖에 없다. 왜냐하면 원론적으로 서발턴은 말할 수 없기 때문이다. 따라서 이들의 목소리를 담은 텍스트는 부재할 수밖에 없다. 따라서 실제 적용 가능한 방법은 이미 정전화 되어 있는 '문학' 텍스트를 해체하고 다시 쓰는 것이다. 텍스트가 물질이며 따라서 모순을 내포하고 있다는 가설에 동의한다면 이와 같은 작업의 타당성을 승인할 수 있을 것이다. 그러나 이 작업 역시 간단하지 않다. 이와 관련해서 이미 유명한 스피박의 논의를 환기할 필요가 있다. 그녀는 부바네스와리 바두리의 자살에 대한 해석을 통해 "서발턴은 말할 수 없다."[54]는 테제를 도출한다. 흥미로운 것은 이 글이 발표된 지 11년 후, 그녀가 여기에 약간의 수정을 가한다는 점이다. "내가 여기에서 논의하고 있었던 것처럼 보이는 바의 일부는, 서발터니티 주장에 대한 여성들의 끼어들기는 이질적인 환경에 처한 여성들의 말 없음 때문에 정의상의 엄밀한 노선들을 가로질러 분명하게 구획될 수 있다는 것이다. 라니 굴라니는 우리에게 말을 걸 수 없다. 토착 가부장적 '역사'가 그녀의 장례식 기록만을 남기고자 하며 식민 역사는 그녀를 부수적인 도구로서만 필요로 하기 때문이다. 부바네스와리는 자신의 육체를 여성/글쓰기의 텍스트로 바꿈으로써 '말하기'를 시도했다. '서발턴은 말할 수 없다'는 내 선언에 담긴 즉각적인 정념은 그녀 자신의 가족에서도, 여성들 사이에서도, 50여년의 세월 속에서도 그녀의 시도가 실패했다는 절망에서 나왔던 것이다."[55] 이러한 변화가 중요한 것은 '서발턴은 말할 수 없다'는 테제보다, 서발턴은 "자신의 육체를 여성/글쓰기의 텍스

---

54) G. Spivak, 「서발턴은 말할 수 있는가?」(초판본), ed. by R. Morris, 태혜숙 옮김, 『서발턴은 말할 수 있는가?: 서발턴 개념의 역사에 관한 성찰들』, 그린비, 2013, 490쪽.
55) G. Spivak, 「서발턴은 말할 수 있는가?」(수정본), 위의 책, 135~136쪽. 참고로 스피박의 초판본은 1988년에, 수정본은 1999년에 각각 발표되었다.

트로 바꿈으로써 '말하기'를 시도"할 수 있다는 징후적 독법의 가능성이 강조되기 때문이다. 기실 '서발턴은 말할 수 없다'는 테제는 문학사 서술과 관련하여 일종의 윤리적 감각만을 제공할 수 있을 따름이다.56) 반면 스피박의 수정본을 적극적으로 독해한다면, 문학 연구와 관련하여 매우 중요한 새로운 가능성을 추출할 수도 있을 것이다. 일반적인 문법과는 '다른' 텍스트 독해를 통해 아주 미미하게나마 서발턴의 흔적이나 얼룩, 점 등을 읽어낼 수 있기 때문이다. 마치 생리 기간을 택해 자살을 선택한 부바네스와리의 '결단'으로부터 강고한 영국 제국주의와 힌두 민족주의의 프레임으로부터 벗어나려는 목소리를 읽어낼 수 있는 것처럼 말이다.

이와 관련하여 인도 서발턴 연구 그룹의 작업 역시 참조할 수 있다. 바드라(G. Bhadra)는 1857년 인도에서 벌어진 4개의 농민 봉기 사례를 검토하며 기존 역사에서 간과된 서발턴의 양상을 복원하려 한다. 이를 통해 그는 서발턴이 자신을 재현하는 흥미로운 몇 가지 전략을 추출한다. 예컨대 힌두 언어의 수사학을 통한 봉기 상징의 확산이나 종족적 정통성을 강조하는 표상의 활용, 전통적 통치 체계의 적극적인 현재화, 토착 신앙과 근대적 가치 체계의 혼종 등이 이에 해당한다.57) 주목되는 것은 그가 사용하는 사료가 공식적인 기록들─조서, 보고서, 재판 기록 등등─이라는 점이다. 서발턴이 직접 자신을 재현한 텍스트는 당연히 거의 없을 가능성이 크다. 있다 하더라도 그것은 담론 장에 진입하지 못한 텍스트 미달의 형식으로 소멸했을 가능성이 크다. 이러한 상황에서 그가 택하는 방식은 공적 텍스트에 대한 전복적 읽기의 전략이다.58)

---

56) 엘리티즘에 입각한 아카데미에서의 문학 연구가 서발턴의 목소리를 외부로 추방시킨 결과라는 점을 인지하게 한다는 점에서 그러하다.

57) Gautam Bhadra, "Four Rebel of Eighteen-Fifty-Seven", Edited by Guha and Spivak, *Selected Subaltern Studies*, Oxford University Press, 1988, pp. 129~175.

58)

결국 엘리티즘적 문학장 외부에 놓인 서발턴의 발화를 복원하기 위해서는 이러한 '전복적 읽기'의 방법이 활용될 필요가 있다. 특히 소설의 경우 그 장르적 속성상 매우 개방적인 담화 형식이라는 점을 고려한다면, 구체적인 텍스트에 잉여나 얼룩처럼 잠재된 양상들을 적극적으로 복원하는 것이 가능하다. 여기에는 텍스트에 삽입된 유언비어나 소문, 괴담 등의 의미를 분석하는 작업이 포함된다. 이를 통해 비로소 문학장 '외부'의 서사를 문학으로 호명하는 것, 나아가 근대 소설로 포획되지 않는 서사 장르의 존재를 탐색하는 것이 가능할 것이다.

② 인접 예술 장르와의 접속과 작품에서 텍스트로의 전환

한 편, 1970년대 이후 급속한 산업사회로의 진입과 함께 기존의 예술 장르 역시 큰 변화를 맞게 된다. 특히 이른바 '대중문화'의 대두는 문학은 물론 예술 전반에 걸쳐 커다란 논쟁점으로 설정된다. 대체로 기존 예술 장르의 미학적 속성과 비교하여 대중문화의 문제점을 경고하는 논의가 주된 경향을 이루는데 반해, 몇 가지 측면에서 대중문화가 지니는 특성을 적극적으로 재인식하려는 논의 역시 상당한 흐름을 이룬다. 이들의 논의는 구체적으로 특권층에 국한된 예술 향유 기회의 확산, 기존 예술의 고답적 성격의 극복, 나아가 전통문화에 대한 전유 등으로 나타난다.

> 특히 娛樂的인 傾向이 두터운 Film, Radio, Television의 出現으로 인해서 從來에는 王侯·貴族만이 즐길 수 있었던 많은 經驗을 一般大衆도 享有할 수 있게 하였다. 거의 自己의 慾求대로 音樂을 들을 수 있게 되고, 또 世界的인

---

58) 유사한 맥락에서 라나지트 구하의 경우는 공적 텍스트에 대한 전복적 읽기의 구체적인 방법론으로 공문서를 비롯한 공적 텍스트에 사용된 "용어들의 가치를 전도"시키며, "용어들로부터 다른 한 쪽의 함축적인 용어들을 이끌어내는" 방법을 제안하기도 한다. Ranajit Guha, 김택현 옮김, 『서발턴과 봉기』, 박종철 출판사, 2008, 34쪽.

Sport의 試合에도 接할 수 있게 되었다. 이러한 事實은 一般大衆의 生活을 豊富하게 만들었고, 그들의 趣味나 敎養에 대해서 상당한 영향을 입히고 있다.[59]

위의 인용문에서 매체의 발전은 소수의 특권층에게 국한되어 있던 예술 향유의 가능성을 확산시켰다는 점에서 긍정적으로 평가된다. 특히 그 중에서도 영화, 라디오, 텔레비전 등의 매체는 대중적인 예술 향유를 가능하게 하는 매개로 주목된다. 물론 그 매체에 담긴 내용이 지닌 상업성이나 통속성, 나아가 지배 이데올로기적 특성 등에 대한 비판 역시 제기되지만, 적어도 매체의 발전이 기존의 엘리티즘적 예술 장르를 확산시켜 보다 대중적인 예술적 경험을 추동하는 계기로 기능하였음은 부정할 수 없는 사실이다. 그런데 이러한 경향은 곧 기존의 주류적인 예술 매체의 확산과 인접 장르와의 교섭으로 나타난다. 예컨대 당시 대중문화의 대표적인 매체로 대두한 영화의 경우 활자 매체인 소설을 원작으로 한 변용이 매우 활발히 진행되며, 이는 활자 매체로 재현된 서사 텍스트를 TV 드라마나 라디오 드라마, 혹은 공연 텍스트로 변용하는 양상에서도 동일하게 나타난다. 이 시기 최인호나 조선작, 조해일 등의 텍스트로 대표되는 이른바 '대중소설'의 영화화 경향과 '4·19 세대'를 대표하는 작가인 김승옥의 시나리오 창작은 이러한 변화를 단적으로 보여준다.

그러나 당대 대중문화론이 단순히 기술적 측면에서 예술 향유의 대중화라는 테제로 수렴되는 것은 아니다. 오히려 주목되는 것은 오래된 고급문화와 대중문화, 혹은 순수문화와 통속문화라는 이분법적 구도 자체를 해체할 수 있는 계기로 매체의 발전을 인식하는 경향이다.

---

59) 장을병, 「대중사회와 Mass Communication의 機能」, 『성대논문집』, 1964, 226쪽.

現代藝術은 技術의 도입으로 무한한 可能性을 발견했지만 동시에 大衆藝術속에 보다 높은 藝術의 가능성도 있다고 생각한다. Columbia 大學英文科 教授 Albert Goldman은 〈록큰롤〉의 歷史的擡頭를 考察하면서 Rock은 보다 높은 想像的水準으로 몰아가면서 大衆藝術의 가장 오래된 꿈의 하나를 실현하기 시작했다고 주장하고 있다. 즉 그 꿈이란 '生活的이지만 조잡한 大衆藝術의 成長속에서 그 自體의 힘과 높은 藝術的美와의 결합으로 새로운 純粹藝術을 創造하자는 것이다.'

그는 그 좋은 例로서 Rock을 들어 Rock은 우리들을 通俗化시키거나 向上시키는 대신 文化的壓力과 힘을 調和시켜 가장 얕고 낡아빠진 것에서 가장 높고 새로운 것으로의 길을 열었고 그 길을 통해서 에너지와 사상의 소생된 電流가 흐르고 있다고 말한다.[60]

위의 인용문에서 나타나는 것처럼, 주류적인 인식과는 달리 대중문화를 통해 새로운 예술적 성취를 거둘 수 있다는 인식 역시 제기되고 있었다. 구체적으로 '락'의 경우 기존의 클래식과는 구분되는 "大衆藝術"에 속하지만, 이는 산업자본에 의해 대중들을 "通俗化"시키거나, 혹은 기성 예술의 문법으로 고유한 대중적 감수성을 "向上"시키는 것이 아니라, 오히려 대중들에게 가해지는 기성 예술의 "文化的壓力"과 매체의 "힘"을 "調和"시켜 새로운 예술적 성취를 획득할 가능성을 확보하고 있다는 것이다. 이러한 문제의식은 대중문화가 소수 특권계층에 국한된 기성 예술의 한계는 물론, 산업자본의 일방적인 통속성과 상업성을 극복할 가능성을 잠재하고 있음을 지적하고 있다는 점에서 당시로서는 매우 급진적인 인식을 표출한 것으로 볼 수 있다. 그리고 이러한 문제의식은 실제 대중들의 급진적인 전유의 기획을 통해 구체화되기도 한다.

---

60) 이상희·곽소진, 「대중문화 이론의 비판적 연구: 예술의 대중화와 관련하여」, 『언론정보연구』 8, 서울대학교 언론정보연구소, 1971, 96쪽.

(전략) 또 다른 예를 든다면 우리들은 대중가요 같은 것이 굉장히 현실을 외면하고 있다고 하는데 거기에 대해 어떤 의식있는 근로자들 간에 그것에 대한 거부반응이 차차 일어나는 것 같아요. 예를 들면 〈미운 사람〉이란 대중가요 곡조에다 우리들에게 맞는 '슬픈 현실' '오르는 물가' 등의 가사로 바꿔서 부르고 있어요. 텔레비전에서 나오는 것처럼 확 퍼지지는 못하지만 점차적으로 소곤소곤 퍼져가고 있어요. 진정한 대중문화의 발전은 각자의 환경 속에서 대중들에 의해 이뤄져야 한다고 생각해요.[61]

당시 노동자 글쓰기의 한 전형을 마련한 것으로 평가되는 석정남은, 대중문화의 문제점을 지적하는 위의 좌담에서 다른 참여자들과는 변별되는 인식을 표출한다. 다른 참여자들이 주로 이론적 층위에서 대중문화의 상업성이나 통속성을 비판하거나, 혹은 지배 이데올로기의 주입 등의 위험성을 지적하는 반면, 석정남은 '대중가요'의 '가사'를 바꿔 부르는 노동 현장에서의 사례를 들어 "진정한 대중문화의 발전"의 가능성을 제기한다. 이러한 사례는 급속한 산업화 과정에서 대두한 매체의 발전이 수용자의 능동적인 전유와 폐기의 전략을 통해 그 상업성과 통속성은 물론, 기성 '고급문화'가 지닌 고답성을 극복할 수 있는 계기로 작동할 가능성을 지니고 있음을 실제로 보여준다는 점에서 매우 중요한 것으로 평가할 수 있다. 특히 대중문화 텍스트를 완결된 '작품'으로 인식하는 것이 아니라, 대중들이 처한 "각자의 환경" 속에서 재구성되는 개방적인 '텍스트'로 인식한다는 점은 충분히 강조될 필요가 있다. 왜냐하면 이러한 인식을 통해 작가와 독자 간의 위계질서를 해체하고, 수용자를 예술의 주체로 호명할 수 있는 가능성이 도출되기 때문이다.

한편, 대중문화에 대한 문화사적 고찰을 통해 이를 전통문화와의 연관

---

61) 한완상·오도광·박우섭·석정남·김윤수, 「좌담: 대중문화의 현황과 새 방향」, 『창작과비평』, 1979 가을, 41쪽. 인용한 부분은 석정남의 발언이다.

성 속에서 해명하려는 경향 역시 주목할만한 현상이다. 근대 이전의 문화에서도 엘리트층이 향유하는 '고급문화'와 민중들이 향유하는 '대중문화'는 구분되어 존재했으며, 당대 전통 담론의 영향 속에서 활발히 복원된 전통문화는 이 중 대중문화의 가치를 재인식하는 방향으로 계승될 여지를 풍부히 지녔기 때문이다.

> 만일 大衆文化를 集合槪念으로 보지 않고 國民·民衆·被支配者·勤勞者等 多數槪念으로 본다면 前述한 模倣·消費·疎外·頹廢性의 엘리트文化가 될 순 없다. 오히려 傳統文化와 價値가 大衆文化의 特性이랄 수 있는 것이다. 그러므로 우리나라의 大衆文化에 대한 새로운 認識과 形成이 必要하다.62)

위의 인용문에서 주목되는 것은 두 가지이다. 하나는 대중문화를 "集合槪念"으로 보는 대신 "多數槪念"으로 파악하고 있다는 점이다. 이 경우 대중문화는 소수의 "엘리트"의 문화와는 구분되는 다수 피지배층의 문화로 인식된다. 다른 하나는 이 '다수개념'으로서의 대중문화의 특성을 역사적으로 고찰하며 당대 대중문화를 "傳統文化"의 가치를 계승할 가능성을 내포한 것으로 인식한다는 점이다. 이 경우 대중문화는 서구 엘리티즘적 문화의 '이식'을 통해 형성된 근대문화 일반과는 구분되는 특성을 지니는 것으로 파악된다. 이러한 문제의식에서 특히 강조되는 것은 설화나 민담 등을 토대로 한 굿이나 마당극, 가면극 등의 전통 연희 양식에 대한 현재화의 필요성이다.

> 요컨대, 집단연희로서의 한국민속연희의 집단적 공동참여의 場에서 진행되는 미적체험에서는 미적창작체험과 미적향수체험, 이 양자를 결속시키는 根源的인 統一性이 있는 것이다. 이러한 統一性이야말로 주체와 객체에

---

62) 유영길, 「매스콤과 대중문화」, 『寶雲』, 충남대학교 교지, 1974, 268쪽.

일관된 연관성을 맺어주는 것이어서, 미적체험에 있어서의 兩分性을 극복하게 해 주는 것이다.[63]

한국 근대문화에서 공연 양식은 서구의 근대 희곡과 그에 입각한 드라마트루기의 구현을 통해 전개되어왔다. 그러나 당대 대중문화론과 전통 담론이 결합되면서 이러한 경향에 대한 비판적 인식이 확산되기 시작한다. 위의 인용문에 나타난 것처럼, 한국의 민속 연희는 '제4의 벽'으로 상징되는 창작과 수용의 괴리를 극복하고, "주체와 객체에 일관된 연관성"을 구현할 수 있는 양식으로 재인식된다. 이러한 문제의식 속에서 대학가를 중심으로 시작된 전통극 운동은 농민이나 노동자들의 삶의 현장으로 확산되어 '민중문화운동'의 중요한 미학적 특성을 구현한다.

위에서 살펴본 것처럼 당시 급속한 산업화 과정에서 대두한 대중문화론은 매우 다양한 방향으로 분화되어 나타난다. 물론 당시의 대중문화가 지닌 상업성이나 통속성, 나아가 지배 이데올로기의 확산 등의 문제는 부정할 수 없는 사실이다. 그러나 동시에 대중문화의 확산은 소수 특권계층에게 독점되어 있던 예술 향유의 기회를 다수 대중에게 제공하는 역할을 수행했으며, 이 과정에서 대중들은 종종 전유와 폐기의 전략을 통해 석정남의 표현처럼 "진정한 대중문화"의 가능성을 구현하기도 했다. 나아가 전통문화의 대중문화적 성격에 대한 사유는 특히 공연 예술 영역에서 예술의 주체와 객체의 경계를 해체하며, 대중을 예술의 주체로 호명하려는 문제설정으로 진전되기도 했다. 이러한 맥락에서 1970년대 서사 장르에 대한 분석은 활자 매체 뿐 아니라, 새롭게 등장한 영상 매체나 공연 매체 등으로 확장되어 이루어질 필요가 있다. 그리고 이 과정에서 매체적 특성에 입각

---

63) 채희완, 「가면극의 미의식 연구대상으로서의 의식」, 『미학』 5권 1호, 한국미학회, 1978, 12쪽.

한 서사 텍스트의 변용이나 수용자들을 예술적 주체로 호명하려는 기획 등의 양상이 보다 세밀하게 검토될 필요가 있을 것이다.

제2부

민족문학론의 분화와 서사 장르의 확산

1. 리얼리티의 현현과 논픽션 양식의 발견

1) 이데아의 현현으로서의 4·19 체험

4·19가 지성사에 미친 영향은 매우 클 것이다. 무엇보다 '책'에서의 '관념'으로만 접할 수 있었던 '민주주의'라는 '이데아'가 실제 현실에서 현현하는 것을 목격한 첫 번째 사례이기 때문이다. 특히나 일제 말기 천황제 파시즘과 해방 직후 벌어진 한국전쟁의 기억을 통해 도무지 이해할 수 없는 개념으로서의 '역사'를 집단적 의식으로 지니고 있던 당대 사회구성원들에게, 4·19는 그 자체로 이데아와 현실이 일치되는 매우 신비로운 '사건'으로 감각되었을 듯하다. 그리고 이러한 감각은 당대 문학장에서도 유사하게 작동했을 것이다.

그렇다면 문학 장르의 측면에서 '픽션'으로 고정화된 '소설' 장르에 대한 재인식이 일어나는 것은 필연적이다. 원론적으로 '픽션'이 '이데아'에 대한 가상적 모방을 추구하는 장르라면, 이미 이데아가 현실로 현현한 상황에서 '픽션'의 유효성은 상실되기 때문이다. 픽션을 매개로 해서만 간접적으로 그 관념을 접할 수 있던 이데아는, 이제 현실에서의 구체적인 '사건'으로 서사화되었기 때문이다.

따라서 4·19 이후 소설에서 매우 빈번히 논픽션적 성격이 나타나는 것[64]은 장르사회학적으로 상당히 중요한 경향으로 볼 수 있다. 오상원이나 신상웅, 박태순 등의 작품에서 재현되는 4·19는 당시 사건의 논픽션적 재현에 가깝다. 여기에 1960년대 참여문학론과 1970년대 민족문학론의 영향 속에서 일련의 작가들이 '르포' 등의 표제장르명을 명기하고 아예 '논픽션' 장르 창작에 나서는 경우가 빈번하다는 점은 4·19 이후 문학장에서 관습화된 '픽션'으로서의 서사 장르와 변별되는 '논픽션' 장르에 대한 재인식이 구체적인 텍스트 창작, 혹은 '기록'으로 발현된 사례라는 점에서 주목할 만한 현상이다.

2) 이데아와 리얼리티의 균열과 낙차

박태순은 문학사적으로 매우 흥미로운 존재이다. 한 편으로는 이른바 4·19 세대를 대표하는 작가라는 점에서 그러하지만, 동시에 그가 1970년대 이후 르포 창작에 나섰다는 점에서 그러하다. 그는 4·19를 다룬 일련의 소설을 발표하고 이후 도시 주변부의 삶을 소설화한 후, 몇 편의 르포를 발표한다.[65] 그 첫 텍스트는 바로 '전태일'의 죽음을 다룬 것이다.

---

64) 실제로 1960년대 이후 논픽션은 한국의 매우 중요한 글쓰기 양식으로 대두된다. 김성환에 의하면 "1960년대 이후 한국에서 에세이, 수필 등의 비문학 산문들은 베스트셀러의 목록에 오"르며, "잡지마다 논픽션을 게재하기 시작했으며, 발굴과 공모 등의 과정을 거쳐 저널리즘 글쓰기는 대중적인 읽을거리로 등장"했다. "1970년대의 소설과 저널리즘 글쓰기는 적어도 대중 매체의 공간 내에서는 잡지의 동격의 읽을거리로서 수용된 장르"이기도 했다. (김성환, 「1970년대 논픽션과 소설의 관계 양상 연구」, 『상허학보』 32, 상허학회, 2011, 17쪽)

65) 이와 관련하여 다음과 같은 소설사적 평가를 참조할 수 있다. "「무너진 극장」이 르포적 관찰과 보고, 비평적 분석이 뒤섞이는 독특한 구성을 취하고 있다고 했는데 이 두 측면이 이후의 박태순 소설을 양분한다. 전자는 『정든 땅 언덕 위』(1973)에 실린 '외촌동(外村洞)' 연작을 거쳐 마침내는 진짜 르포인 「소신-전태일」(1970), 「광주단지 3박4일」(1971), 그리고 국토기행문 「국토와 민중」(1983)으로 이어진다. 상상력을 가능한 한 억제하는 이같은 르포 형식은 대단히 큰 소설사적 의미를 갖는데(후략)", 김윤식·정호웅, 『한국소설사』(개정증보판), 문학동네, 2000, 413쪽. 단 전태일

그런가하면 그는 너무 많은 이상과 꿈을 가지고 있었다. 실현되기에 불가능한 것은 아니었다. 그 하나로서 一九六九년 十一월 一일 그는 한통의 가공적인 편지를 써놓고 있었다. 그것은 「태일 피복」이라는 회사의 대표인 「전태일」씨가 그 종업원들에게 띄우는 편지였다. 그는 이 글 속에서 피복 계통에 관하여 누구보다도 자세히 알고 있고, 그래서 종업원과 업주가 가장 이상적으로 융합될 수 있는 회사의 설계도를 펴고 있었다.

이러한 꿈은 수기노트의 마지막 부분에 가서 구체적인 사업 계획서로 발전되어 있었다.

(중략)

또한 그는 분명히 자서전적인 대하 소설을 쓸 준비를 하고 있었다. 그는 四十五장(章)에 이르는 방대한 계획을 세워 목차를 써놓았다.[66]

그의 르포에 따르면 전태일의 '이상'과 '꿈'은 "실현되기에 불가능한 것은 아니었다." 이는 전태일이 "한통의 가공적인 편지"[67]를 통해 제시한 "종업원과 업주가 가장 이상적으로 융합될 수 있는 설계도"와 "구체적인 사업 계획서"를 통해 알 수 있는 사실이다. 여기에 전태일이 자신의 죽음을 준비하던 시기, "자서전적인 대하 소설"[68]을 구성하고 있었다는 점 역시 주목된다. '편지'와 '사업 계획서'와 '소설'은 모두 그의 '이상'과 '꿈'이 형성된 구체적인 계기와 이를 실현시키기 위한 모색의 재현 양식이라는 점에서 동일한 성격을 지닌다. 여기서 문학장의 전통적인 장르 규범은 그 유효성을 상실한다. '편지'가 수신자에게 특정한 메시지를 전달하는 장르라면 전태일의 그것은 '가공적'이라는 점과 결국 발신되지 못했다는 점에서 일반적인 '편지'의 장르 규범으로부터 벗어나며, '소설'이 픽션을 통해 특정한

의 죽음을 다룬 르포가 1970년에 발표되었다는 기록은 오류로 보인다.
66) 박태순, 「燒身의 警告」, 『여성동아』, 1971.1, 218쪽.
67) 이 "가공적인 편지"는 이후 전태일의 일기, 수기, 편지 등을 모은 단행본(전태일, 전태일기념사업회 엮음, 『내 죽음을 헛되이 말라』, 돌베개, 1988)에 수록되어 대중적으로 그 내용이 알려지게 된다.
68) 『전태일 평전』을 기록한 고 조영래 선생 역시 전태일의 소설에 대해 기록해두고 있다. 조영래, 『전태일 평전』, 돌베개, 1983, 270~272쪽을 참조.

주제의식을 미학적으로 형상화하는 장르라면 전태일의 그것은 오히려 자신의 성장 체험을 중심으로 한 자서전적인 '수기'에 가깝다는 점에서 일반적인 '소설'의 장르 규범을 벗어나기 때문이다.

'소설가' 박태순이 전태일의 '글'을 읽으며 새롭게 인식한 것은 결국 이와 같은 기존 문학 장르가 지닌 한계일 것이다. '근대화'와 '산업화', 혹은 '군부독재'와 '종속경제' 등의 관념은 전태일의 죽음을 통해 구체적인 '사건'으로 외현되며, 이때 관념의 모방으로서의 소설은 전태일의 죽음 앞에서 그 미적 전율의 가능성을 상실하기 때문이다. 그리고 소설의 자리를 대신하는 것은 전태일이 남긴 '편지'와 '사업 계획서'와 '소설' 등의 '다른' 서사 장르이다. 그리고 박태순이 이를 통해 4·19로부터 촉발된 '민주주의'라는 이데아를 노동의 문제로 확산시키고 있음은 물론이다.

그런데 정작 박태순의 '르포'에는 '노동'이라는 이데아와는 이질적인 리얼리티 역시 틈입되어 있다.

> 그것(전태일 열사의 운구 도착에 대한 소문—인용자)이야 어찌 되었든 구경 나와 있는 어린 남녀 직공들은 마냥 떠들썩하고, 호기심과 흥분에 쌓여 있었다. 서로들 소곤소곤 얘기하고 시간 약속들을 하고 유행가 가락을 흥얼거렸다.
> 이 바람에 오징어, 다슬기, 군밤, 번데기, 순대국 장사들이 단단히 수지를 맞추고 있었다. 나이어린 직공들은 누가 죽었건 말았건 일을 안하고 쉬게 되었다는 것이 무척 즐겁다는 표정들이었다. 그야말로 축제(祝祭)무드였다.[69]

주지하다시피 전태일 열사의 죽음과 연관된 내러티브는 일반적으로 당대 열악한 노동환경에 대한 인식과 이에 대한 극한적 문제제기, 그리고 '살아 남은 자'의 각성으로 수렴된다.[70] 그러니까 거칠게 말해서 노동운동

---

69) 박태순, 앞의 글, 221쪽.
70) 당대 전태일의 죽음은 급속히 이루어진 경제성장의 "암흑면"을 드러낸 사건으로 이해되기도 하였

의 이데아적 가치의 '현현'으로서 사건의 재현이 이루어지는 셈이다. 반면 위에 인용한 박태순의 '르포'는 이와 같은 이데아와의 낙차를 단적으로 보여준다. 전태일 열사의 죽음은 동료 직공들에게 "호기심과 흥분"을 제공하는 것일 따름이며, "일을 안하고 쉬게 되었다"는 점에서 "축제(祝祭)무드"로 인지될 따름이다. 당연하게도 지식인-엘리트 집단에 속한 '소설가'의 이데아적 인식은, 서발턴들에 의한 리얼리티와 낙차를 지닐 수밖에 없기 때문이다. 바꾸어 말하자면, 박태순의 논픽션 장르 창작이 중요한 것은 단순히 역사적 사건의 '기록'이라는 점 때문이 아니라, 오히려 명징해 보이는 사건에 대한 이데아와 리얼리티 사이의 균열을 '재현'하고 있기 때문인 셈이다.

이는 같은 해 발표된 그의 다른 논픽션에서도 나타난다. 그는 이른바 '광주대단지 사건'을 다룬 글에서 다음과 같이 밝히고 있다.

> 필자가 다음에 인용하는 것은 「서울대학교 後進國社會研究會」에서 1970년 11월에 발표한 「서울시 빈민촌 실태조사 제1차 보고서」의 처음 부분이다. 이 보고서의 제목은 「서울시 板子村의 形成과 離農現像」이다.[71]

박태순이 이 사건을 폭력적인 도시재개발과 이로 인한 도시빈민의 생존권의 문제로 서사화할 수 있는 것은 다름 아닌 "「서울대학교 後進國社會研究會」에서 1970년 11월에 발표한 「서울시 빈민촌 실태조사 제1차 보고서」"를 "인용"할 수 있었기 때문이다. 이를 통해 박태순은 광주대단지 사건을 "서울시 板子村의 形成"과정의 역사적 맥락과 "離農現像"이라는 사회적 맥락

다.(김종열, 「전태일 - 그 죽음 이후」, 『기독교사상』 16권 4호, 대한기독교서회, 1972, 90쪽) 이후의 역사적 평가도 이와 크게 다르지 않다. 가령 구해근은 전태일의 분신이 한국 노동계급이 형성되기 시작되었다는 사실을 알리는 사건이면서, 동시에 노동문제가 사회적 긴장과 갈등을 유발할 수 있는 요소가 된다는 사실을 알려주는 사건이었다고 지적한다. (구해근, 『한국 노동계급의 형성』, 창비, 2002, 110쪽)

71) 박태순, 「廣州團地 4泊5日」, 『월간중앙』, 1971.10, 274쪽.

속에서 인식하게 된다. 그런데 이 글에서도 역시 당대 서발턴에 의해 인지된 리얼리티는 작가의 이데아적 인식과는 큰 낙차를 지닌다.[72] 예컨대 다음과 같은 현지 주민의 "談"이 그러하다.

김 여수(57)씨 談

『그런 소문이 퍼져 있습니다. 남편은 서울 다녀온다고 나간지 일주일이 되어도 돌아오지 않고, 産母는 그동안 꼬박 굶었다 어린애를 낳았는데… 삶아서… 여러 가지 說이 있어요. 사실이다, 「데마고그」다, 얘기도 있고… 수진리에서 일어났다는 얘기. 상대원리에서 있었던 일이라고도 하고… 신문사 支局에서 만원 현상 걸고 「소스」를 캤는데 실패했다는 소리도 있고… 내 생각에는 사실이라 해도 비정상적인 일로서 관심을 둘 것은 없다고 보지만… 産母는 정신병원에 입원했다고도 하지만… 비참한 것은 사실입니다. 밤에 시장에 나가면 쓰레기 통 뒤지는 사람 많습니다』[73]

위에 진술된 내용, 즉 '오랫동안 굶주린 산모가 자신이 낳은 아이를 삶아 먹었다'는 "說"의 진위 여부는 중요하지 않다. 그것이 "사실"이건 "데마고그"건 간에 중요한 것은 이러한 '설'이 "신문사 支局에서 만원 현상 걸고 「소스」"를 찾을 정도로 당시 주민들 사이에서 광범위하게 유통되고 있었다는 점이다.[74] 이때 광주대단지 사건에 대한 역사적이고 사회적인 맥락

---

72) 이는 박태순의 르포가 다른 작가의 르포에 비해 서발턴의 목소리를 기록하는 것에 초점을 맞추고 있기 때문이기도 하다. "지금까지의 논의를 통해 우리는 박태순의 르포가 박기정처럼 시위 현장을 생생하게 전달하지도 그렇다고 신상웅처럼 정부 당국에 대한 비판의 강도가 높은 것은 아니지만, 민중들의 생생한 목소리를 전달함으로써 두편의 르포와는 다른 자신만의 색깔을 표현하고 있음을 확인할 수 있다."(강진구, 「광주대단지 사건과 문학적 재현」, 『어문론집』 64, 중앙어문학회, 2015, 220쪽).

73) 박태순, 앞의 글, 281쪽.

74) 김원에 의하면 당시의 "광주대단지는 위험천만한 장소였지만 도시하층민들에게는 지배자들이 설정한 지리적 단위와 이질적인 동시에 지배담론이 완벽하게 통제 흡수할 수 없는 사회적 공간"으로, "지배담론의 통제가 완벽하게 관철될 수 없는 이질성을 지닌 장소였기 때문에 오히려 루머와 소문 등을 통해 도시봉기가 일어날 수 있었"던 것이기도 했다. (김원, 『박정희 시대의 유령들』,

속에서의 '도시빈민의 저항운동'이라는 이데아는 결국 "「서울대학교 後進國 社會研究會」"라는 지식인 집단에 의해 구축된 것이라는 점을 알 수 있다. 당시 사건의 당사자였던 서발턴들이 인지한 리얼리티는 "비정상적인 것"의 양상으로 나타날 따름이며, 이와 같은 균열은 지식인 집단과 서발턴 집단 간의 지적·문화적 차이의 문제로 인해 필연적으로 발생하는 '낙차'이기 때문이다.

3) 장르 혼종을 통한 다성성의 구현

박태순의 르포 외에도 같은 광주대단지 사건을 기록한 르포가 또 하나 있다. 신상웅의 기록이 그것인데, 박태순의 르포와 비교할 때 상당히 흥미로운 점이 발견된다.

> 1789년 7월 14일 새벽. 베르사이유 宮殿의 우람한 城砦 안은 요요한 침묵 속에 잠겨 있었다. 브루봉朝 최후의 왕은 짧은 여름밤의 늦잠을 즐기고 있었던 것이다. 이때 갑자기 성채 바깥 쪽에서 천지를 뒤흔드는 듯한 함성이 터졌다. 누군가 경황 없는 발걸음이 임금의 침실 앞에 멎어서며 떨리는 손으로 문을 두드렸다.
> 『뭐냐?』
> 잠에 취한 루이 16世의 신경질적인 목소리가 들리자 侍從이 말했다.
> 『백성들이 일어났습니다.』
> 『뭐라고?』
> 『저 함성은 굶주린 백성들이 울부짖고 있는 소립니다.』
> 『뭐야? 무엄하게스리.』
> 『황공하옵니다, 저것이 바로 혁명이라는 것입니다.』
> 인간이 極端에 이르면 무엄한 짓을 가리지 않는다. 1971년 8월 10일에

현실문화, 2011, 304쪽)

일어난 광주대단지 항쟁은 忍從의 극한에 이른 민중의 뼈에 사무친 蹶起이다. 그들은 더 이상 어쩔 수 없었고, 저주스럽게도 더 이상 붙들고 앉았을 美德조차도 없었다. 그들은 끝까지 겸허하게 비장하고 있던 最後의 手段을 드디어 사용했을 뿐이다.75)

우선 눈에 띄는 것은 박태순에 비해 훨씬 급진적인 "항쟁"이라는 표현을 사용하고 있는 점이다. 그런데 이보다 주목되는 것은 그가 이와 같은 "항쟁"으로서의 사건을 재현하기 위해 "1789년 7월 14일 새벽. 베르사이유 宮殿"이라는 특정한 시공간적 제시를 통한 프랑스 혁명과의 유비를 사용하고 있다는 점이다. 그러니까 신상웅의 르포는 광주대단지 사건의 급진적 성격을 부각시키기 위해 그 도입부에서 '역사 서술' 장르를 차용하고 있는 셈이다. 그리고 그 후 구체적으로 진술되는 광주대단지 사건과 관련된 일련의 서사는 '취재'를 통한 르포적 장르로 재현된다. 장르적 측면만을 본다면 도입부에서의 역사 서술 장르의 개입을 통해 르포 장르가 지닌 '리얼한 것'의 재현과 더불어 이 '리얼한 것'이 지니는 '혁명'과 '항쟁'의 성격을 부각시키는 장르 혼종적인 기법을 사용하는 것이다.

이와 같은 장르 혼종적 양상은 황석영의 르포에서 보다 뚜렷이 나타난다. 황석영의 경우 작품 활동 초기부터 르포 창작을 병행하거나, 혹은 르포를 토대로 소설을 창작하는 경향을 보여준다.76) 이는 그가 박태순이나 신상웅과는 달리 작품 활동 초기부터 르포와 소설을 공히 서사 장르로 통합하여 인식하고 있었음을 방증한다. 예컨대 그의 『어둠의 자식들』은 르

75) 신상웅, 「르뽀: 廣州大團地」, 『창조』, 1971.10, 118~119쪽.
76) 1970년에 등단한 황석영은 1973년에 발표된 「구로공단의 노동실태」(『월간중앙』, 1973. 12)부터 1976년의 「장돌림」(『뿌리깊은 나무』, 1976.8)까지 총 4편의 르포를 창작한다. 특히 「구로공단의 노동실태」와 「잃어버린 순이」(『한국문학』, 1974.5)의 경우 황석영의 대표작 중 한 편인 「돼지꿈」(『세대』, 1973.9)과 명확한 상호텍스트적 관계에 놓여있기도 하다. 이와 관련하여 유승환, 「황석영 문학의 언어와 양식」, 서울대학교 박사학위논문, 2016, 162쪽을 참조할 수 있다.

포와 소설은 물론, 수기와 픽션, 서술자적 개입 등이 결합하는 장르 혼종적 양상을 보여준다.77) 이는 그의 르포에서도 나타난다.

그의 르포 「구로공단의 노동실태」에는 "공단 본부에서 얻은 「팜프렛」"78)이나 "1. 수출증대 2. 외화 가득율 재고 3. 근로자 복지 향상 4. 유신과업 완수"의 내용을 담은 "근무 지침"79), "모집광고의 문구"80) 등이 그대로 삽입되어 있다. 이러한 양상은 그의 다른 르포에서도 빈번히 나타나서 주목된다.

그의 르포 「벽지의 하늘」에는 탄광 사측 관계자나 지역 의사, 노동자들과의 인터뷰는 물론, 신문기사, 일기 등 다양한 서사 텍스트가 삽입되어 있다. 이를 통해 독자로 하여금 사건을 다양한 관점에서 해석하도록 유도하는 한편, 사건 당사자의 목소리를 복원하는데 중요한 텍스트가 부각되기도 한다.

〈2시 45분 선산부 7명 후산부 1명 현 막장의 8명이 무사하다. 입구가 붕락되어 어떻게 할 수 없는 실정. 연층 붕락된 듯, 승 입구가 막혀 뚫고 있으나 3시 20분.

성재야 엄마와 같이 누나들과 아빠의 비참한 뒤를 따르지말고 사나이다운 인간이 되어라, 아빠는-. 네 엄마의 기쁨이 되어라.

당신은 운명이라 생각하고 나의 비밀을 지켜 성재를 교육하도록 나의 마지막 부탁이오. 운명에 쫓겨 할 수 없소. 뒤 문제는 형에게-.

지금 3시 30분이요. 나의 친형 울진경찰서 정보과장. 강서룡씨, 나의 선

---

77) 이에 대해 김성환의 다음과 같은 언급을 참조할 수 있다. "『어둠의 자식들』은 소설과 논픽션, 르포 등 다양한 글쓰기 장르와 경계를 맞대고 있다. 소설의 서술 방식으로 차용하기도 하지만, 한편으로는 르포와 에세이와 같은 장르의 글쓰기와도 연관을 맺는다."(김성환, 「〈어둠의 자식들〉과 1970년대 하층민 글쓰기의 양상」, 『한국현대문학연구』 34, 한국현대문학회, 2011, 387쪽)
78) 황석영, 「九老工團의 勞動實態」, 『월간중앙』, 1973.12, 117쪽.
79) 위의 글. 118쪽.
80) 위의 글. 119쪽.

생에게 뵙지 못하고 갔다고 하시오. 당신에게 정말 미안하오. 성재야—.

　나는 부탁이오. 소차장님께 알림. 지금 시체 위에서 적음. 연층과 연락
이 되지 않아 가망없음. 눈물나게 상사의 명령대로 1년간 더 충실히 근무
하며 살려고 이 시간까지 노력한 것이 이 모양. 한 시간이 되어도 밑에서
연락이 되지 않음.

　성재 엄마 연락번호 울진 4백10번.

　형한테 연락하여라. 단양에는 일체 비밀. 애들을 잘 교육하여 주기를 바
란다. 운명이다.

　작업을 철수하고 나오는데 철차에서 스파크가 났다〉[81]

　위의 인용문은 「벽지의 하늘」에 삽입된 고 김종호의 "遺書"의 일부이다.
이 '유서'의 삽입으로 인해 탄광촌의 안전사고 문제는 건조한 통계자료가 아
니라 구체적인 육성으로 전달된다. 여기에 자칫 서술자의 개입으로 인해 계
몽적 언술이 되기 쉬운 문제가 당사자 스스로의 목소리를 통해 제시된다는
점에서 위와 같은 장르 혼종은 매우 중요한 미적 성과로 볼 수 있다. 더불어
고인의 '일기'와 '메모' 등도 삽입되어 르포의 핍진성을 높이고 있다.[82]

　흥미로운 것은 동시에 이와는 다른 사건에 대한 해석 역시 다른 서사 장
르를 통해 제시되고 있다는 점이다. 회사 관계자와의 인터뷰에서 탄광 사
고의 원인은 "1천 4백 12미터 지점에서 죽은 조차공 조수의 주머니에서 성
냥개비 2개, 담배꽁초 1개, 담배 은박지를 발견"한 것을 근거로 하여 "광부
의 安全 不注意"[83]로 진술되며, 이는 탄광 입구의 다음과 같은 '경고문'을
통해 구체화된다. "〈경고문. 본 지역은 갑종탄광 구역으로써 항내에서는
일체 끽연물(담배, 성냥, 라이터) 소지를 엄금하오니, 종업원 제위 유의하시기

---

81) 황석영, 「벽지의 하늘」, 『한국문학』, 1974.2, 41~42쪽.
82) "유족들이 내어놓은 금전출납대장에는 김씨가 알뜰히 적은 수입 지출의 내역과 간간히 낙서, 일
　기 등이 적혀 있었다. 장래에 자기 집을 갖게될 때의 가옥 설계도마저 정성스레 몇장 씩이나 그
　려져 있는데, 꿈을 버리지 않은 김씨의 의지가 눈물겹다."(위의 글, 45쪽)
83) 위의 글, 34쪽.

바랍니다. 위배시에는 통고안 제1호에 의하여 징계함. 흡연~해고, 소지~1주일 이상 정근〉"84). 더불어 의료 환경 역시 "환자들은 자꾸 道立病院이나 原州의 큰 병원을 찾지만 보낼 필요가 없다. 여기가 그곳보다 시설도 좋고 의료진도 완벽하다"85)고 진술된다.

즉 황석영의 르포에서 다양한 이질적인 서사 장르들의 혼종은 단순히 양식적인 기법의 층위에 국한되지 않는 셈이다. 그의 르포에서 활용되는 서사 장르들은 '사건'에 대한 각기 다른 해석을 제시하는 역할을 수행한다. 나아가 이들 장르들은 각기 다른 관점을 지닌 집단의 고유한 담화 특성을 반영한 것이기도 하다. 즉, 죽은 광부의 경우 사적인 유서나 체계적으로 정리되지 않는 일기와 메모 등을 통해 발화하는 반면, 사측의 경우에는 공적인 경고문과 규정문, 조사 자료 문건 등을 통해 발화하는 셈이다. 이와 같은 장르 혼종은 양식적 층위에서의 다성적 성격은 물론, 그 세계관, 나아가 각각의 집단 특유의 담화 형식까지를 다성적인 방식으로 재현하는 미학적 특성을 보여준다는 점에서 르포 문학의 중요한 미학적 구성 원리로서 주목될 필요가 있다.86)

이와 같은 장르 혼종은 「잃어버린 순이」에서도 나타난다. 이 르포는 다음과 같은 여공의 '편지'로 시작된다.

---

84) 위의 글, 40쪽.

85) 위의 글, 39쪽.

86) 주지하다시피 다성성 개념은 바흐찐에 의해 제시된 것이다. 그런데 바흐찐의 개념은 단순히 하나의 텍스트에 다양한 관점이 공존한다는 것이 아니라, 그 관점들이 독특한 언어 체계를 통해 표현된다는 것임에 주목할 필요가 있다. "언어적 다양성이 소설 속으로 들어가면 그것은 예술적 재구성에 종속된다. 언어(모든 어휘와 모든 형식)를 채우고 있으면서 그것을 구체적이고 특수하게 개념화하는 사회, 역사적 음성들은 작가가 자기 시대의 언어적 다양성의 한가운데에서 차지하고 있는 독특한 사회, 이념적 위치를 소설 속에 표현해주는 구조화된 문체체계로 조직되는 것이다."(M. M. Bakhtin, 전승희·서경희·박유미 옮김, 『장편소설과 민중언어』, 창작과비평사, 1988, 111쪽)

다음에 인용하는 것은 勞動運動을 하고 있는 R양에게 17세의 女工이 그 가정환경에 대하여 호소해 온 것이다. 이 편지를 서두에 인용해 본 것은 그 몇 줄의 사연 뒤에 생생하게 나타나고 있는 삶의 사실적인 인상 때문이다.[87][88]

---

87) 황석영, 「잃어버린 순이」, 『한국문학』, 1974.5, 299쪽.

88) 이 편지는 당대 여공의 중요한 글쓰기 사례라는 점에서 다소 길지만 인용해둔다.
  "〈보고픈 언니에게〉
유유히 흘러가는 세월 속에서 보람찬 내일을 기약하며 수많은 대화와 삶의 경쟁 속에서 오늘도 하루는 서서히 물러가고 있군요. 언니 그동안 안녕을 묻고싶군요. 언니, 그렇게 저의 사정이 궁금하시다면 말하겠어요.
언니, 처음서부터 끝까지 얘기하려면 길어지니까 간단하게 할께요 이 다음에 시간 있으면 세세하게 얘기할께요.
언니 저의 아버지는 불구자예요. 불구자의 자식이 오죽하겠습니까? 저의 식구는 여덟 식구예요. 할아버지, 아버지, 엄마, 큰언니, 작은언니, 나, 남동생, 여동생. 그러나 둘째 언니는 스무살 사춘기 나이로 집을 나가 소식이 없답니다. 그래서 큰언니와 저와 단둘이서 벌어먹고 삽니다. 어떨 때는 끼니를 이어나가기 어렵습니다. 동생 학비 때문입니다. 그러나 어떻게 합니까? 부모를 원망한들 무슨 소용이 있겠습니까? 어떨 때는 한없이 아버지를 원망합니다. 엄마도 원망해 봅니다. 그러나 가슴만 아파 올 뿐이더군요.
언니, 저는 엄마가 불쌍해요. 불구자 아버지를 따라 사는 엄마가 불쌍해 못견디겠어요. 어떨 때는 엄마더러 제가 시집가라고 그러면 엄마는 아무 소리도 못하고 우십니다. 언젠가 엄마가 그러시더군요. 너희들은 기왕에 못 배운 것이지만 남동생 하나는 남부럽지 않게 가르쳐야 하지 않겠느냐구요. 그 말을 들은 나는 자신이 희생하기로 결심하고 직장도 그만두고 학교도 그만두었어요. 기왕에 동생을 위해서 희생하려면 나 하나 목숨을 바쳐 일으키지 못하겠느냐구요. 제가 그렇게 하고싶어 했던 공부였으나 모두 동생에게 물려주렵니다. 너무나도 가슴이 아파 견딜 수 없었어요. 전 동생에게 말했어요. 기왕에 이 누나는 하지 못하니 너라도 열심히 하여, 이 누나가 못하던 공부까지 마저 다 열심히 하여 지식을 쌓고 교양을 넓혀 이 나라에 훌륭한 일꾼이 되라고 말입니다. 저는 옛날을 잊어버리고 열심히 일하겠다고 결심했어요. 그러나 그렇게 힘들더군요. 하루 일과를 마치고 집에 돌아오면 일곱시 반, 야학에 갈 시간이에요. 이 시간은 몹시 견디기 어려워요. 갈 수 없어 너무나 가슴이 아파요. 부모 앞에서 나오는 눈물을 막지 못하고 나 홀로 다락에 올라가 한없이 선생님들이 저를 가르치던 모습을 상상하며 울고 또 울어 본답니다. 언니, 전 어떻게 해야 합니까? 언니에게 비록 편지로는 연락하고 있지만 저의 가슴은 미어지는 것 같습니다. 연필을 든 이 순간에도 흐르는 눈물을 막을 길이 없군요.
언니, 전 어떻게 해야 합니까? 저는 어쩌다가 이런 부모를 만나야만 했는지 하늘이 원망스러울 따름이군요. 언니, 저희들이 벌어다 주는 돈으로 살림을 이끌어 나가는 우리 엄마 정말 안타까워 못견디겠어요. 우리 엄마더러 나는 어느 날 이렇게 말했어요. 엄마, 우리들이 벌어다 주는 돈으로 살림을 하고 먹고 살기는 하지만 아버지가 벌어다 주는 돈보다는 더 마음이 편하지 않지, 했더니 엄마는 미칠 듯이 서러워했어요.
돈을 벌지 못하는 아버지와 언제나 우리 가정은 이렇게 가난을 면하지 못하고 살아야 할까요? 언니, 제게 가난을 물리칠 용기를 주세요.
우리 아버진 남보다 많이 배우셨대요. 그런 분이 손 때문에 취직이 그렇게 힘들대요. 그렇게 취직을 하려고 그래도 그 손 때문에 안된대요. 일을 못하시는 아버지의 심정 이해 못하는 건 아니

황석영의 「잃어버린 순이」는 위와 같이 여공의 편지로 시작된다. 그로 인해 서술자의 주관적 견해보다 당대 여공의 구체적인 체험과 감정이 전면화되는 효과가 생성된다. 특히 '편지'가 지니는 서사 장르적 특성으로 인해 독자는 공적 담론장에서 완전히 추방된 여공의 목소리를 직접 듣는 듯한 효과를 실감하게 된다. 그러나 황석영은 이들 여공의 삶을 다른 이의 관점에서 조망하는 서사 텍스트의 삽입을 통해 자칫 일종의 동정이나 연민의 감정으로 한정될 수 있는 한계를 벗어난다. 예컨대 다음과 같은 신문 기자의 취재기가 여기에 해당한다.

> 모 신문사 기자의 확인에 의하면, 그가 취재할 때에 만났던 한 방범대원은, 신대방동의 C產業 앞 쓰레기 하치장에서 지난 1년 동안에 32구의 낙태되거나 갓낳은 영아의 유기체를 수거했다는 것이다.[89]

위의 진술은 "모 신문사 기자의 확인"을 통한 것임이 명시되어 있어, 독자에게 '신빙성 높은 정보'라는 인상을 준다. 여기에 구체적인 장소와 수치가 제시되어 그 인상은 더욱 강화된다. 이러한 서술 전략은 예컨대 여공의 일상에 대한 다양한 서술의 끝에 "(이러한 사실들에 관하여 구체적인 증거를 갖고 있으며, 필요하다면 회사 이름과 사건 발생 일시, 공원들의 인적 사항에 관해서 밝힐 수도 있다.)"[90]는 서술자의 부기(附記)를 통해서도 나타난다. 즉, 황석영은 한 편으로 '편지'를 비롯한 서사 장르의 차용을 통해 서술 대상의 발화를 독자에

예요. 우리 아버진 한문이 명필이세요. 시골에서 남보다 더 부농에 태어나 배운 것도 많고 아는 것도 많대요.
큰언니는 나이가 먹어 이제 곧 시집가야 하는데, 앞으로 어떻게 살아가야 할지 막연하군요. 눈앞이 캄캄해서 아무 것도 안 보이는군요. 언니, 보고싶어요. 언니, 저두 남을 위해서 살 수 있는 사람이 되고 싶어요. 언니, 나언니 앞에서 하늘을 두고 맹세할께요. 다시는 XX나간다는 소리 안하기로. 언니, 미안해요. 제가 잘못했어요. 용서해 주세요. 내내 건강하시길……."(위의 글, 299~300쪽).
89) 위의 글, 306쪽.
90) 위의 글, 309쪽.

게 직접 전달하는 효과를 생성하는 동시에, 다른 한 편으로는 기록의 '객관성'을 담지하는 기록을 통해 서술 대상과 독자와의 객관적 거리를 확보하는 효과를 생성하고 있는 셈이다. 이와 같은 서술 전략은 르포 장르가 빠지기 쉬운 두 가지 편향, 즉, 서술 대상에 대한 서술자의 계몽적 언설과 서술 대상과 독자와의 거리감 확보 부재를 동시에 극복하기 위한 유력한 미학적 구성 원리라는 점에서 충분히 강조될 필요가 있을 것이다.

이와 같이 황석영의 르포는 매우 다양하고 이질적인 서사 장르들의 혼종을 통해 하나의 서사 텍스트로 구성된다. 이 과정에는 픽션과 논픽션, 서술자의 기록과 서술 대상의 발화, 공적 담화와 비공식적 담화간의 충돌과 교섭이 수행된다. 예컨대 위에서 살펴본 르포들에서는 서술자의 기록 외에도 신문기사, 유서, 일기, 메모, 편지, 문서, 성명서, 보고서, 논문, 소문, 유언비어, 인터뷰, 팜플렛 등 매우 다양한 서사 텍스트가 혼종되어 있다. 이들 이질적인 장르들은 각각의 특성에 따라 상이한 효과를 생성하며 하나의 르포에서 독특한 장르적 특성을 새롭게 구성한다.

중요한 것은 르포 문학의 이와 같은 구성에 따른 장르적 특성이 텍스트의 다성성을 확보하는 효과를 낳고 있다는 점이다. 르포 문학을 구성하는 이질적인 장르들은 각기 상이한 세계관을 대변한다. 이들 이질적인 장르들은 하나의 르포 텍스트에서 충돌하며 대상 사건에 대한 다양한 해석의 가능성을 제시한다. 그런데 이때 다성성은 단순히 '세계관'의 층위에 국한되어 나타나지 않는다. 오히려 중요한 것은 개별 집단의 특수한 담화 방식과 형태가 사회언어학적으로 구별되어 나타나며, 바로 이 형식의 다성적 성격을 통해 르포 문학 특유의 미적 특성이 구현된다는 점이다. 그리고 이와 같은 미학적 구성 원리는 황석영 르포의 중요한 미적 전략으로 평가될 필요가 있을 것이다.

한국에서의 근대문학이 문화적 엘리트층을 담당자로 하여 형성된 것은 주지하는 바와 같다. 그리고 이에 따라 서구적 장르 개념이 문학의 규범으로 자리잡은 것 역시 주지하는 바와 같다. 이는 서사의 경우 '픽션'을 통한 이데아적 재현으로서의 소설이라는 개념을 통해 반복재생산된다. 그런데 4·19는 관념의 층위에서만 존재하던 '이데아'가 실제 현실에서 구체적인 '사건'으로 현현하는 장면을 체험하고 기억하게 만들었다. 따라서 중요한 것은 관습화된 '픽션'을 통한 이데아의 재현이라는 서사 장르의 규범이 아니라, 이데아가 현현하는 '현실' 자체의 기록일 수밖에 없다. 그리고 이와 같은 장르 인식은 당시 참여문학론과 이후 1970년대 민족문학론의 전개 속에서 더욱 활발히 수행된다.

박태순에게 르포를 비롯한 논픽션 장르는 지식인 집단이 구축한 '이데아'와 당대 서발턴의 '리얼리티' 간의 균열과 낙차를 재현하는 매개로 작동한다. 그는 전태일의 죽음에 대해 민주주의와 노동의 문제를 기록하는 동시에 '축제'와도 같은 동료 직공들의 '무드'를 기록한다. 같은 방식으로 광주대단지 사건에 대해 도시재개발과 빈민의 문제를 기록하는 동시에 주민들의 '비정상적인 것'들에 대한 인지를 기록한다. 그 결과 박태순의 논픽션 장르에 해당하는 텍스트들은 근대문학의 엘리티즘적 성격에 대한 근본적인 문제제기로까지 나아간다. 한 편 황석영에게 논픽션 장르는 이질적인 장르들의 혼종을 통한 새로운 서사 장르로 인식된다. 그는 기사, 유서, 일기, 편지, 성명서, 보고서, 팜플랫 등 매우 다양한 '비문학적' 장르들을 혼종시켜, 텍스트의 '다성성'을 복원하고 있다. 특히 이 '다성성'이 단순히 언어 담화의 형식적 층위에서만 작동하는 것이 아니라, 사건에 대한 상이한 '세계관'의 문제와 결합되어 표출되고 있다는 점은 주목할 만하다.

흥미롭게도 2000년대 이후 전반적인 '문학'의 위기 속에서도 르포를 비롯한 일련의 논픽션 장르의 서사 텍스트들은 상당한 성취를 거두고 있다. 이 점을 어떻게 해석할 수 있을까? 이에 대한 단서를 위에서 다룬 텍스트들로부터 찾을 수 있을는지도 모른다. 문학은 소수의 엘리트층에 국한된 전유물이 아니며, 사회구성원 모두에게 속한 공공재라는 사실을 기억한다면 말이다.

2. 대안적 기획의 모색과 동아시사 서사 장르의 구상

4·19 이후 문학장의 변동에서 주목할 수 있는 것 중 하나는 1950년대 이른바 '문협정통파'에 의해 박제화된 형태로 반복재생산 되어 오던 '전통'의 문제가 완전히 새로운 관점에서 급진적으로 재해석되었다는 점이다. 해방 공간에서부터 김동리 등에 의해 주창되기 시작하여 1950년대 한국문학의 주류적 흐름 중 하나로 담론화된 전통론은, 기실 이른바 '구경적 생의 형식'이나 '신라정신' 등의 표현이 단적으로 보여주듯 현실과의 교섭을 단절한 채 전통을 하나의 박물지로 신비화하고 정형화하는 한계를 지닌 것이었다.

반면 4·19 이후 문학장에서 전통의 문제는 완전히 다른 관점에서 재해석되기 시작한다. 일련의 비평가들, 특히 『한양』, 『청맥』, 『상황』91)을 중심으로 활동하던 비평가들이 문학사적 견지에서 전통의 문제를 제기하며, 강력한 서구 중심주의를 암묵적으로 공유하고 있던 한국문학의 규범 자체에 대한 본질적인 질문을 던진다. 이들의 논의를 토대로 이후 1970년대 민족문학론이 체계적으로 정립되며, 특히 제3세계문학론의 관점에서 동아시

---

91) 이들 매체에 나타난 전통론에 대한 실증적 연구로는 하상일의 것(『1960년대 현실주의 문학비평과 매체의 비평전략』, 소명출판, 2008)을 참조할 수 있다.

아 서사 전통을 재인식하려는 움직임이 활발하게 진행된다.

이 장에서는 이와 같은 문학장의 변동이 촉발한 서사 장르의 '발견'과 '변용'의 양상을 구체적인 텍스트를 통해 살펴보고자 한다. 일차적으로 전통 서사 장르가 다시 문학적 규범으로 작동하기 위해서는 잊혀져있던 장르 자체가 '발견'되어야 한다. 그러나 이 경우 자칫 이미 소멸된 장르에 대한 일종의 복고주의적 경향에 그칠 가능성이 존재한다. 따라서 '발견'에는 반드시 전통 장르를 현재화하기 위한 '변용'의 전략이 수반되어야 한다. 이 전략은 텍스트마다 각기 상이한 방식으로 나타나는데, 이는 종종 작가의 의식적 층위와는 무관하게 수행되기도 한다. 왜냐하면 장르는 개별 작가의 의식적 층위에서만 작동하는 것이 아니라, 텍스트의 구성 원리로서 일종의 문화적 무의식과도 같이 기능하기 때문이다.[92]

1) '전' 장르의 변용과 입전 인물의 문제

1960~70년대 소설의 전통 서사와의 연관성을 논할 때, 가장 대표적인 작가는 이문구일 것이다. 그만큼 이문구의 소설이 '전'을 비롯한 전통 서사

---

[92] 이러한 '변용'은 장르가 일종의 생물학적 유비관계를 지니고 있기 때문에 가능하다. 예컨대 전 장르를 살펴보자. 본래 동양에서의 전 장르가 유교적 가치를 구현한 인물에 대한 형상화를 위한 형식이었다면, 그 가치가 유효성을 상실한 근대 문학에서 전 장르가 소멸하는 것은 자연스러운 결과이다. 그런데 장르는 변화된 문화적 환경 속에서 종종 돌연변이적 텍스트를 통해 진화하기도 한다. 근대 소설에서도 인물의 형상화는 중요한 과제로 제기되었으며, 이 과정에서 전 장르의 형식적 요건은 충분히 변용되어 기능할 수 있었다. 중요한 것은 그 입전 대상이 근대적 문학 제도의 형성 과정에서 배제된 인물들로 변화한다는 점이다. 이러한 사례는 전통 장르가 그 본래 장르적 규범과는 상이한 방식으로 돌연변이적 '진화'를 보여준다는 점에서 흥미롭다. 물론 고전 서사에서도 주류적 규범으로부터 일탈한 인물들에 대한 입전 양상은 종종 드러나기도 한다. 그러나 이는 어디까지나 장르적 규범으로부터 '예외'적인 사례라는 점에 주목해야 한다. 역시 돌연변이였던 셈이고, 그러하기에 근대 문학에서도 그 장르가 진화하여 살아남을 수 있던 셈이다. 오래된 비유처럼, 장르는 할아버지로부터 손자로 진화하는 것이 아니라, 삼촌으로부터 조카로 진화한다. 장르론의 생물학적 유비에 대해서는 David Fishelov, *Metaphors of Genre*(Pennsylvania State University Press, 1993)을 참조.

장르를 적극적으로 차용하고 있기도 하고, 또한 스스로 자신의 문학적 거점이 유년기 조부로부터의 영향에 있음을 여러 차례 강조하고 있기 때문이기도 하다.

> 할아버지의 자(字)는 긍우(肯宇), 호를 능하(陵河)라 했으며, 병오(丙午)년생으로 상주목사(尙州牧師)의 아들이요, 강릉부사(江陵大都護府使)의 손자로 태어났다. 그러나 과거(科擧)는 스스로 포기했다고 했다. 그 즈음엔 이미 선조들이 모두 벼슬살이를 반납하고 낙향해버린 뒤였고, 공부를 중단해야 할 만큼 의기(意氣)와 가산이 침체돼 그럭저럭 실기(失期) 해버리고 만 것이라 했다. 애초에 벼슬자리에 못 오른 건 시국 탓으로 돌렸고, 자신의 불운(不運)함을 한탄했으며, 그러한 한(限)이랄까 전조(前朝)에의 향수랄까, 하여간 그런 감상이 지나쳐, 종중에서 한창 명성을 떨쳤던 두 항렬 손위인 월남(李商在)의 개명(開明)마저 늘 못마땅하게 여길 지경이었던 것이다. 그러고 보면 할아버지의 처신은 월남(月南)의 처세와 정반대였던 것으로 볼 수밖에 없을지도 모른다.[93]

위의 인용문만으로는 이것이 조부를 중심인물로 삼은 근대 '소설'인지, 전통적인 '전'인지의 여부를 가리기 어렵다. 조부의 "가계, 신분, 성명, 거주지" 등 "인정기술(人定記述)"과 "인물의 행적"에 대한 "행적부" 그리고 간단한 "주관적 의론문(議論文)"에 해당하는 "논찬"[94]이 모두 담겨 있기 때문이다. 오히려 그 장르적 규범만을 본다면, 이 작품은 근대 소설이라기보다는 전통적인 '전' 장르에 가까운 셈이다.[95] 이는 이 작품에 대한 이문구의 다

---

93) 이문구, 「일락서산(日落西山)」, 『관촌수필』, 나남출판, 1999, 473쪽.
94) 장영우, 「전(傳)과 소설의 관련 양상」, 『한국문학연구』 38, 동국대학교 한국문학연구소, 2010, 332쪽.
95) 이와 관련하여 다음과 같은 언급을 참조할 수 있다. "이문구의 소설은 표면적으로 사건 중심보다는 인물 중심 서사가 우위를 점하고 있다. 이문구는 언제나 사건을 이야기하기에 앞서 그 사건의 행위자인 인물을 도드라지게 표현하는 데 공을 들인다. 어찌 보면 이문구의 소설들은 마치 소설의 주인공과 그의 됨됨이가 어떠한지를 밝히기 위해 제작되는 것처럼 생각될 정도이다. 그리고 그러한 작업은 작가로서의 이문구가 치러내야 할 아주 중요한 임무처럼 보인다. 그런데 이렇게 인물을 중심으로 한 서사체의 전형은, 주지하듯이 한문학의 한 갈래인 전(傳)이다."(이청, 「이문

음과 같은 기록에서 보다 뚜렷하게 나타난다.

> 「일락서산」의 주인공은 나의 조부다. 나를 소개하려면 그에 앞서 조부의 생애를 알리는 것이 도리일 것이니, 그것은 내가 젖 떨어지기를 기다려 가로맡아 훈육한 이가 조부였기 때문이다. 「일락서산」에서도 밝혔듯이 나는 밥 먹고 잠자는 일상적인 가정교육을 비롯하여, 옛 글을 깨치고 풍월을 시늉하면서 보통학교에 들어가 신식공부를 시작하던 날까지 조부가 예정한 일과에서 단 하루도 놓여나본 적이 없었다. 나는 「일락서산」을 지을 무렵만 해도 다른 생각이 없었고, 글 자체가 소설이기도 하여 짐짓 함휘銜諱를 가리고 함부로 가정假定한 터였다. 이제 비로소 전비前非를 뉘우치며 본연을 밝혀둔다.
> 90향년을 온전한 이조인李朝人으로 종결하신 부군府君의 휘諱는 긍직肯植, 자子는 윤호允護이시며, 신유辛酉 정월생으로 가정(稼亭 李穀) 선생의 21대 손, 목은(牧隱 李穡) 선생의 20대 예손裔孫이시다.[96]

위의 진술과 「일락서산」에서의 진술의 차이는 단지 조부의 '자'가 긍우가 아니라 윤호라는 것과, 그의 생년이 병오년이 아니라 신유년이라는 것뿐이다. 오히려 위의 진술에서 두드러지는 것은 이문구가 자신의 문학적 자산을 조부를 통한 "옛 글"과 "풍월"에 있음을 강조하는 부분이다. 이는 그가 활발히 문학활동을 전개하던 1960~70년대 주류적인 문학적 토양이 주로 서구의 근대소설 장르로 수렴되는 것과 변별되는 지점이다. 그런데 동아시아 중세 장르에 해당하는 '전'이 근대 문학에 그대로 옮겨질 수는 없다. 이 경우 '전' 장르는 일종의 박제된 형태의 소멸된 장르의 반복으로 기능할 따름이다. 즉, "옛 글"과 "풍월"은 당대 문학장에서 나름의 '변용'을 통해 비로소 그 장르적 특성을 현재화할 수 있는 것이다. 이러한 맥락에서

구 소설의 전통 양식 수용 양상」, 『판소리연구』 28, 판소리학회, 2009, 387~388쪽).
96) 이문구, 「남의 하늘에 묻혀 살며」, 『이문구 문학에세이: 외람된 희망』, 실천문학사, 2015, 60쪽.

이문구의 '전' 장르에 속하는 서사 중 상당수가 그 입전 인물이 전통적인 고전문학에서의 입전 인물과 구분된다는 점이 주목된다.

> 그의 이름은 유재필이다. 1941년 홍성군 광천에서 태어나 보령군 대천에 와서 자라고 배웠다. 그리고 그 나머지는 서울에서 살았다. 그는 어려서부터 타고난 총기와 숫기로 또래에서 별쭝맞고 무리에서 두드러진 바가 있어, 비색한 가운과 불우한 환경 속에서도 여러 모로 일찍 터득하고 앞서 나아감에 따라 소년 시절은 장히 숙성하고, 청년 시절은 자못 노련하고, 장년에 들어서서는 속절없이 노성하였으니, 무릇 이것이 그가 보통 사람 가운데서도 항상 깨어 있는 삶을 살게 된 바탕이었다.[97]

예외적인 경우가 다수 존재하기는 하지만, 장르적으로 '전'의 입전 인물은 역사적 교훈을 남길 수 있는 유교적 가치관의 담지자로 설정된다. 이는 전이 사마천의 『사기』를 그 기원으로 삼고 있기에 자연스러운 규범이다. 반면 이문구의 전 장르에서의 입전 인물은 매우 빈번히 '역사'에 이름을 남기지 못한 인물들로 설정된다. 위의 인용문에서 입전되고 있는 인물인 "유재필"의 경우에도 특별히 공식적인 역사서술에 기록될만한 행적을 남기고 있지 않다. 이는 다음과 같은 그에 대한 '찬'에서도 나타난다.

> 이제 찬한다.
>
> 유명이 갈렸건만 아직도 그대를 찾음이여
> 오롯이 더불어 살은 진한 삶이었음이네.
> 수필이 되고 소설이 되고 시가 되어 남음이여
> 그 정신 아름답고 향기로웠음이네.
> 아아 사십 중반에 만년이 되었음이여
> 남보다 앞서 살고 앞서 떠났음이로다.

---

97) 이문구, 「유자소전(俞子小傳)」, 『관촌수필』, 나남출판, 1999, 81쪽.

붓을 놓으며 다시금 눈물 젖음이여
그립고 기리는 마음 가이없어라.[98]

위의 '찬'에서 입전 인물에 대한 평가는 "오롯이 더불어 살은 진한 삶"으로 수렴된다. 기실 '찬'이 입전 인물의 행적으로부터 특정한 역사적 교훈을 추출하는 기능을 한다는 점을 고려한다면, 그리고 이때 서술자의 개입이 인정기술이나 행적부에 비해 월등히 강력하게 이루어진다는 점을 고려한다면, 이와 같은 추상적 진술만으로는 아무래도 입전 인물이 특별한 역사적 행적을 보였다기에는 여러모로 부족한 셈이다.

그럼에도 불구하고 이문구의 '전' 장르의 계승은 나름의 의미를 지닌다. 무엇보다 그가 수행한 입전 인물의 변용이라는 점은 충분히 강조되어야 한다. 왜냐하면 이를 통해 비로소 '전' 장르는 유교적 가치관에 의해 역사적 교훈을 남길 수 있는 인물이 아닌, 당대 한국 문학장에서 요구되던 인물에 대한 입전과 이를 통한 장르적 규범의 현재화를 수행할 수 있었기 때문이다.

이러한 전 장르의 능동적 변용은 이제하의 작품에서 매우 흥미로운 양상으로 나타난다. 그의 「유자약전」은 분명 '전'을 표제장르로 명기하고 있음에도 그 장르적 성격에 대해서는 이렇다 할 논의가 없는 것이 사실이다. 그러나 이 작품은 '전' 장르의 능동적 '변용'이라는 점에서 매우 뛰어난 성취를 보여주고 있어 주목된다.

남 유자(南劉子)의 본명은 문자(文字), 1942년 밀양(密陽) 생(生), 여섯 살 때 부산으로 이사해서 거기서 S여중고교를 다녔다. 부친은 남 신주(南信周) 화백이다. 남 화백은 일찍 상처하고 그때까지 초야에 묻혀 있던 정물화가

---

98) 위의 작품, 123쪽.

로 화력(畵歷) 같은 것도 분명치 않고 유작들의 행방은 더구나 묘연해서, 이 나라에 이식된 양화사(洋畵史)의 피상적인 계보조차 제대로 정리되고 기록되지 않은 현금의 황폐한 문화권을 탓할 수밖에, 지금의 내 형편과 처지로서는 알아볼 도리가 막연하다. 좀 괴팍한 성격이었던 모양으로 4학년의 나이가 될 때까지 유자를 소학교에 보내지 않고, 집에서 생선 굽는 법 같은 것만 가르쳤다고 한다. 52년경부터 지방화단에 진출, 클럽전 같은 데에 띄엄띄엄 작품들을 출품하다가 54년 애매한 정치사건에 말려들어 1년간 복역, 출옥하자 화필을 꺾고 철도청의 무슨 과장 노릇인가를 1년쯤 하다가 58년 뇌일혈로 작고했다. 그러니까 순전히 유자는 여학교와 대학 과정을 부산서 꽤 큰 제지업을 하던 삼촌의 힘으로 마친 셈이다. 하나밖에 없는 부친이 옥고를 치르게 되자 그녀는 자연스럽게 기식을 삼촌에게 의탁했던 모양으로, 자존심이 몹시 강해서, 삼촌네 아이들보다 하루만 공과금 같은 것이 늦어도 덤벼들어 아무나 할퀴고, 닥치는 대로 접시를 내던졌다는 에피소드가 있다. 61년 상경해서 Y여대 서양화과에 입학, 졸업과 함께 결혼에 들어갔으나 1년 뒤에 이혼, 유자라는 이름은 이혼한 남편의 성(姓)에서 딴 개명(改名)이다. 이혼한 이유 같은 것은 확실치 않다. 그녀 자신은 '영구 불임증(永久不姙症)'임이 드러났기 때문에 이혼당한 것이라고 큰소리치고 있었으나, 그 후의 여러 가지 일들로 추측해보아 거짓임이 분명하다. 이혼한 다음해인 68년 9월, 자신도 모르고 있던 지병인 위암으로 몰(沒), 향년 27세.[99]

위의 인용문은 「유자약전」의 도입부에 해당한다. 이 부분은 '전'에서의 '인정기술'의 규범과 일치한다. 흥미로운 것은 역시 입전 인물의 문제이다. 위의 진술만으로는 굳이 "남유자"가 입전 인물로 선택된 이유를 찾기 어렵다. 적어도 전통적인 전 장르의 규범에 따를 경우, "거짓"으로 수식되는 인물의 삶으로부터 역사적 교훈을 추출하기는 어렵기 때문이다. 그러나 이제하의 전 장르의 '변용'이라는 측면에서 보자면 "남유자"가 입전된 것은 상당한 문제성을 지닌 것으로 볼 수 있다.

---

99) 이제하, 「劉子略傳」, 『우리시대우리작가: 이제하』, 동아출판사, 1987, 276~277쪽.

"지섭씨"하고 처음으로 내 이름을 부르더니, 그녀는 갑자기 뛰어 일어나 내 가슴을 잡아뜯고, 쾅쾅 두들기고, 드디어 거기 매달려 훌쩍거리고 울기 시작했다.

"저것이 근대화예요? 저것이 5개년 계획? …… 내 것 내가 해결했습니다 하는 저것이?……"

그녀가 정치 이야기를 입 밖에 내고 그 때문에 눈물까지 보인 것은 그것이 처음이다.[100]

입전 인물인 그녀가 눈물을 보이는 까닭은 다름 아닌 "5개년 계획"으로 표상되는 "근대화"에 대한 분노 때문이다. 기실 남유자의 경우 이렇다 할 정치적 문제의식을 지닌 인물도 아니며, 따라서 박정희 정권의 "근대화" 프로젝트에 대한 비판적 인식을 표출하기에 적합한 인물도 아니다. 서술자의 진술처럼 "그녀가 정치 이야기를 입 밖에" 낸 것 자체가 "처음"이기 때문에, 서사 구성의 측면에서도 위와 같은 유자의 발화는 그 자체로서는 다소 유기성을 해치는 것이기도 하다. 오히려 유자가 "근대화"를 비판하며 이에 분노하는 것은 정치적 층위의 것이 아니라, 그것이 문화나 예술의 층위에서 작동될 때로 추정할 수 있다. 왜냐하면 도입부의 '인정기술'에서 이미 유자가 그림을 그리는 인물임이 명기되었기 때문이다. 따라서 다음과 같은 유자의 '행적부'는 매우 중요한 의미를 지닌다.

기법의 면에서는 그녀의 이런 방법은 멋과 풍류와 낭랑한 소일(消日)을 드높이 구가하는 동양화의 모필(毛筆)을 철저하게 묵살하고 있다.[101]

유자의 화법은 상당히 독특한 것으로 서술되는데, 그녀는 '서양화'를 전공했음에도 불구하고 '동양화'에 가까운 그림을 그린다. 그러나 이는 전통

---

100) 위의 작품, 307쪽.
101) 위의 작품, 294쪽.

적인 "동양화의 모필을 철저하게 묵살"하는 방식으로 구체화되는데, 이는 동양화가 지닌 "멋과 풍류"의 재현이라는 규범에 대한 비판적 인식으로 인한 것이다. 이는 이제하의 전 장르의 변용에도 적용될 수 있는 바, 그는 서사 전통으로서의 '전'을 수용하면서도 이를 과거의 것으로 박제화하는 것을 거부한다. 그렇다고 유자가 서양화를 자신의 그림의 규범으로 수용하는 것도 아니다. 바꾸어 말하자면 이제하의 작품은 서구적인 근대 소설과 전통적인 전 장르의 충돌과 변용의 결과물인 셈이다. 이와 같은 맥락에서 유자가 추구하는 독특한 미학적 자의식은 곧 이제하의 것이기도 하다. 유자의 화법의 구체적인 실체는 다음과 같은 장면에서 나타난다.

> 드디어 그녀가 절망해서, 비명을 지르는 날이 왔다. 굴러다니던 외국잡지 나부랭이를 무심코 들추던 그녀는 얀 포스(Jan Voss)의 그림 한 장을 붙들고 "이 망할 자식이……"하면서 머리를 움켜쌌다. 작품에 관한 한 유자에게는 거짓이 없다. 그녀는 잡지를 팽개쳤다가 다시 들고 보고, 다시 팽개쳤다가 또 주워들었다. "이 망할 양반이…… 나보다 먼저 그려버렸어……"102)

유자가 궁극적으로 지향했던 화법은 "얀 포스(Jan Voss)"의 것으로 제시된다. 얀 포스는 미술사에서 이른바 '신구상회화' 운동을 주도한 화가 중 하나로 일반적인 리얼리즘 계열의 화법과는 변별되는 독특한 미적 기법을 통해 68혁명 전후의 저항의식을 표출한 것으로 평가된다. "문자를 작업에 도입한 사례들 중 독특한 점은 신구상 작가들 중에서도 특히나 애매모호하고 불분명한 묘사방식을 추구하는 작가들이 문자를 빈번하게 활용하였다는 점이다. 이 점은 신구상 작가들이 작업의 개성을 유지하면서도 자신들의 주장을 피력하는 것을 중시하였고, 화면 속에 그 주장을 집약하는 텍스트를

---

102) 위의 작품, 303쪽.

제시함으로써 작품의 가독성을 강화하려 했다는 것을 말해준다."103) 이와 같은 논의를 참조하자면, 유자가 왜 얀 포스의 작품을 보고 "이 망할 양반이…… 나보다 먼저 그려버렸어……"라고 발화하는지를 추정해 볼 수 있다. 얀 포스의 작품의 특징은 특정한 "자신들의 주장"을 피력하면서도, "문자를 작업에 도입"하는 등의 기법을 통해 "애매모호하고 불분명한 묘사방식"을 구사하며 "작업의 개성"을 추구했다는 점으로 정리할 수 있다. 그러나 68혁명을 전후한 시기의 프랑스와 군부독재에 의해 4·19가 좌절된 시기의 한국이 동일할 수는 없다. 이 지점에서 유자는 전통적인 '동양화'는 물론 얀 포스의 '신구상회화'를 동시에 거부한다.

> 그녀는 다시 일어나자 이번에는 얀 포스를 대상으로 창호지와 싸우기 시작했다. 그녀의 방법은 말할 것도 없이 그의 그림을 뜯어서 벽에 붙여 놓고, 거기다 전 의식을 집중, 긴장시켜서 그림을 해체(解體)하고 재구성하는 그런 테크닉이다. 그녀는 화면 중의 인물 하나를 끌어내서 그것을 창호지 쪽에다 밀어붙이고 덤벼들어서 손가락으로 요리하기 시작했다. 그녀는 그림의 먹을 물어뜯고, 걷어차고, 비볐다. 그리고는 다시 쓰러졌다.104)

유자는 '동양화'를 구성하는 재료인 "창호지"를 사용하며 프랑스 신구상회화를 표상하는 "얀 포스"와 대결한다. 이때 "창호지"는 전통적인 수묵화를 재현하기 위한 도구가 아니라, 오히려 "얀 포스"의 그림을 "해체하고 재구성"하기 위한 도구로 사용된다. 동시에 "얀 포스"의 그림 역시 "뜯어"져 유자의 "손가락으로 요리"된다.

이러한 분석을 통해 비로소 유자가 "5개년 계획"으로 표상되는 "근대화"

---

103) 한승혜, 「1960~1970년대 프랑스 신구상회화에 나타난 저항의식」, 『현대미술사연구』 38, 현대미술사학회, 2015, 272쪽.
104) 이제하, 앞의 작품, 304쪽.

에 대해 분노하는 이유를 알 수 있다. 주지하다시피 박정희 정권의 '근대화'는 토대구축의 측면에서는 '원조경제'로 대표되는 미국 중심의 자본주의 세계체제로의 급속한 편입을, 상부구조의 측면에서는 일련의 '한국적인 것'의 박제화를 통한 '국민정신'의 고양을 추진전략으로 설정한다. 이와 같은 전략이 서구적 토대의 기계적 이식과 만들어진 전통의 국가주의적 전유에 불과한 것임은 물론이다. 이는 전통적인 동양화의 기법을 폐기하며, "얀포스"의 그림을 "창호지"를 통해 해체하고 재구성하려는 유자의 미적 자의식으로는 분노의 대상일 수밖에 없다.

이와 같이 이제하의 '전' 장르의 변용은 매우 중요한 문학사적 의의를 지니고 있다. 이는 당대 이른바 국가주도의 '한국적인 것'의 '부흥'에 포획되지 않는 전통 서사 장르의 재인식의 발현이라는 점에서 그러하며, 입전 인물인 '유자'의 미적 자의식을 통해 전통과 서구의 이분법적 대립 구도 자체를 해체하고 재구성하려는 장르 인식을 표출하고 있다는 점에서 그러하다.

한 편 신상웅은 일종의 적극적인 상호텍스트성의 구현을 통해 '전' 장르의 변용을 극대화하고 있어서 주목된다. 그는 널리 알려진 〈이수일과 심순애〉(『장한몽』)의 공연과 촬영 과정을 매개로 하여 「이수일傳」을 발표한다. 이 작품은 공연 및 촬영 '대상'으로서의 원본 텍스트와 이를 재현하는 '주체'로서의 등장 인물들이 교차되는 독특한 형식을 취하고 있다. 그 결과 현재 시점에서 이를 재현하는 인물들에 의한 원본 텍스트의 재해석이 수행된다.

여기까지 이수일은 원문에 충실히 따르고 있었는데, 그러자 갑자기 고함소리가 높고 빨라지면서 엉뚱한 대사가 좌악 쏟아지기 시작했다. 그것은 눈깜짝할 사이의 일이었다.

「순애야, 이 더러운 년, 김중배 여편네애! 다이아먼드 보석반지, 사치한 세단에 눈이 멀고 아방궁 대저택에 정신이 홀려 친일 간신배의 며느리로

팔려가는 이 황금에 놀란 더러운 년아, 민족의 혈맥을 끊어 피를 빨며 국기(國基)를 아삭아삭 갉아먹는 망국적 매판재벌의 소굴로 들어가는 이 가련한 년아, 여기가 여기가 어딘 줄 알고 이 민중의 광장에서 내 소매를 부여잡느냐. (후략)」105)

어디까지나 공연에서 이수일 '역'을 맡은 '배우'일 뿐인 등장 인물은 '원문'의 재현이라는 공연의 규범을 벗어나 "엉뚱한 대사"를 쏟아낸다. 이를 통해 비련의 여주인공으로 스테레오 타입화된 '심순애'는 "친일 간신배의 며느리"는 물론 나아가 "망국적 매판재벌"의 일원으로 호명된다. 이러한 원작에 대한 재해석이 가능한 것은 공연이 상연되는 공간적 배경을 "민중의 광장"으로 인식하고 있기 때문이다. 1970년대 주변부 농촌 사회에서의 아마추어적 공연을, "민중의 광장"에서의 공연으로 '배우'가 인식하고 있기에 "친일 간신배"라는 호명은 물론, 당대 종속적 근대화를 표상하는 "매판재벌"이라는 호명이 가능한 셈이다.

그런데 이와 같이 심순애를 비판한 '이수일'은 어떻게 재해석될 수 있는가? 심순애가 "친일 간신배의 며느리"이자 "망국적 매판재벌"에 포획된 인물이라면 이수일에게도 비판적 재해석이 수행될 필요가 있는 것은 아닌가?

「나 같으면 이수일을 죽이겠어, 누구든 한 사람을 죽여야 한다면 말이야. 그녀석, 면학하여 사민(四民)의 두목이 돼란 가친의 유언을 듣고도 계집 하나 때문에 일개 고리대금업자가 되다니 말이 돼?」106)

텍스트는 이와 같은 질문에 대해 '이수일' 역시 재해석될 필요가 있다고 말한다. 이는 이수일이 결국 "일개 고리대금업자"로 변모하는 것에 기인한

---

105) 신상웅, 「이수일傳」, 『문학과지성』, 1972 봄, 94쪽.
106) 위의 작품, 100쪽.

다. 그렇다면 이 작품의 제목이 '이수일과 심순애'가 아니라 '이수일傳'인 이유를 추정할 수 있다. 일반적인 멜로드라마적 구도에서 이수일은 선의 축으로, 김중배는 악의 축으로 설정된다. 그리고 심순애는 악의 축에서 선의 축으로 이동하는 캐릭터로 설정된다. 이때 김중배와 심순애를 '단죄'할 자격은 선의 축에 있는 이수일 뿐이다. 그리고 이 '단죄'를 통한 심순애의 '회개'가 멜로드라마를 완성한다. 그러나 이수일 역시 온전한 단죄의 주체가 되기에는 문제가 있다. 위의 인용문에 나타난 것처럼 그 역시 "일개 고리대금업자"이기 때문이다.

신상웅의 작품은 이와 같이 '이수일'에 대한 재해석을 수행하며, 관습화된 멜로드라마적 독법에 대한 문제제기를 수행한다. 특히 이 과정에서 과거 '원본'의 세계와 현재 '공연'의 세계를 교차시키는 독특한 기법을 활용하여 〈이수일과 심순애〉를 재해석하는 효과를 극대화시키고 있다. 그리고 이러한 성과는 〈이수일과 심순애〉가 아닌, '이수일傳'이라는 장르 차용으로 가능해진 것이기도 할 것이다.

2) '기' 장르를 통한 '기억' 투쟁

'전' 장르는 인물 중심의 서사라는 점에서 다른 전통 서사 장르에 비해 근대 소설과의 밀접한 연계성을 지닌다. 이른바 '문제적 개인'을 중심으로 한 사건들의 연쇄라는 근대 소설의 장르적 규범은 전 장르의 그것과 기본적으로 상당한 유사성을 지니기 때문이다. 이러한 점이 1960~70년대 다양한 동아시사 서사 전통의 발견 속에서 유독 '전' 장르가 활발히 창작되는 근본적인 이유이기도 하다. 반면 '기(記)' 장르의 경우 인물 중심적 서사라기보다는 주로 특정 사건에 대한 기억을 재현하며, 이에 대한 의론을 중심에 둔다는 점에서 '전' 장르에 비해 근대 소설 장르와의 연계성이 떨어지는 편이다. 그러나 오히려 '특정한 사건'에 대한 기억을 재현하고 그 의미를 현재적으로 재해석하기 위해서는 '기' 장르가 보다 유용한 것 역시 사실이다.

이러한 점에서 "어떤 감상적(感傷的) 수기"라는 부제가 명시된 현재훈의 「喪失」은 흥미롭다. '기' 중에서도 '수기'에 해당하기 때문에 재현된 역사적 사건은 초점화자의 체험에 근거한 것이며, 따라서 해당 사건에 대한 '의론' 역시 초점화자 스스로의 해석일 수밖에 없다.

> 이제 四·一九도 지나가고 새 세상이 왔다고는 하지만 아직은 젊은 육신을 끌고 다시 서울로 나가 볼 생각은 없다. 서울로 나가 무슨 일이건 커다란 일을 하나 해볼 생각은 조금도 없다. 커다란 일이란 그것이 아무리 규모는 적더라도 한낱 정사(情事)나 한낱 인정사(人情事)가 아니라 역사에 발 맞추어 그것에 참가하는 일일 것인데 이제 내가 무슨 면목으로 조국을 정시하며 파렴치하게도 어떻게 내가 내로라 떳떳이 그 대열에 끼어 걸어갈 수 있을 것인가.[107]

위의 인용문에 나타나듯, 이 작품에서 재현되는 특정한 사건은 "四·一九"로 수렴된다. 이 사건이 '기' 장르를 통해 기록될만한 의미를 지니는 것은, "한낱 정사(情事)나 한낱 인정사(人情事)"와는 변별되는 것이기 때문이다. 바꾸어 말하자면 스토리 라인 상 초점화자가 벌이는 일련의 사건들은 "四·一九"라는 역사적 사건 앞에서 그 의미를 '상실'하는 셈이다.

> 나는 무엇일까? 이 의심할 수 없는 「나의 회의」 하나만을 가지고 나는 이 두서없는 이야기를 끝내고 그리고 이것을 나의 유서로 삼으려 한다.[108]

---

107) 현재훈, 「喪失: 어떤 감상적(感傷的) 수기」, 『자유문학』, 1962.5, 48쪽.
108) 위의 작품, 48쪽.

그런데 이 작품의 결말은 위와 같이 다소 갑작스럽게 이 '수기'가 사실 "나의 유서"임을 밝히는 것으로 서술된다. 이러한 결말은 현재훈의 초기작에서 두드러지게 나타나는, "'자유'를 집단주체가 아닌 실존적 개인의 자유로 형상화했으며 고독한 개인이 자유를 향해 실존적 투쟁을 하는 촘촘한 탐색 과정"[109]의 결과물로 해석할 수 있다. 즉, 4·19라는 특정 사건에 대한 기억의 재현에 수반되는 '의론'이 단순히 객관적 관찰자에 의한 것이 아니라 자신의 경험에 토대를 둔 '수기'의 장르적 규범과 연계되면서, 이 '수기'가 '유서'라는 하위 장르로 귀결되는 셈이다.[110]

황석영의 「한씨연대기」는 주로 그의 '분단의식'과 관련하여 논의되어 온 작품이다.[111] 반면 제목에서부터 뚜렷하게 명시된 '기'라는 표제장르명과 관련된 논의는 거의 없다. 그러나 황석영이 『어둠의 자식들』 등을 통해 르포 장르에 대한 관심을, 나아가 『바리데기』를 통한 서사무가나 『심청, 연

---

109) 정혜경, 「4·19의 장과 〈사상계〉 신인작가들의 소설」, 『현대소설연구』 62, 한국현대소설학회, 2016, 398쪽.

110) 같은 맥락에서 현재훈의 이후 작품에서도 4·19가 일종의 절대적 윤리기준으로 작동하고 있다는 점 역시 흥미롭다. "이 작품(현재훈의 「사각의 현실」-인용자)에서 4·19의 정신은 사회 운동의 올바른 방향을 가늠하는 잣대의 역할을 하고 있다. 혁명정신의 연속성을 인정하지 않던 남호가 결국 권투를 포기하고 '그'의 세계관에 편입되는 결말은 작가가 누구의 편에 서 있는지를 명확하게 드러내 준다. 즉 눈앞의 현실에 분노하는 것으로 그치지 않고, 그와 같은 현실이 초래된 사회의 근원적 모순을 개혁하는 데까지 나아가야 한다는 것이다. 이와 같은 혁명 의식에 뿌리를 둔 사회 변혁 운동이 4·19 정신의 적자이며 앞으로의 학생운동이 나아가야 할 지향점이라는 인식이 이 작품의 바탕을 이루고 있다."(김지미, 「4·19의 소설적 형상화」, 『한국현대문학연구』 13, 한국현대문학회, 2003, 409~410쪽).

111) 이 경우 필연적으로 초점은 한영덕이라는 '문제적 개인'으로 수렴된다. 예컨대 다음과 같은 언급이 대표적이다. "한영덕은 이러한 타락한 인물들이 주도하는 분단 상황 속에서 나름대로 양심과 인륜에 따라 의술 행위를 펼쳤으나 결국 남북한 모두로부터 버림받고 의사로서의 길을 포기하고 불행하게 살다가 비참하게 최후를 맞게 된다. 따라서 한영덕은 '겉으로 드러난 현실'의 차원에서는 분명 패배자일 수밖에 없지만, 소설의 아이러니한 구조를 통해 분단과 전쟁으로 인해 '세계의 총체성이 상실되었음을 전존재적으로 체현하는' '비극적 인물'이자 '문제적 개인'이라 할 수 있다."(김승종, 「황석영 초기 소설에 나타난 '문제적 개인'」, 『국어문학』 49, 국어문학회, 2010, 95쪽). 문제는 이와 같은 '문제적 개인'이 중심이 될 경우, 황석영의 텍스트가 왜 굳이 '전'이 아닌 '기'라는 표제장르를 차용하고 있는지가 해명되기 어렵다는 점이다.

꽃의 길』을 통한 고전 서사 장르에 대한 관심을 지속적으로 보여 왔음을 고려한다면 이 작품이 지닌 전통 서사 장르인 '기'의 성격을 분석하는 것은 황석영 문학 세계 전반을 규명하는 데 매우 중요한 작업으로 판단된다.

그런데 이 작품을 스토리 라인 중심으로 분석할 경우 오히려 '기' 보다는 '전' 장르에 가깝다고 할 수 있다. 입전 인물인 '한영덕'의 삶에 대한 '인정기술'과 '행적부'가 텍스트의 대부분을 차지하고 있기 때문이다. 다만 그 '인정기술'의 구체적인 방식이 '분단'문제를 환기시키는 것으로 설정된다는 점이 다를 뿐이다.

> 情報報告書
>
> 受信−美軍第2基地 M.I.D. 韓國軍 派遣隊 調査班長
> 題目−敵性容疑者에 關한 件
> 1. 立件日時 및 場所
> 1951年 11月 23日 15時 20分頃 W.P. CAMP 附近
> 2. 人的事項
> 姓名韓永德(男)
> 生年月日1911年 5月 18日生(40歲)
> 職業醫師
> 本籍平安南道 平壤市
> 現住所慶尙北道 大邱市 德山洞[112]

위의 "정보보고서"의 내용은 '전' 장르의 '인정기술'과 거의 유사하다. 입전 인물의 성명과 생년월일, 본적, 주소지 등이 서술된다는 점이 그러하다. 다만 한영덕에 대한 소개가 '전'의 도입부가 아니라 한국전쟁 중 작성된 "정보보고서"라는 점이 다를 뿐이다. 그리고 이는 작품 전체에 걸쳐 자

---

112) 황석영, 「韓氏 年代記」, 『창작과비평』, 1972 봄, 31~32쪽.

세히 서술되는 한영덕의 '행적부'와 결합되어 한국전쟁과 분단을 통해 훼손된 그의 비극적인 삶을 환기시키는 서사적 기능을 수행한다.

그런데 이 작품을 '전' 장르로 평가하기에는 몇 가지 문제가 남는다. 우선 '논찬'이 생략되었다는 점에서 그러하다. 입전 인물의 삶에 대한 총체적 평가라는 점에서 '논찬'은 전 장르의 핵심에 해당한다. 또한 이 작품은 한영덕의 생애 '자체'보다는 한국전쟁과 분단상황이라는 '사건'의 진술에 보다 큰 초점을 맞춘다. 이는 한영덕의 '행적부'에 기록된 내용이 그의 의지에 따른 것이 아니라, 이들 사건에 의해 규정되어 버린다는 점에서 확인 가능하다. 더불어 작품 말미에 "정보보고서"와는 구분되는 형식으로 한영덕이 아닌 다른 인물에 대한 일종의 '인정기술'이 이루어진다는 점 역시 이 작품을 '전' 장르로 규정하기 어렵게 만든다.

> 한 혜자는 단신 월남한 주정뱅이 고용의사와 납북된 경찰관의 아내였던 전쟁 미망인 사이에서 태어났다. 그 애는 뒷날 성숙한 처녀가 되었을 때에 자신의 별명을 〈개똥참외〉라고 지었다. 인분에 섞여 싹이 트고 폐허의 잡초 사이에서 자라나 강인하게 성장하는 작고 단단한 열매.[113]

고전 서사 장르의 규범만을 놓고 본다면 이 작품의 중심 인물은 한영덕이 아니라 오히려 한혜자인 셈이다. 이는 한영덕이 한국전쟁 중의 '정보보고서'를 통해 서사 구조 속에서 분단문제를 환기시키기 위해 기능적으로 인정기술 되는 반면, 한혜자의 경우 서술자에 의해 별도로 인정기술 되고 있기 때문이다. 여기에 서술자에 의해 '논찬' 대신 수행되는 '의론'의 초점 역시 그녀에게 초점을 맞추고 있다는 점 역시 중요하다.

---

113) 위의 작품, 69쪽.

한 영덕 씨가 사망했다는 전보를 받고서도 혜자는 울음이 나오지 않았다. 그 애는 아버지의 죽음이 아닌—그이가 내포했던—시대를 새롭게 실감하고 있었기 때문이었다.[114]

위의 인용문에서 이 작품이 '전'이 아닌 '기'라는 표제장르명을 명기한 이유가 명확하게 나타난다. 이 작품은 한영덕이라는 인물, 즉 "아버지의 죽음"에 대한 기록이 아니라 "시대"에 대한 기록이기 때문이다. 이 시대가 한국전쟁을 지칭하는 것임은 물론이다. 그런데 중요한 것은 위의 '의론'에서 부친의 죽음에도 불구하고 "혜자는 울음이 나오지 않았다"는 진술이 강조된다는 점이다. 즉, 새로운 세대에 속하는 혜자에게 한국전쟁은 단순한 '비극'이 아니라 당대 분단현실을 극복하기 위한 인식의 층위로 표출되는 셈이다. 그리고 혜자가 담지한 새로운 시대가 당대 민족문학론의 맥락 속에서 분단극복의 맹아를 지닌 시대로 수렴됨은 물론이다.

이와 같이 그 장르적 성격에 초점을 맞출 경우 이 작품은 한국전쟁의 비극에 대한 재현으로만 평가되기 어렵다. 오히려 '전'이 아닌 '기' 장르를 차용함으로써 이 작품은 과거의 사건인 한국전쟁의 현재적 의미를 분단극복의 의지와 연계시키는데 성공하는 셈이며, 그 핵심에는 부친을 대체하는 새로운 세대로서의 '한혜자'에 초점을 맞추는 장르적 변용이 놓여 있는 셈이다.

3) '항(巷)'의 '설(說)'과 '사(辭)'

강호무는 여러모로 흥미로운 작가다. 무엇보다 그가 4·19 이후 한국문학의 '총아'로 등장한 〈산문시대〉의 동인이라는 사실에도 불구하고 당대

---

114) 위의 작품, 70쪽.

문학장은 물론 현재까지도 거의 언급되지 못한 작가라는 것이 그러하다. 실제 강호무는 〈산문시대〉의 중요 동인 중 하나로 활동하며 왕성한 창작을 보여준다. 반면 같은 동인이었던 김현, 김승옥, 최하림, 김치수 등등과 비교할 때 그에 대한 언급은 거의 없는 것이 사실이다. 〈산문시대〉 이후에도 1970년대까지 상당수의 작품을 발표하지만 역시 당대 문단에서 거의 주목받지 못한 것으로 보인다. 그리고 이는 현재 1960~70년대 문학 연구에서도 마찬가지이다. 강호무가 언급되는 경우 역시 〈산문시대〉를 개괄하는 연구에서 단편적으로 다루어지거나, 기타 동인들의 문학적 특징을 규명하는 과정에서의 하나의 '근거'로 한정된다.[115]

이러한 상황이 당대부터 현재까지 반복되는 것에는 여러 가지 이유가 있겠지만, 아마도 두 가지 사정이 크게 작용한 것은 아닐까 싶다. 첫째, 〈산문시대〉의 인적 구성의 특징인 "'지방(특히 전남) 출신 외국문학 전공 서울대 문리대생'"[116]에서 유일하게 다른 학교 출신이라는 점이 이후 이른바 문지 계열의 비평가를 통해 〈산문시대〉 동인들이 적극적으로 평가되는 과정에서 다소간의 배제로 표면화되었을 가능성이 있다. 둘째, 〈산문시대〉 동인들 스스로 자신들의 문학장에서의 위상을 반복재생산한 핵심적인 키워드인 '4·19 세대'라는 특성으로 포괄되지 않는 모종의 특성이 강호무의 작품에서는 핵심적인 것으로 나타났을 가능성이 있다. 첫 번째 이유가 다

---

115) 예컨대 다음과 같은 언급 정도가 강호무에 대한 유일한 연구에 해당한다. "강호무의 창작행위를 통해 확인할 수 있는 바와 같은 극단적인 언어 해체의 형식은 『산문시대』의 전위적 성격을 떠올리게 만든다."(임영봉, 「동인지 〈산문시대〉 연구」, 『우리문학연구』 21, 우리문학회, 2007, 416쪽).

116) 차미령, 「〈산문시대〉 연구」, 『한국현대문학연구』 13, 한국현대문학회, 2003, 436쪽. 이와 관련하여 차미령의 다음과 같은 언급 역시 흥미롭다. "한국일보 장편 모집에 당선한 김용성(경희대)을 비롯하여 주로 대학생 문단에서 이름이 있었던 서라벌 예대 학생들을 대상으로 한 동인 모집 시도도 결국 수포로 돌아간다. 이 정황은 그다지 분명치 않다. 김승옥은 자신의 회고에서 기껏 찾아간 서라벌 예대의 학생들이 '별무의식(別無意識)의 문학견습공(見習工)들'이었다고 힐난하고 있지만 두 집단 사이의 주도권 경쟁은 예상하고도 남음이 있다."(차미령, 같은 글.)

소간 문단내의 일종의 권력 작동의 메커니즘과 관련된 것이기에 오히려 단순하게 해명될 수 있는 것인 반면, 두 번째 이유는 보다 사정이 복잡하다. 주지하다시피 김현 등에 의해 지속되어온 〈산문시대〉에 대한 평가의 틀은 결국 '4·19 세대'의 자의식의 표출로 수렴된다. 이를 바꾸어 말하자면, 강호무의 경우에는 이와 같은 틀로부터 벗어나 있기에 이들로부터 충분한 주목을 받지 못했다는 추정이 가능해진다.

그런데 바로 이와 같은 이유 때문에 오히려 강호무에 대한 연구는 더욱 그 필요성이 커진다고 할 수 있다. 왜냐하면 김현이 스스로 명명한 '4·19 세대'라는 문제설정 자체가 바로 자신에 의한 자신에 대한 평가라는 점에서 객관적으로 검증되기 어렵기 때문이다. 이 때문에 비교적 최근의 연구에서 "특히 『산문시대』에서 4·19 세대의 세대의식을 추적하려는 시도는 과잉해석이 될 우려가 많다. 『산문시대』 수록 작품에서 4·19라는 역사적 경험의 흔적을 발견하기는 힘들며 존재의 불안과 세계에 대한 환멸이라는 의식은 굳이 4·19라는 역사적 시기를 설정하지 않더라도 문학사에서 반복되어 나타나는 현상이기도 하다. 좀더 구체적으로 이들의 문학 속에는 4·19나 당대의 현실보다는 오히려 전쟁의 체험이 주는 영향이 더 압도적이다. 전쟁체험을 기반으로 한 50년대식 실존의식이 이들의 문학에도 여전히 나타나고 있는 것이다."[117]라는 비판이 수행되기도 한다. 이는 기존의 〈산문시대〉 동인들에 대한 '4·19 세대'라는 키워드 중심의 연구와는 다른 관점에서의 해석이 필요함을 의미하며, 나아가 바로 '4·19 세대'라는 키워드에 의해 배제된 강호무의 작품에 대한 복원의 필요성을 제기하는 것이기도 하다.

---

117) 서영인, 「〈산문시대〉와 새로운 문학장의 맹아」, 『한국문학이론과 비평』 34, 한국문학이론과 비평학회, 2007, 293쪽.

강호무가 작품 활동을 시작한 〈산문시대〉에 수록된 그의 작품들은 기실 스토리 라인의 층위나, 구조적 완결성, 혹은 주제의식 등의 측면에서 독해할 경우 독특한 양상을 보이기는 하지만 아주 특별한 성과를 거둔 것으로 해석하기는 어렵다. 오히려 주목되는 것은 그의 작품들이 분명 '소설'이라는 표제 장르를 달고 발표되었음에도, 이와는 구분되는 각종 표제 장르를 텍스트 안에 삽입하고 있다는 점이다.

산문시(散文詩)- 가늘한 숨결이 번져오고. 푸드득 나래치는 갈매기의 아무렇지도 않은 방향(方向)이 있어. 하루가 노래되는 길목에서, 거센 음성(音聲)의 누군가가 모질게 뺨을 치는. 흩어진 어린날의 모래성(城)은. 아직은 초침이 울어. 차라리 마음 다급한 시간이다.
안개 짙은 부두(埠頭)에서
十月이라고 생각되는.
두 권(券)의 책을 사고.
녹색(綠色) 인터내슈날의 줄거리. 차저운 땅에서 환상(幻想)하는. 기다리는 사람들의 하품같은 것.118)

희곡(戱曲)
까만 인종(人種)아. 그래서 혼자서 외롭다는 사람아. 먼 거리를 보며 한 잔의 술을 들어라. 얼얼한 마음으로 길모퉁이 돌아 숙소를 가거라. 이런 유행가(流行歌)가 흐르면.
망각(忘却)이란 슬픈 것.
아까운 소득(所得)을 버리는 것.
여인(旅人)은 산을 넘는다.
아득한 마음으로.
모든 걸
상실(喪失)하며 길을 걷는다.119)

118) 강호무, 「癌素質」, 『산문시대』 3호, 1962.10, 240쪽.
119) 위의 작품, 243쪽.

위의 인용부분에서 나타나듯이, 강호무는 〈산문시대〉에 발표한 초기작에서 '산문시'나 '희곡' 등 '소설'과는 구분되는 이질적인 장르를 소설 텍스트 안에 삽입한다. 흥미로운 것은 그가 이들 장르명을 명시하고 있다는 점이다. 사실 위의 인용부분에서 '산문시'나 '희곡'이라는 장르명이 굳이 명기될 필요는 없다. 물론 예컨대 '희곡'이라는 장르명에 걸맞게 "이런 유행가(流行歌)가 흐르면"이라는 진술은 무대 공연에서의 지시문으로 기능하고 있으며, 실제 그 진술 직후에는 이에 해당하는 텍스트가 '歌'의 형식에 맞게 제시되어 있기도 하다. 하지만 전체 작품 자체가 이미 특정한 스토리 라인을 중심으로 구성되어 있지 않으며, 견고한 플롯을 중심으로 개별 장면이 통합되어 있지도 않기 때문에 굳이 위와 같은 장르명의 명기가 필요하지 않는 상황이다. 그럼에도 불구하고 강호무는 소설이라는 표제장르를 달고 발표된 그의 초기작에서 소설이 아닌 다른 문학 장르명을 명기하는 셈인데, 이는 그가 작품활동 초기부터 자신의 작품이 기존의 '소설' 장르로 환원되지 않음을 뚜렷하게 밝히고 있음을 방증한다.

> 여자—저 여자 왜 그래요?
> 사나이—언제나.
> 여자—조심하세요. 선생님을 사랑하는 거에요.
> 사나이—놔 둬요. 동정하게.
> 여자—동정이 아니라.
> 사나이—그만. (몹시 화를 낸다)[120]

나아가 위의 인용문에서는 특정한 장르명을 명기하는 대신, 발화자를 명기하고 괄호 안에 인물의 행동을 지시하는 내용을 삽입함으로써 '희곡'의 장르 규범을 차용하고 있다는 점을 표명하기도 한다. 그러니까 강호무

---

120) 강호무, 「멈칫거리는 파도」, 『산문시대』 4호, 1963.6, 360쪽.

가 〈산문시대〉에 발표한 초기작들은 '의도적으로' 관습화된 '소설' 장르의 규약을 위반하는 셈이다. 이는 '산문시'나 '희곡'이라는 장르명을 명기하는 방식으로 이루어지기도 하고, 혹은 '희곡'의 규범적 구성 요소를 '소설'에 삽입하는 방식으로 이루어지기도 한다.

이와 같은 강호무의 독특한 장르 인식은 이후에도 지속된다. 그는 이후에도 꾸준히 소설이라는 표제장르 속에서 창작활동을 하지만, 이때에도 굉장히 흥미로운 장르적 실험을 수행하며 그만의 독특한 서사 장르를 모색한다. 이러한 다양한 장르 분화의 가능성을 잠재하고 있다는 점이 그가 〈산문시대〉에 발표한 초기작들에서 주목해야 할 점이기도 하다.

강호무의 소설은 1960년대 초기작부터 1970년대 후기작에 이르기까지 공통적으로 특정한 스토리 라인을 지니지 않으며, 개별 장면들을 하나의 완결성 있는 플롯으로 수렴하지 않는다는 특성을 지닌다. 인물의 행동을 전개시키는 동력은 뚜렷하게 제시되지 않으며, 사건이 다음 사건과 연결되는 인과관계 역시 모호하게 처리되는 경우가 많다.

> 『(전략) 이 황제장으로 오시는 손님 앞에 선, 꼭 해야 할, 말이 있지요. 그도 주인 보는 데서, 주인한테도 들리게끔 큼지막한 소리로 말하는 겁니다. 그가 써 준 글을 외워서, 그걸 새로 오신 손님 앞에서 말하지요. 말해선 안되는 걸 알지만, 그 이야길 들은 여자 손님은 그날밤에 죽고 만다는 걸 잘 알지만, 그것이 나와 무슨 상관입니까? 자살인데. 자살이지요.』
> 『그럼, 소문대로?』[121]

위의 인용문은 「銅版畵 幻滅」의 도입부에 해당한다. 텍스트에서 아직 구체적인 사건은 물론, 주요 인물이 '황제장'을 찾아가는 이유조차 전혀 제시되지 않은 상황에서 서사를 추동하는 것은 "소문" 뿐이다. 그러나 그 '소문' 역

---

121) 강호무, 「銅版畵 幻滅」, 『청맥』, 1965.6, 186쪽.

시 매우 불충분한 정보를 제공할 뿐이다. '소문'을 통해 알 수 있는 것은 단지 이곳을 방문한 "여자 손님은 그날밤에 죽고만다는" 것 뿐이다. 이 소문에는 중요한 정보들이 생략되어 있다. 어떤 여자 손님이 이곳을 방문하게 되는지, 그녀가 죽음을 맞이하게 되는 이유는 무엇인지, '문지기'가 소문을 확인해주는 까닭은 무엇인지 등은 전혀 알 수 없다. 더 나아가서 이 소문을 확인해주는 '문지기'의 발화를 어디까지 신뢰할 수 있을 것인지, 그리고 문지기의 발화를 듣고 있는 "주인"의 정체는 무엇인지 역시 전혀 알 수 없다.

그럼에도 주요 인물들은 굳이 '황제장'에 찾아가고, 그 '소문'의 진위를 확인하고자 한다. 정확히 말하자면 '이곳을 방문한 여자 손님은 그날 밤에 죽고 만다'는 신빙성 낮은 소문을 실현하는 것은, 바로 그 소문을 확인하고자 하는 인물의 '소문'에 대한 욕망 때문이다. 인물의 행위와 이에 따른 사건의 전개를 결정짓는 것은 특정한 인과율이 아니라 떠도는 '소문'인 셈이다. 이때 그 소문의 내용과 진위는 중요하지 않다. 어차피 중요한 것은 '소문' 자체일 뿐이지, 그 내용과 진위 여부가 아니기 때문이다. 바꾸어 말하자면 플롯이 해체된 자리를 대신하여 서사를 전개시키는 것은 철저히 '장치'로만 기능하는 '소문'인 셈이다. '소문'이기 때문에 서술자는 개별 사건에 대한 해명과 플롯 구성을 통한 완결성으로부터 자유로울 수 있다. 서술자의 역할은 그 '소문'에 따라 움직이는 인물의 행적을 전달하는 것이지, 소문의 구체적인 내용이나 진위를 가리는 것이 아니기 때문이다. 이러한 장치는 다른 작품에서도 변주되어 나타난다.

> 무슨 이야기를 할 셈인지는 몰라도 듣는 나도 좀 생각해줘. 완전하게 꾸몄으면 해도 좋아. 아까처럼 이리 걸고 저리 매려고 끙끙거리지 말고서.
> 이건 다 마련된 이야기야. 만들어낸 이야기가 아니라 내가 보고 들은 이야기에 내가 한 일을 그저 전하는.[122]

위의 인용문은 "들은 이야기"라는 부제를 달고 있는 강호무의 다른 작품의 도입부이다. 일단 부제에서 "들은 이야기"라는 점이 명시되었기에, 서술자의 '책임'은 '소문'과 마찬가지로 이를 '전달'하는 것으로 한정된다. 위의 인용문에서 이야기의 청자가 원하는 것은 "완전하게 꾸"민 이야기의 완결성이다. 그런데 이야기의 화자는 이를 위해 "만들어낸 이야기가 아니라 내가 보고 들은 이야기에 내가 한 일을 그저 전하는" 형식을 택한다. 청자가 원하는 '완전하게 꾸민 이야기'와 화자가 택하는 '내가 보고 들은 이야기'는 "아까처럼 이리 걸고 저리 매려고 끙끙거리지" 않는다는 점에서는 공통적이다. 청자가 원하는 이야기의 완결성이 가장 명시적으로 보장되는 것은 '꾸민 이야기'가 아니라 '직접 보고 들은 것을 전하는 이야기'이기 때문이다. 이때 청자의 기대지평은 이야기의 '내용'이 아니라 '매끄러움'으로 수렴된다. 동시에 화자의 초점 역시 이야기의 '내용'보다는 이를 정확히 '전달'하는 것으로 수렴된다. 당연하게도 이야기의 화자는 그 내용에 대해서는 책임질 이유가 없다. 어차피 "들은 이야기"를 전달하는 것이 자신의 역할이기 때문이다. 그리고 '들은 이야기'이기에 텍스트의 화자와 청자는 서사의 전개에 개입할 수 없다.

이와 같이 강호무의 작품에서 두드러지는 장르적 특성 중 하나는 '소문'에 대한 차용이다. 그의 작품은 텍스트 내의 서사 규범만으로 본다면 인물과 사건의 재현이라기보다는, 오히려 '소문'과 '들은 이야기'의 '전달'에 가깝다. 이때 그 소문이나 들은 이야기의 내용은 중요하지 않다. 내용을 구체적으로 수행하는 인물이나 그들에 의한 사건들은 어차피 '소문'과 '들은 이야기'를 실현시키는 '장치'에 불과하기 때문이다. 강호무의 작품세계 전반에 걸쳐서 강력한 환타지적 속성이 표출될 수 있는 것 역시 '소문'이나

---

122) 강호무, 「형과 아우: 들은 이야기 1」, 『신동아』, 1976.7, 396쪽.

'들은 이야기'라는 하위 장르를 통해 서사의 현실법칙의 적합성 여부를 빗겨갈 수 있기 때문이기도 하다.

위에서 살펴본 것처럼 강호무는 독특한 서사적 장치를 통해 텍스트의 현실법칙과의 적합성 여부와는 무관한 환타지적 진술을 가능하게 만들고 있다. 그런데 그의 이 환타지적인 '기담'이 일종의 팩션 장르로 유독 두드러지게 나타난다는 점은 상당히 흥미롭다. 그의 1960년대 작품에서 환타지적 진술이 주로 작품의 전반적인 정조를 구축하는데 사용된 반면, 1970년대 일련의 작품에서 환타지적 진술은 빈번하게 가상 역사 서술의 도구로 사용된다.

팩션은 역사적 상황을 토대로 창작된 텍스트라는 점에서 역사 소설 장르와 밀접한 연관성을 지닌다. 그런데 일반적으로 루카치에 의해 제시된 규정과 같이, "역사소설은 현재의 문제점을 극복하기 위해, 그 문제의 기원 내지 원인과 관련된 특정시대의 역사 전체를 대상으로 하여, 문제극복의 방법 및 현재 사회가 나아갈 올바른 방향성을 문학적 상상력을 통해 탐구하는 소설"[123]로 인식되며, 이때 핵심적인 과제 중 하나는 "일상의 세세한 풍속으로부터 출발해서 당대의 전체적인 역사적 상황에 도달하기 위해 작가는 모든 가능한 자료와 기록 등을 섭렵하고 이를 토대로 당대의 삶을 치밀하게 재구성해야 한다. 이러한 세부 묘사와 전체적 형상화가 뒷받침되지 않을 때, 전사로서의 역사에 대한 정확한 인식은 불가능하고, 이로 인해 역사는 작가의 주관에 의해 심하게 왜곡될 수 있다. 그럴 때, 그것은 진정한 의미의 역사소설이 될 수 없다."[124]는 것이다. 반면 팩션의 경우 "역사소설가는 그가 구성한 이야기 형식이 시적 계기를 통해 이뤄진다는

---

123) 문흥술, 「역사소설과 팩션」, 『문학과환경』 5권 2호, 문학과환경학회, 2006, 72~73쪽.
124) 위의 글, 74쪽.

것을 자각하는 데 반해, 이야기 내용의 사실성만을 중요하게 생각하는 역사가는 그가 구성한 이야기 형식의 허구성에 대해 반성하지 않는 경향이 있다. 따라서 역사서술에 허구적 장치로서 윤리적이거나 이데올로기적인 플롯이 개입해있다는 것을 의식하지 못하는 역사가보다는, 자기 성찰적으로 역사적 소재를 사용해서 허구적 구성을 하는 역사소설가가 과거의 진실에 대해 더 많은 것을 이야기 할 수 있다"125)는 인식에 기반을 둔다.

거칠게 정리하자면, 1970년대 당대는 물론 현재까지도 역사와 문학의 관계에 대한 일반적인 인식은 루카치류의 역사소설 장르 규범에 입각한 미메시스적 재현에 초점이 맞추어진 경향이 절대적이다. 반면 팩션의 경우 역사 서술 자체를 '이야기 형식의 허구성'과 '이데올로기적 플롯'을 토대로 구성되는 것으로 보기 때문에, 역사의 미메시스적 반영 보다는 텍스트의 '자기 성찰적' 편집을 장르 규범으로 강조한다. 따라서 팩션의 경우 역사에 대한 환타지적 재현이 가능한 장르적 속성을 지니게 된다.126)

> 그는 혀를 물었다. 더는 변경되지 않을 방침을 두고 행하는 심문이라면 그들 나름으로 꽤 자세한 경과보고서를 만들 수 있을 것이다. 입씨름은 그만 두자. 해상 감옥 탈주범에게 사면의 특혜는 없을 것이다. 적지로 보내려고 기른 공작원들이 정신대원을 이끌고 사육장을 떠난 일은 사생결단코 행한 일이다. 생화학국장을 살해하지 못한 것이 한이다. 우리 둘이 맡은 바는 미필사유만 달렸지 대단한 범법이다. 수리조합 일로 해서 윗녘·아랫녘이 내왕을 끊은 현상을 바로잡겠다던 생각이 무모한 것이었다면 장차는 단심(丹心)으로 쇄신되는 세상이 있을 수 없다.127)

---

125) 김기봉, 「팩션으로서의 역사서술」, 『역사와경계』 63, 부산경남사학회, 2007, 9~10쪽.
126) 당대 역사와 소설에 관한 새로운 인식을 표출하는 텍스트의 장르적 분석은 이 책의 4부 3장 '역사의 재현을 둘러싼 두 가지 방식: 실록과 팩션'을 참조.
127) 강호무, 「霧島海域: 巷說 3」, 『세대』, 1974.6, 346쪽.

위의 인용문에서 이 작품이 팩션임을 추정할 수 있는데, 이는 "정신대원"이나 "생화학국장" 등의 지시적 표현과 "사육장"이라는 알레고리적 표현을 통해 보다 분명해진다. 즉, 지시적 표현을 통해서는 일제 말기의 폭력적 상황을 추정할 수 있으며, 알레고리적 표현을 통해서는 시공간적 배경인 '섬' 자체가 하나의 거대한 식민지를 환기하고 있음을 추정할 수 있다. 그런데 강호무는 일제 말기의 식민지에서의 역사적 상황을 곧 "윗녘·아랫녘이 내왕을 끊은 현상"으로 연계시킨다. 이 진술이 분단 체제의 알레고리라는 점 역시 쉽게 추정 가능하다. 즉, 강호무는 일제 식민지 시대라는 '과거'와 분단 체제의 공고화라는 '현재'를 결합시키는 방식을 사용하고 있는 셈이다.

그런데 이와 같은 결합은 역사적 사실에 기반을 둔 당대 일반적인 역사소설의 규범에서 벗어나는 것이다. 당연하게도 식민지 시대와 분단 시대는 각기 다른 역사적 국면에 해당하기 때문이며, 따라서 이 둘을 동시에 하나의 시공간에 배열하는 것은 역사의 '왜곡'에 해당하기 때문이다. 그러나 강호무에게 이와 같은 당대 지배적인 역사소설의 장르 규범은 큰 문제가 되지 않는다. 이는 강호무 특유의 장르적 장치 때문이다. 이 작품은 부제로 "巷說"을 명기하고 있다. 즉, 위에서 제기된 미메시스적 관점에서의 문제제기는 대문자 역사인 '正史' 기록과 이에 기반을 둔 역사소설에 해당하는 것이지, 항간에 떠도는 이야기를 기록한 강호무의 작품에는 해당될 수 없는 셈이다. 이와 같은 장르적 장치를 통해 강호무는 당대 민족문학론의 대두 속에서 강고한 장르적 규범으로 제시된 루카치적 역사소설론의 문제설정을 넘어, 환타지적 양식으로서의 팩션을 창작할 수 있었다. 이러한 강호무의 팩션이 지니는 고유한 특성은 다른 작품에서도 나타난다.

학예관의 어조는 극히 날카롭고 냉정하다. 그는 약소민족의 황태자요,
학예관은 강대국의 행정 요원이다.[128]

위의 인용문에서 이 작품의 배경은 대한제국기임을 쉽게 알 수 있다. 우
선 "황태자"라는 표현이 그렇고, 여기에 "약소민족"과 "강대국"이라는 대립
구도가 전면화되어 있기 때문이다. 그런데 그 다음 "황태자"가 "학예관"이
꾸미는 음모를 피하기 위해 이동하는 장면에서 세부적 역사와의 불일치가
나타난다.

　「우리는 제물로 가서, 탐라로 갈 셈이오」
　종각 앞을 지나자 싸늘한 바람이 인다. 인력거는 반쯤 열린 후문을 조심
스럽게 통과한다. 인력거는 삼거리에서 길을 바꾼다. 그가 지시한 방향이
아니다.
　「왜?」
　「노서아 공관으로 갑니다」[129]

위의 인용문에 등장하는 "노서아 공관"을 통해 '아관파천'을 떠올리는 것
은 쉬운 일이다. 그런데 이 지점에서 역시 하나의 모순이 발생한다. 왜냐
하면 대한제국은 1897년 10월 공포된 국명인 반면, 아관파천은 1896년 2
월에 발생한 사건이기 때문이다. 즉, 강호무는 이 작품에서도 미메시스적
장르 규범을 폐기하고, 환타지적 가상 역사 형식을 사용하고 있는 셈이다.
　더욱 중요한 점은 이 작품이 단순히 1890년대 열강간의 각축 속에서 고
뇌하는 "황태자"의 이야기를 재현하는 것을 통해 과거 제국주의의 침략으
로 인한 민족의 수난사를 기록하는데 그치지 않는다는 사실이다. 이 경우
이 작품은 다소 범박한 내셔널리즘의 발현으로 평가될 것이다. 그러나 이

---

128) 강호무, 「地文航法」, 『월간문학』, 1972.7, 80쪽.
129) 위의 작품, 83쪽.

작품은 교묘하게 현재와 과거를 접합시킴으로써 이러한 한계를 극복한다.

> 「국제정치학을 전공하셨지요?」
> 「네」
> 「언제까지 강의하셨습니까?」
> 「간통사건 직전까지 강단에 섰습니다」
> 「부인의 진술에 의하면 당신은 날마다, 오늘은 취직한다고 말했다는데……」
> 「네. 간통사건 이후로 저는 날마다 전통문화관에서 소일했습니다. 화음당 안의 용상을 보며 저가 제자와 새살림을 차리는 꿈을 꾸었습니다. 아내가 수긍할 수 있도록 잘 설명할 수 없었습니다」
> 「부인께서 당신의 취직설을 어떻게 생각하시는지 아십니까?」
> 「네. 아내는 저의 몽상적인 기질을 알기 때문에 맞바로 비웃지는 않았지만, 저의 정신상태를 의심하는 투의 말은 자주 했습니다」
> 「간통사건 이후에 만난 인물들은……」
> 「없습니다. 날마다 아침 일찍 아내와 함께 집에서 나옵니다. 아내가 일본은행의 서울지점 통근차를 기다리는 정류장에 이르면 아내는 오백원권 한장을 내밉니다. 저는 거기서 아내와 헤어져 전통문화관으로 옵니다」[130]

작품의 말미에 이르러 비로소 밝혀지는 것은 1890년대를 배경으로 한 일련의 사건들이 기실 "국제정치학을 전공"하고 "간통사건"으로 인해 대학에서 물러난 인물의 "몽상"이라는 점이다. 그런데 이러한 현재의 개입이 일어나는 필연적인 이유 역시 위에 나타나 있다. 그것은 "아내가 일본은행의 서울지점"에 근무한다는 진술과, 그가 "전통문화관에서 소일"한다는 진술을 통해 추정할 수 있다. 거칠게 말해 전자의 진술은 1965년 한일협정 이후, 이 작품이 발표된 1972년 유신체제 성립을 전후하여 공고화된 대일 종속적 상황을 1890년대의 식민지화의 문제와 결부시켜 형상화하기 위한

---

130) 위의 작품, 86쪽.

장치이며, 후자의 진술은 박정희 정권이 강력하게 추진한 이른바 '국학 부흥'과 관련된 국가주의적 아카이빙의 문제를 제기하기 위한 장치인 셈이다. 실제 박정희 정권은 대규모의 문화재에 대한 아카이빙을 수행한 바 있다. "정부는 민족문화의 정수인 문화재 발굴, 정화, 성역화 그리고 기념물화를 민족의식 확립을 위한 핵심으로 여겼다. 60년대 비체계적인 한국문화에 대한 정리 사업은 1968년 문화공보부 출범 이후 체계화되어 대규모 예산, 인력 그리고 박정희 개인의 정책적 관심이 결합되어 무수한 문화재 보수, 전적지와 사적지 성역화, 조형물들이 구축되었다."131) 그리고 이와 같은 작업은 "민족중흥의 주체로 대중을 생산-효율적이며 순종적이고 윤리적 주체를 만들기 위한 것"132)이었다.

이와 같은 점을 고려하면 위의 작품에서 굳이 "황태자"를 감시하는 역할을 하는 인물이 "학예관"으로 설정된 까닭을 알 수 있다. 이는 일차적으로는 제국의 "행정 요원"이기 때문이지만, "전통문화관"이라는 현재의 공간적 배경을 고려한다면 보다 복잡한 의미를 지닌다. 이와 관련하여 다른 작품에서도 유사한 지점이 나타나서 흥미롭다.

> 선대의 유물은 정립된 가치기준 위에서만 그 위광을 얻는다. 어리석은 사람들의 열람으로 본색마저 감해진 보물을 남긴 사람들은 모두 광인이다. 일품을 만든 장인들은 죄 미치광이다. 사라진 문화재는 푸른 안개에 싸인다. 혜원의 춘화도에 오른 여인들은 모두 안개 속으로 사라져 이내가된 지 오래다.133)

위의 인용문은 역시 "巷說"이라는 부제명을 명기한 작품의 일부이다. 이

---

131) 김원, 「발굴의 시대: 경주 발굴, 개발 그리고 문화공동체」, 『사학연구』 116, 한국사학회, 2014, 485쪽.
132) 위의 글, 485쪽.
133) 강호무, 「古宮一事: 巷說 5」, 『현대문학』, 1974.7, 208쪽.

작품의 공간적 배경 역시 "선대의 유물"을 보존하는 곳으로 설정된다. 그런데 강호무는 이 "선대의 유물"이 어디까지나 "정립된 가치기준"에 의해 선별된 것임을 인식하고 있다. 박정희 정권에서 문화예술의 선별기준은 "전통 문화유산 중에서 '조국 근대화'와 '민족중흥'에 활용될 수 있는" "자주정신, 민족주체성, 진취적이고 생산적인 국민, 근면하고 검소하고 소박한 생활"[134] 등이 표출된 것으로 제시된다. 따라서 이 가치기준에서 벗어난 것들, 즉 "혜원의 춘화도"와 이에 재현된 "여인들"은 모두 추방될 수밖에 없다.

강호무에게 이와 같은 박정희 정권의 국가주의적 방식의 문화예술 통제 정책은 특유의 환타지적 팩션 장르의 차용을 통해 비판된다. 박물관에 박제화되어 보존되는 문화예술의 관객은 "어리석은 사람들"일 따름이며, 가치를 지닌 작품들은 모두 "안개 속으로" 사라져 "이내"가 되어 버렸다. 따라서 중요한 것은 "선대의 유물"을 보존하는 것이 아니라, 오히려 이를 국가주의적 통제로부터 '해방' 시키는 것이다.

> 푸념을 싫어하는 그대들의 목걸이에 새겨진 상형문자는 생존을 허락받은 번호판이다. 성심으로 살면 윤이 날 것이요, 버려두면 녹이 슬 것이다. 시련을 이긴 당신의 상형문자는 자유의 표지요, 외세에 찢겨진 그대의 상형문자는 피로(被虜)의 사슬이다. 그대가 주검이 되고, 진토가 돼도 역사의 초서에 그대는 뜻도 모를 하나의 기호로 남을 것이다. 새벽마다 귀를 기울여도 이제는 흔들리는 소리가 들리지 않는 늪에서 우리들이 부르는 〈자유로운 외출〉은 우리의 귀를 멀게 한다. 귀를 멀게 하는 귀지의 양과 합창대원의 수를 두고서는 아무런 수식(數式)도 만들 수 없다.[135]

---

134) 임학순, 「박정희 대통령의 문화정책 인식 연구」, 『예술경영연구』 21, 예술경영연구, 2012, 174쪽.
135) 강호무, 앞의 작품, 206쪽.

결국 이 작품의 부제이기도 한 "巷說"이란 박물관에 박제화된 작품들에 재현된 인물들이 부르는 "〈자유로운 외출〉"의 소리인 셈이다. 이 지점에서 강호무는 당대의 일반적인 역사소설과는 뚜렷이 변별되는 자신만의 독특한 미적 특성을 표출한다. 그는 역사적 사건의 미메시스적 재현을 강조하는 루카치적 역사소설론의 장르규범을 환타지적 기법의 차용을 통해 넘어선다. 나아가 그는 이 과정에서 제기될 수 있는 실제 역사와의 불일치의 문제를 "巷說"이라는 표제 장르의 활용을 통해 빗겨간다. 그리고 이 "巷說"은 당대 규범화된 문학예술에 대한 비판적 인식, 특히 박정희 정권의 국가주의적 통제에 대한 날카로운 비판으로서의 "〈자유로운 외출〉"에 대한 탐색으로까지 진행된다는 점에서 매우 중요한 의미를 지닌다.

　　앞서 살펴본 것처럼 강호무는 초기작부터 표제장르로서는 '소설'을 제시하고 있지만, 일반적인 소설 장르의 규범과는 다른 장르와의 혼종을 의식적으로 수행하고 있었다. 특히 1960년대 중반에 발표된 작품들 중 상당수는 일종의 '무가(巫歌)'에 가까운 특성을 보이고 있어 흥미롭다.

　　　그것은, 며칠 전, 물가에 앉은 악몽의 발치께에 와 닿아 밀리고 밀리는 것을 건져서 탈 하나를 끄집어내자 사라져버렸던 자루였다. 구럭에는 소와 닭, 꿩의 털과 사무가무본(四巫歌舞本)이 들어 있었다.[136]

　　위의 인용문은 「呪力」의 도입부에 해당하는 것이다. 이 작품은 제목처럼 주동 인물이 주술적인 능력을 획득한 후, 그것이 지니는 무의미함을 자각하는 내용으로 요약 가능하다. 그런데 주동 인물이 이와 같은 능력을 획득하는 구체적인 계기는 바로 위의 인용문에 제시된 "사무가무본(四巫歌舞本)"을 얻는 것이다. 책의 제목으로부터 "사무가무본(四巫歌舞本)"에 담겨진 것이

---

136) 강호무, 「呪力」, 『세대』, 1968.9, 377쪽.

무속에 기반을 둔 '歌舞'의 절차와 의례임을 쉽게 짐작할 수 있다. 문제는 이러한 '무가'는 어디까지나 고대사회에서만 통용될 수 있는 것이라는 점이다.

> 合鳴鐘 소리가 들렸다. 남경이어요. 다 만들어졌는데, 뭐, 주셔요. 안 나
> 오셔요? 자정 아닌가? 여덟시. 여덟. 그는 유리창 저편인 길거리에 찬 사
> 람들의 흐름을 보고 있었다. 합명종소리가 들린다. 聖歌다. 子正이 아닐까?
> (중략) 사람들은 불 속으로 들어가고, 그 속에서 나오기도 한다. 사람은 電
> 光廣告를 사랑한다. 그 속으로 들어간다. 그 속에서 나온다.[137]

이는 넓은 의미에서 서구의 '무가'에 해당하는 '聖歌'도 마찬가지이다. 근대사회의 구성원들이 사랑하는 것은 "電光廣告"일 따름이며, 이들은 원형적인 '불'을 대신하여 "電光廣告" 속으로 들어가기도 하고 나오기도 한다. 원형적인 '불'의 세계가 인공적인 "電光廣告"로 대체된 것처럼, '聖歌' 역시 인공적인 것으로 대체될 운명임은 물론이다.

> 그녀는 선표를 바다에 던진다. 바다의 끝에서부터 물에 줄을 그으면서
> 安風이 온다. 물은 구겨지고 결결이 흔들린다. 불덩이가 된 기름통들이 물
> 에서 터진다. 기름통들이 타면서 하늘로 오른다. 불덩이들이 하늘에 떠 있
> 다. 돌풍은 가고 바다는 도로 잔잔하다. 물에 뜬 기름불의 그으름들이 물에
> 뜬다. 그녀는 운다. 그녀는 성가를 부른다.[138]

"電光廣告"가 지배하는 세상과는 다른 곳으로 떠나기 위한 "선표"란 기실 무의미한 것일 수밖에 없다. 이는 공간적인 이동의 문제가 아니라 시간적인 전이의 문제이기 때문이다. 따라서 작품의 결말에서 그 무속적인 힘은

---

137) 강호무, 「巷間의 神」, 『문학춘추』, 1966.12, 200~201쪽.
138) 위의 작품, 207쪽.

"물에 뜬 기름불의 그으름들"로 소멸되며, "성가"가 그녀의 울음과 등치되는 것은 필연적이다. 이와 같이 '무가' 장르가 불가능함을 인지한 시기, 강호무가 택하는 것은 '사(辭)' 장르이다. 이 점을 살펴보기 위해서는 먼저 동아시아 문학에서의 '사' 장르에 대해 고찰할 필요가 있다.

> 이상에서와 같이 「이소」에는 경서와 일치하는 부분이 있는가 하면 그렇지 않은 부분도 있다. 그렇듯 「초사」의 내용에 있어서는 삼대(三代)의 〈서(書)〉와 〈시(詩)〉를 모범으로 하였으나 그 기풍(氣風)에 있어서는 거기에 전국(戰國)시대의 것이 뒤섞여 있으니, 우리는 그것이 〈풍(風)〉과 〈아(雅)〉의 영역에서는 미미한 존재이나 사부(辭賦)의 영역에서는 걸출한 존재임을 알게 된다. 또한, 그것이 골격으로 삼은 근본 취지나 그러한 골격에 붙은 근육으로 삼은 표현들을 살펴보면, 비록 경서들의 함의(含意)를 놓쳐버리기는 했으나 그만의 독창적이고도 탁월한 표현을 만들어 놓았음을 깨닫게 된다.[139]

고대 중국의 문학 장르를 집대성한 유협에 의하면 '사'는 굴원의 「초사」로부터 연원하는 것이다. 이 장르는 "경서들의 함의(含意)를 놓쳐버"렸다는 한계를 지니지만, "독창적이고도 탁월한 표현"으로 인해 그 가치를 인정받는다. 따라서 '사' 장르의 핵심적인 속성은 다음과 같이 그 언어적 표현의 정교함에 있는 셈이다.

> 뜻하고자 하는 바에 독창성이 결여돼 있고 문장이 문채를 결여하고 있으며 대우(對偶)가 지극히 평범한 수준의 것이라면, 그것은 보는 이로 하여금 졸음을 유발하게 할 것이다. 그러므로 반드시 대우를 이루는 구절은 그 논리에 융통성이 있도록 하고 사례의 인용이 적절하도록 하며 마치 한 쌍의 벽옥(碧玉)과도 같은 문체가 드러나도록 해야 한다. 이에 덧붙여, 단구(單句)와 대구(對句)를 번갈아 운용하기를 마치 각종 패옥을 조절하듯이 한다면, 그때야 비로소 훌륭한 작품이 될 것이다.[140]

---

139) 劉勰, 최동호 역편, 『문심조룡』, 민음사, 1994, 79쪽.

그런데 이 부분에서 유협이 유교적 지식인이었다는 점을 충분히 고려할 필요가 있다. 그에게 개별 장르를 막론하고 '문(文)'을 평가하는 기준은 어디까지나 "경서"일 따름이다. 바꾸어 말하자면, 그의 '사' 장르에 대한 규정은 굴원의 '초사'에 대한 보다 진전된 연구를 통해 보완될 필요가 있는 셈이다. 이런 점에서 다음과 같은 최근의 연구는 중요한 시사점을 제공해준다.

> 최근 楚辭와 楚문화와 관계에 대한 연구가 심화됨에 따라 더 이상 한 대 유학자들의 관점을 따르지 않는 경우가 많아졌다. 屈原은 유교의 훈도만을 따르는 유학자의 典範도 아니며 그의 작품의 行間이 모두 忠과 諫의 의미로 점철되어 있다는 평가도 잘못되었다는 인식을 하게 되었다. 오히려 屈原은 유교 이념과는 거리가 먼 世襲 巫人 집안 출신으로 본인의 職責 역시 祭司長이었음이 밝혀졌다. 이에 楚辭는 屈原이 지은 巫歌의 일종이라는 주장에 설득력이 더해지고 있다.[141]

위의 연구를 참조한다면 '사' 장르의 특성을 유교적 관점에서 단순히 그 언어적 표현에서만 찾는 것은 다소 무리가 있다. 물론 '사' 장르는 그 언어적 표현의 정교함에서도 장르 규범을 지니지만, 보다 본질적으로는 "巫歌"로부터 연원한 장르적 특성을 지니는 셈이다. 그러나 이미 굴원이 「초사」를 창작하던 시기는 무속적 세계관이 쇠퇴하던 시기였다. 따라서 「초사」에 대한 다음과 같은 해석이 가능해진다. "巫人이 점차 전해오던 口傳 巫歌에 개인적인 경험 서사부분을 확대해 감으로써 신과 인간의 세계가 混在되었던 시기의 口傳巫歌에 인간과 관련된 서사가 증폭됨에 따라 巫俗 敍事詩가 출현"[142]했다는 것이다.

즉, '사' 장르는 그 발생적 측면에서는 '무가'를 원형으로 하면서도, 그것

---

140) 위의 책, 420쪽.
141) 고진아, 「〈離騷〉의 巫俗敍事的 特徵」, 『중국학연구』 50, 중국학연구회, 2009, 331쪽.
142) 위의 글, 332쪽.

이 쇠퇴하던 시기를 반영하여 "인간과 관련된 서사가 증폭"되는 '巫俗敍事詩'적 특성을 지니는 셈이다. 따라서 유교적 경서의 함의를 표현하는 것보다는 무가의 세계관과 인간의 세계관이 혼재되는 양상에 초점을 맞추며, 자연스럽게 그 표현에서도 몽환적이고 독창적인 특성을 지닌다. 이러한 장르적 속성을 고려할 때, '무가'의 불가능성을 재현한 강호무가 「花柳巷辭」라는 제목의 작품을 창작하게 된 것 역시 자연스럽다.

> 어슬녘에 돌아온 현자는 더는 시다 떫다는 말도 없이 또 집을 나갔다. 육손이를 찾아간 것이다. 날이면 날마다 현자는 육손이를 찾아간다. 현자의 구역질도 명희의 재채기도 다 멎었다. 둘은 마약의 힘으로 나날을 즐겁게 산다. 약물의 힘으로 하루를 지탱하는 명희와 현자의 안색이 흐려지는 일은 아주 드물다. 둘 사이에는 손님을 끌지 못한 쪽의 약값을 돈을 번 사람이 내는 묵계도 있다. (중략) 둘만이 진가를 아는 유희에 짝을 짓고 간다는 기쁨과 어쩌면 이런 일로써 쉽게 세상을 버릴 수 있는 사람은 저희 둘뿐이라는 자만도 고물거린다. 둘이 매일 같은 길을 걸으며 나누는 온정이 나의 눈시울을 적신다. 둘의 키가 자라고, 골목이 좁아진다. 나도 둘을 따른다. 환희의 눈물이 전하는 열기는 눈을 비벼도 닦이지 않는다. 바다가 빼앗지 못한 땅의 열기는 바람이 지니고, 바람이 빼앗지 못한 땅의 습기는 바다가 지닌다.143)

마치 「巷間의 神」에서 "聖歌"가 "電光廣告"에 의해 그 의미를 상실하는 것처럼, 이제 '무가'는 "마약"과 같은 "약물"에 의해서만 유통 가능해진다. 그마저도 어디까지나 "약값"을 통해서만 구매 가능한 것이다. 오히려 '나'의 "환희의 눈물"은 "마약"이 아니라 성노동 여성들 간의 "온정"에 의한 것이다. 즉, '무가'가 불가능한 상황에서 강호무는 '인간과 관련된 서사'를 표출하기 위해 '사' 장르를 택하는 셈이다. 더불어 강호무는 '사' 장르의 언어적

---

143) 강호무, 「花柳巷辭」, 『문학과지성』, 1976 봄, 276~277쪽.

규범의 측면에서도 몽환적인 방식의 "대우(對偶)"를 사용하여 매우 독특한 성취를 보이고 있다.

4) '부' 장르와 혁명 '이후'의 감각

한수산은 일반적으로 '대중소설'이라는 틀에서 평가되는 작가이지만, 장르론적인 면에서도 상당히 흥미로운 면모를 지닌 작가이다. 그를 '대중소설가'로 평가하는 주된 근거인 『부초』의 경우에도 일종의 르포적 성격이 투영되어 있으며 실제 그의 초기작에서는 '기(記)'나 '부(賦)' 등의 장르명이 명기되기도 한다.

> 안개 때문이겠지. 육십년대의 경제성장이 이 도시에 만들어준 은혜의 선물. 저 안개 말이야. 아침이면 언제나 비가 올 것 같지. 아침에 일기를 쓴다면 날짜 밑에 매일같이 흐림이라고 적을 거야. 모든 것을 포기하고 싶고, 끝없이 연기하고 싶고, 세월을 기다리는 일이 헛되고 또 헛되이 생각되게 하는 저 안개. 그러나 한낮이면 극장 밖으로 나오는 관객처럼 우리를 눈멀게 하면서 갑자기 쏟아져내리는 햇살. 왜 우리들의 눈은 현실에 대하여 암순응을 가지지 못했을까.144)

위의 인용문은 「난중일기」의 일부이다. 「난중일기」가 이순신의 '일기'임은 주지하는 바와 같다. 그럼에도 이 작품의 제목이 이를 의도적으로 차용하고 있는 이유는 단순하다. 한수산 역시 당대를 '난중'으로 인식하고 있으며, 이때 가능한 서사 장르 중 하나가 바로 '일기'이기 때문이다. 구체적으로 '난중'이라는 인식은 "육십년대의 경제성장"으로 표상되는 4·19의 좌절과 5·16 군부쿠데타로부터 추출된 것이며, 그의 '소설'이 '일기'라는 인식

---

144) 한수산, 「난중일기」, 『사월의 끝』, 책세상, 2007, 105쪽.

은 이러한 '난중'의 상황에서 그가 "날짜 밑에 매일같이 흐림이라고 적"는 행위를 반복할 수밖에 없기 때문에 나타난다. 그러나 이와 같은 인식은 곧 당대의 '난중'과 같은 현실에 "암순응"하지 못한다는 자기 인식, 즉 "갑자기 쏟아져내리는 햇살"에 대한 기억을 통해 글쓰기의 동력으로 작동한다. 그렇다면 '난중'인 현실과 대비되는 그 '기억'의 실체를 먼저 규명할 필요가 있다.

> 다방의 음악은 사월을 노래하고 있다. 사월이 가면 가야 할 사람. 오월이 오면 울어야 할 사람.
> "형수님. 사월이 가면 무엇이 올까요?"
> "글쎄요. 군사혁명이 오겠죠."[145]

그의 다른 작품에서 '난중'인 현실과 대비되는 '기억'의 실체가 나타난다. '난'은 "군사혁명"이며 이에 "암순응"하지 못하게 만드는 것은 "사월"의 기억인 셈이다. 바꾸어 말하자면 한수산에게 4·19는 예컨대 이른바 '4·19 세대'와는 달리 과거의 '기억'으로 인지되는 셈인데, 이는 그가 세대적 측면에서 1946년생이라는 점과, 문화적 측면에서 '4·19 세대'임을 자임한 에꼴과는 거리가 있었기 때문인 것으로 볼 수 있다. 따라서 그가 4·19를 당대의 역사적 맥락 속에서 해석하기 보다는, 일종의 원체험적인 기억으로 인식하는 것은 자연스럽다. 이러한 한수산의 문학적 위치는 다른 작가들과는 변별되는 4·19에 대한 독특한 형상화를 가능하게 만드는 동력이기도 하다.

> 최 인훈의 소설 〈광장〉이 끼친 허물이 여기에도 있다. 소설 〈광장〉은 다만 픽션일 뿐이다. / 최인훈의 주인공 이 명준은 흰 페인트로 말쑥하게 칠

---

145) 한수산, 「사월의 끝」, 앞의 책, 16쪽.

한 3천톤의 '인도배 타고르호'를 타고 중립국으로 떠난다. (3천톤의 타고르 호라니!) 지 기철 씨와 12명의 중국인을 포함한 88명이 실제 타고 떠난 배는 2만2천4백44톤의 아스투리아스호였다.146)

위의 '르포'에서 한수산은 4·19의 문학적 성과의 최대치 중 하나로 평가되는 최인훈의 『광장』에 대해 비판적인 평가를 보여준다. 최인훈의 『광장』은 관념에 의해 구성된 "픽션"일 따름으로 평가되며 '이명준'의 행적은 '중립국'행을 택한 '지기철'씨의 행적과 비교되어 그 비현실성이 비판된다. 이러한 평가는 한수산이 1970년대 본격적인 문학활동을 시작한 세대에 속하면서, 동시에 '르포'라는 장르를 매개로 하였기에 가능한 것이다. 반면 '르포'가 아닌 다른 장르를 매개로 할 경우 4·19의 '기억'은 다른 방향에서 재현된다. 이와 관련하여 그의 작품 중 주목되는 것은 「대설부(待雪賦)」이다. 즉, 그는 당시로서는 거의 유일하게 '부' 장르를 자신의 작품제목에 명기하는 셈인데, 이를 분석하기 위해서는 먼저 부 장르의 특성을 살펴볼 필요가 있다.

　　높은 곳에 올라가서 부를 짓고자 한다는 말의 의미는, 경물을 보게 되면 생각과 감정이 촉발된다는 뜻이다. 감정과 생각은 외부의 사물로 인해 촉발되는 것이기 때문에 거기에 담긴 내용은 반드시 분명하고 정아해야만 한다. 외부의 사물은 생각과 감정을 통해서 관찰되는 것이기 때문에 그것에 대한 표현은 반드시 교묘하고 아름다워야 한다. 아름다운 표현과 정아한 내용은 구슬의 훌륭한 질(質)과 아름다운 무늬가 서로 섞여 있는 것과 같다. 내용의 올바름과 그릇됨을 구분하는 것은 비단에서 정색(正色)과 간색(間色)을 구분하는 것과 같고, 아름다운 표현을 추구하는 것은 그림에서 검은색과 황색을 두드러지게 하는 것과 같으니, 표현은 새로운 것이어야 하나 내용이 있어야 한다. 이것이 바로 부(賦)를 지음에 있어서 요구되는 가장 중요한 사항들이다.147)

---

146) 한수산, 「현지취재: 제3국으로 간 반공 포로들의 그 후」, 『마당』, 1985.6, 235쪽.
147) 劉勰, 앞의 책, 123~124쪽.

위의 언급에서 보이는 것처럼, '부' 장르는 "외부의 사물로 인해 촉발"된 "생각과 감정"을 표현하는 것을 기본적인 규범으로 삼는다. 이때 "가장 중요한 사항"은 그 내용적 측면에서의 "올바름"과 형식적 측면에서의 "아름다(움)"의 결합이다. 앞서 살펴본 한수산의 문학적 위치를 고려할 때, "올바름"이란 4·19의 기억을 과도한 파토스 속에서 신화화하거나 추상적 심급의 문제로 관념화하는 것이 아니라 "난중"의 현실 속에서 "암순응"을 거부하기 위한 장치로 형상화하는 것이며, "아름다(움)"이란 전 세대와는 구분되는 "새로운 것"이어야 한다. 그리고 이 두 가지는 '부'라는 장르를 통해 통일되어 표현되어야 한다. 이러한 점에서 「대설부(待雪賦)」는 몇 가지 흥미로운 해석의 여지를 지니고 있다.

> 마지막으로 열차를 내린 그녀는 차단기가 올려진 선로를 건너며 스카프를 여몄다. 천천히 역사를 나왔다. (중략) "피곤하지 않으세요?" "괜찮아요…… 우리 걸어가요. 눈이라도 올 것 같은데." 장갑을 끼며 그녀는 소리 없이 웃었다. 낯설게만 느껴지는 밝고 환한 웃음이었다. "그러고 보니…… 아직은 사춘기시로군요." "왜요?" "눈이 올 것 같으니 걸어가잘 나이는 아니시잖아요. 버짐이 듬성듬성한 정신연령……."148)
> 찻값을 치르고 돌아서니 계단을 내려가는 그녀의 앞에 펑펑 함박눈이 쏟아지고 있었다. 나는 고통을 피해온 것일까. 아니다. 남이 뛰어넘지 못하도록 내 성을 쌓았을 뿐이다. 그리고 쓰러뜨릴 수 있는 적막을 안으로 끌여들였던 것이다.
> 저 여자의 체험과도 같은 그러한 타인과의 합일이 가능한 것일까.
> 그것이 가능하다면 나는 스스로 성을 허물고 싶었다. 감추어진 형의 안팎을 새롭게 뒤져보고 싶었다. 끝없는 고통을 가져오는 일이라 할지라도 피하거나 물러서진 않으리라. 저 여자를 사랑할 수도 있으리라.
> 그녀가 스카프를 꺼내어 머리를 여몄다. 그 위에 희끗희끗 눈송이가 얹혔다. 남은 계단을 내려가서 나는 그녀와 우리들이 되었다.149)

---

148) 한수산, 「대설부(待雪賦)」, 앞의 책, 57쪽.

첫 번째 인용문은 「대설부(待雪賦)」의 도입부이며, 두 번째 인용문은 결말부이다. 작품의 서술 시간만을 놓고 본다면 전개되는 사건이란 '눈'이 올 것 같은 예상이 실현된다는 것뿐이다. 작품의 나머지 부분은 모두 '나'의 '형'과 '그녀'의 과거사에 대한 회상으로 구성되어 있기 때문이다. 이미 종료된 사건에 대한 회상이기에 이 과거가 현재에 미치는 영향은 한정될 수밖에 없다. 그럼에도 도입부와는 달리 결말부에서 "나는 그녀와 우리들이 되었다"는 진술이 가능한 것은 그녀가 "눈이라도 올 것 같"으니 "걸어가"자고 하는 "사춘기"와 같은 "정신연령"을 지녔기 때문이며, 이는 "남이 뛰어 넘지 못하도록 내 성을 쌓았을 뿐"인 나와는 대비되는 모종의 특성을 잠재한 것이기 때문이다. 이는 다시 "끝없는 고통을 가져오는 일"인 "타인과의 합일", 즉 "사랑"으로 이어진다. 그리고 이러한 인식의 변화를 추동하는 것은 다름 아닌 "함박눈"이다.

이와 같은 분석을 통해 한수산이 이 작품의 제목을 「대설부(待雪賦)」라는 '부' 장르로 설정한 까닭을 해명할 수 있다. 그에게 4·19는 분명 '난중'에도 '암순응'을 거부할 수 있는 사건으로 인식되지만, 이는 어디까지나 그 직후 일어난 '난'에 의해 좌절된 '과거'에 속한 것일 따름이다. 이미 '사월의 끝'에 놓인 그가 이 기억을 지속하는 방식은 과거의 '형'에 대한 회상의 세계를 넘어 현재의 세계에서 '사랑'의 가능성을 시도하는 것이며, 그 표현은 도입부와 결말부에서 '눈'이라는 "경물"을 전면화시키는 것으로 수렴된다. 이는 5·16으로 인한 4·19의 좌절은 물론, 유신체제의 도래를 예감한 혁명 '이후'의 세대이기에 가능한 것이기도 하다.

문학사적으로 이미 소멸된 것으로 간주되곤 하는 장르들은 종종 다시 문학장에 틈입하기도 한다. 그러나 다시 틈입한 장르들이 과거의 장르 규

---

149) 위의 작품, 72쪽.

범을 반복할 경우, 이는 일종의 문화적 복고주의의 발현에 그칠 것이다. 4·19 이후 전통 서사 장르의 '발견'을 추동한 것은 다름 아닌 '문협정통파'의 박제화된 전통 담론에 대한 일련의 진보적 비평가들의 문제제기였다. 이들에게 전통은 단순히 '옛 것'이 아니라 현재 문단의 서구중심적 편향을 극복하기 위한 유용한 매개로 인식되었다.

이러한 문학장의 변동 속에서 다시 나타난 '전', '기', '설', '사', '부' 등의 동아시사 전통 서사 장르는 분명 근대문학 시스템의 구축과 함께 문학장에서 사라진 것들이다. 그러나 1960~70년대 소설에서 이들 장르는 새로운 특성을 담지하며 재구성된다. 이는 이문구나 이제하, 신상웅 등의 '전' 장르의 입전 인물의 변용으로 나타나기도 하며, 현재훈과 황석영 등의 '기' 장르를 통한 역사적 기억의 현재화, 강호무 등의 '설'과 '사' 장르를 통한 풍문의 기록과 애도의 수행, 나아가 한수산 등의 '부' 장르를 통한 4·19 이후의 감각의 표출 등으로 구체화된다. 이러한 장르 변용은 흔히 단절론과 계승론, 혹은 이식문학론과 내재적발전론의 이분법적인 구도로 포획될 수 없는 독특한 성취라는 점에서 그 문학사적 중요성이 더욱 크다고 할 수 있다.

서구 문예사조의 탈식민적 수용과 서사 장르의 실험

1. 한국적 누보 로망의 기획

1) 누보 로망 수용의 문제성

1부에서 살펴본 것처럼 4·19 이후 김붕구 등에 의해 누보 로망은 한국 문학장에 활발히 수용된다. 그런데 이와 같은 수용을 단순히 서구 문학의 기계적 '이식'과 '모방'으로 평가하는 것은 큰 의미를 지니지 못한다. 주변부 문화가 서구의 중심부 문화를 수용하는 과정에서는 전유와 폐기를 비롯한 다양한 포스트 콜로니얼적 전략이 활용되기 때문이다. 이러한 문제의식에서 논의의 초점은 한국의 누보 로망 수용이 구체화되며 생성되는 독특한 탈식민적인 '차이'와 그 의미를 추출하는 것으로 설정될 필요가 있다. 그리고 비평의 영역에서 이는 김붕구의 '증언문학'의 제기로 구체화된 바 있다.

그렇다면 실제 소설의 영역에서는 어떠한 양상이 나타나는가를 섬세하게 살펴볼 필요가 있다. 문제는 누보 로망에 대한 활발한 비평적 수용에도 불구하고, 실제 창작의 영역에서는 이에 대한 뚜렷한 탈식민적 문제의식을 드러내는 한국적 누보 로망 텍스트가 많지 않다는 것이다. 이런 측면에서 최창학의 누보 로망 텍스트는 상당한 문제성을 지닌다.

최창학은 그 중요성에 비해 거의 연구되지 못한 작가 중 하나이다. 여러 가지 이유가 있겠지만, 추측컨대 아마도 그가 활발히 창작활동을 수행하던 1960년대 후반부터 70년대에 이르는 시기의 문학 연구의 풍토가 작동했던 것 때문은 아닐까 싶다. 즉, '창비'로 대표되는 현실과의 밀접한 연계성을 기준으로 한 독법과 '문지'로 대표되는 이른바 4·19 세대의 '내면'의 발견을 기준으로 한 독법, 이 두 가지 문학장의 주류적인 경향이 당대는 물론 현재 문학 연구에서도 강력하게 작동하면서 최창학의 문학에 대한 연구는 거의 이루어지지 못한 것은 아닌가 싶다.

반면 문제설정을 바꾸어 본다면, 즉 위와 같은 1960~70년대 문학에 대한 주류적인 연구 경향과는 '다른' 관점을 적용시켜본다면 사정은 달라진다. 특히 서사 장르의 문제와 관련시킨다면 최창학은 매우 중요한 위상을 지니는 작가로 볼 수 있다. 최창학의 작품들 중 특히 「창」과 같은 경우는 4·19 이후 활발히 수용된 누보 로망과 관련하여 가장 중요한 미학적 특질을 보여주는 작품이라는 점에서 매우 중요한 연구 대상으로 판단된다. 이와 관련하여 최창학에 대한 거의 유일한 연구인 이승준의 다음과 같은 지적은 주목할 만하다.

> 1968년에 발표된 소설이라는 점을 감안하면, 최창학의 「창」은 매우 파격적이리만큼 새롭다. 그것은 모더니즘을 넘어서 포스트모더니즘 시대에 발생하는 서사적 쟁점이나 사회 문제를 앞서 제시하고 있다. (중략) 그는 여러 면에서 프랑스의 누보로망의 영향을 받은 것으로 추측된다.[150]

---

150) 이승준, 「최창학의 중편소설 〈창〉 연구」, 『우리어문연구』 55, 우리어문학회, 2016, 329쪽.

이승준의 지적처럼 최창학의 작품, 특히 「창」은 상당한 문제성을 지닌다. 그렇다면 다음과 같은 보다 진전된 연구 과제가 남은 셈이다: 이 텍스트가 보여주는 새로운 "서사적 쟁점"은 구체적으로 어떠한 것들인가? 그가 영향을 받은 것으로 추정되는 프랑스 누보 로망의 변용은 어떻게 이루어졌는가? 수용이 단순한 이식의 과정이 아니라면 그가 새로운 서사 장르의 실험을 통해 나름의 방식으로 제시한 능동적 변용의 양상과 전략은 어떠한 것들인가? 이러한 작업을 통해 최창학의 작품이 지니는 문제성의 실체가 비로소 해명될 수 있을 것이다.

2) 서구 누보 로망 기법의 활용 양상

남정만은 누보 로망을 그랑 로망과 비교하며 그 기법적 특성을 다음과 같은 네 가지로 정리한다. 첫째, 누보 로망은 일상적 삽화의 복합적 구성을 지닌다. 둘째, 누보 로망은 영상의 연속적 편집 기법을 사용한다. 셋째, 누보 로망은 현실시간과 서술시간을 복합적으로 배치한다. 넷째, 누보 로망은 미로와 같은 공간을 배경으로 설정한다.[151] 이와 같은 점에 비추어 본다면 최창학의 「창」은 이 작품이 발표된 1968년이라는 시기를 고려하면 상당히 빠른 시기에 이미 누보 로망의 기법을 적극적으로 차용하고 있는 작품으로 평가될 수 있다. 하나씩 살펴보자.

이 작품은 하나의 플롯을 중심으로 한 전통적인 소설 구성과는 달리 일상적 삽화 위주의 서사 구성으로 이루어져 있다. 전통적인 근대 서사 장르인 소설은 사건과 사건 사이의 개연성을 기준으로 한 플롯 구성을 서사의

---

151) 남정만, 「누보로망의 특징과 그랑로망과의 대립」, 『인문학연구』 5, 인천대학교 인문학연구소, 2002, 113~114쪽.

핵심적인 구성 원리로 취한다. 이는 개별 사건들이 일정한 인과율에 입각하여 하나의 서사로 수렴되어야 한다는 인식의 미적 발현으로 볼 수 있다. 반면 이 작품의 경우 개별 사건들은 각각이 독립적인 방식으로 존재하며, 이로 인해 에피소드적인 삽화로서 기능한다.

> 알루미늄 같은 하얀 쇠로 만들어진 목욕탕의 옷장 열쇠, 아까 안내 소년이 준 열쇠다. 거기엔 검은 고무줄이 달려 있고 못으로 새긴 것처럼 23이라는 점자 글씨가 새겨져 있다. 왜 하필 23인가. 물론 거기에 어떤 이유는 없을 것이다. 그러나 상은 자기가 이 목욕탕엘 일 분 쯤 늦게 왔거나 일 분 쯤 빨리 왔다면 23이 아닌 47일 수도 있고, 13일 수도 있고, 36일 수도 있다고 생각한다. 6, 7, 8, 9, 10, 또는 54, 59(옷장 수가 만약 59까지 또는 그 이상까지 있다면), 25, 42, 33, 43, 59…… 등, 어떤 번호가 되었을지 알 수 없다고 생각한다. 그러면서, 이 23이라는 번호를 받아 탕 안으로 들어왔다가 나가서 이것으로 옷장을 열어 옷을 꺼내어 입고 간 그 무수한 사람들을 생각한다. 하루에 평균 3명꼴로 잡고, 이 목욕탕이 생긴 지가 5년으로 잡는다면, 그리고 휴일이 없었다고 생각한다면 3X365X5로 계산해서 5475명. 그 많은 사람들의 생김새를 생각한다. 그들이 이 안에 와서 때를 벗기면서 하고 갔을 그 가지가지의 생각들을 생각한다. 그들이 벗겨놓고 갔을 때를 생각한다. 그리고, 그들이 이 열쇠를 만질 때, 이 열쇠에 묻었을 균들의 종류를 생각하고, 그 숫자를 생각한다. 한 사람 앞에서 3000000마리씩 묻었다면 5475X3000000=16423000000마리가 묻었다고 생각한다. 그러나 그 동안에 다른 사람에 옮겨 가고, 죽고, 이 목욕물에 씻기고 한 숫자를 제해야 될 테니, 현재 묻어 있는 균의 수는 15514000000이 될지도 모르고, 13330000005가 될지도 모르고 257006이 될지도 모르고, 12345678이 될지도 모르고 그냥 346이나 123, 또는 765431, 아니면 3636이 될지도 모르고, 단 1이 될지도 모른다고 생각한다.[152]

위의 인용문에서 초점화자인 '상'이 일련의 숫자를 계산하고 떠올리는

---

152) 최창학, 「창」, 『창』, 책세상, 2008, 65쪽.

것은 특정한 개연성에 입각한 것이 아니다. 바꾸어 말하자면 이 부분은 전통적인 소설 문법에서는 사실 서사 구성의 완결성을 방해하는 에피소드에 불과한 것이다. 그럼에도 불구하고 최창학은 위와 같은 에피소드를, 오히려 중요 사건보다도 훨씬 비중을 두어 서술하고 있다. 문제는 이때 위의 에피소드를 전체 작품의 플롯과 연계시켜 해석하는 것 자체가 무의미하다는 점이다. 에피소드의 삽입 자체는 기실 새로운 서사적 실험이라고 보기는 어렵다. 그러나 그 에피소드가 전체 플롯의 구성과 무관하게 삽입되는 경우는 기존 서사 문법과는 구분되는 누보 로망의 특성에 해당한다.

앞서 잠시 언급한 것처럼 플롯의 완결성은 근대 소설의 절대적 장르 규범에 해당한다. 이는 개별적인 사건들이 각기 특정한 인과율에 입각하여 연쇄적으로 전개될 수밖에 없다는 철학적 전제로부터 시작된다. 포스터의 유명한 언급처럼, 왕이 죽고 왕비가 죽은 사건의 연쇄 자체는 소설 장르로 성립되지 못한다. 이 사건이 소설 장르로 성립하기 위해서는 왕의 죽음과 왕비의 죽음 사이에 인과율적 플롯이 작동해야 한다. 이는 개별 사건들이 원인과 결과를 지닌다는 근대적 인식론이 서사 장르에 적용된 결과이다. 반면 누보 로망의 경우 이와 같은 인과율 자체에 대한 인식론적 회의 속에서 등장한 서사 장르이다. 따라서 에피소드적 구성에서 그 에피소드가 텍스트 전체의 플롯과 무관하게 일종의 텍스트의 잉여로서 존재하는 것이 가능해진다. 이러한 점에 주목한다면 최창학의 「창」은 서사 중심성을 전복하고 에피소드적 구성을 전면에 내세운 텍스트로 평가할 수 있다.[153]

---

153) 이와 관련하여 다음과 같은 언급을 참조할 수 있다. "최창학의 중편 〈창〉에 나타난 서사담론들은 작품 속의 모든 요소가 긴밀히 연결되어 전체 주제를 위해 쓰여져야 한다는 지배적인 통념에 대한 회의를 분명히 해 준다. 오랜 동안 '여담'이라는 이유로 무시되고 비난되었던 요소들에 대한 새로운 검토를 통하여 질서와 목적성과 필연성과 일관성을 미덕으로 하는 시학적 관습에 대응하는 새로운 통로를 현대의 중요한 서사전략의 하나로 추가하여야 할 것이다."(서종택, 「딴전의 시학: 최창학의 〈창〉의 서사담론」, 『한국학연구』 31, 고려대학교 한국학연구소, 2009, 284쪽).

한 편 최창학의 「창」은 영화적 기법에서 사용되기 시작한 연속적 편집 기법을 사용하고 있다. 누보 로망이 비단 활자 매체인 소설 뿐 아니라, 영상 매체인 영화를 통해 그 범위가 확장되었음은 주지하는 바와 같다. 중요한 것은 이 과정에서 단순히 서사의 실험이 영상 매체로까지 확장되었다는 점이 아니라, 역으로 영상 매체에서 활용되는 다양한 기법들이 활자 매체인 소설에도 영향을 미쳤다는 점이다. 특히 이른바 '카메라 아이'를 통한 서사 전개는 이질적인 인물과 담화 양식을 하나의 텍스트에 연속적으로 기록하는데 중요한 시사점을 제공해준다.

> 이래저래 이야기는 빗나가 Memento Mori에 대한 토의 다음에는 죽음에 대한 잡담들을 했는데, J양은 염(殮) 이야기를, S씨는 화장(火葬) 이야기를 했다.
> J양의 염 이야기 - 우리 엄마지만 시체라고 생각하니 무섭고 더러운 생각이 들던데요. 내가 그럴 정도니 다른 사람들이야 어떻겠어요? 그래 결국 장의사 사람을 불러다 염을 했는데 그 사람 염하는 것 보니까 참 간단하더군요. 몸을 전적으로 깨끗이 씻길 줄 알았는데 그러질 않고, 종발에 물을 좀 떠가지고 손에 묻혀 얼굴만 두어 차례 쓱쓱 문질러대는 거예요. 그리고 분을 좀 발라주고, 수의를 입히고, 염포로 묶는데, 묶어놓고 나니 참 크게 보이더군요.
> S씨의 화장 이야기 - 그것, 시간 꽤 오래 걸리더군. 관째 집어넣고 기름을 붓고, 부젓가락으로 푹푹 쑤셔대면서 태우는데도 여간해서 안 타는 거야. 아마 세 시간도 더 끌었을걸. 비린내가 날 것 같아 미리 소주를 몇 잔 들이켜고 가 하나하나 살폈는데(들어오지 못하게 하는 것도 억지를 써서), 화부들은 완전히 직업적이 되어 있더군. 타다가 남은 뼈는 추려내어 절구통에 넣고 바숴주는데, 그 바수는 사람의 표정이 걸작이야.[154]

위의 인용문은 부고를 받은 '상'과 그의 주변 인물들의 죽음에 대한 반응

---

154) 최창학, 앞의 작품, 105~106쪽.

이다. 흥미로운 것은 주변 인물들의 반응이 서술자에 의해 통어되는 것이 아니라, 각기 "J양의 염 이야기", "S씨의 화장 이야기"로 가변적인 초점화를 통해 제시된다는 점이다. 이는 한 편으로는 초점화자인 '상'의 발화와는 구분되는 담화 양식의 삽입이라는 점에서 일종의 몽타주 기법으로 해석될 수 있으며, 다른 한 편으로는 가변적 초점화를 통한 일종의 카메라 아이의 이동 기법의 적용으로 해석될 수 있다. 더불어 영상 매체에서 주로 활용되는 지시문의 존재 역시 주목된다. 인물의 대사에서 충분히 설명되지 못한 부분을 배우의 제스처나 오브제 등을 활용하여 전달하는 기법을 구체적으로 재현하기 위해 사용되는 장치가 지시문에 해당하는데, 위의 인용문에서 "S씨의 화장 이야기"의 중간에는 "(들어오지 못하게 하는 것도 억지를 써서)"라는 부분이 괄호를 통해 대화와는 구분되는 발화 양식임이 표기되어 삽입되어 있다. 이 부분은 시나리오에서 S씨의 대사만으로는 충분히 관객들에게 전달되지 못한 내용, 혹은 감독이 보다 강조하고자 하는 내용을 별도의 영상 기법을 통해 재현하고자 하는 부분에 해당한다. 이와 같이 영상 매체의 기법을 활용함으로써 이 텍스트는 독자로 하여금 낯설게 하기와 유사한 미적 체험을 제공하며, 나아가 활자 매체의 관습을 전복하는 계기로 기능하기도 한다.

또한 최창학의 작품은 현실시간과 서술시간을 교차시켜 복합적으로 배치함으로써 쓰는 주체와 쓰여지는 대상 간의 관계를 모호하게 만들고 있다. 전통적인 소설 문법에서 텍스트 내의 중요 사건이 일어난 시간인 현실시간(=사건시)과 이들 사건을 재현하는 서술자의 '현재'시간(=서술시)은 엄밀히 구분된다. 대부분의 경우 사건 중심의 플롯을 구축하기 때문에 많은 경우 서술시간은 별도로 표시되지 않는 것이 일반적이다. 반면 누보 로망의 경우 서술하는 '행위' 자체가 중시되기 때문에 사건이 일어난 현실시간보다는 오히려 "과거나 현재나 미래에 대한 의식의 내용이 서술자의 현재의 의식에 집약되어 서술되는데 그 특징이 있는 것"[155]이다.

> 수요일, O로 6가가 떠오른다. Y내과병원이 떠오르고, 하얀 벽이 떠오르고, Y의사의 안경알이 떠오르고, 주사기가 떠오르고, 주사기 뒷부분의 고무 튜우브가 떠오르고, 고무 튜우브에 들어 있는 공기의 움직임이 떠오르고, 자신의 폐가 떠오르고, 폐에 뚫린 구멍이 떠오르고, 氣胸pneumo-thorax이라는 낱말이 떠오른다. 그러자, 한바탕 쫓겨온 사람처럼 숨을 내쉬다가 다시 원고에 눈을 가져간다. 이제 글의 내용은 머리에 들어오지 않는다. 맞춤법 틀린 것과 띄어쓰기 틀린 것만이 들어온다.[156]

위의 인용문에서 서술시간과 현실시간은 명백히 구분되지 않는다. "수요일"은 초점화자가 사유를 전개하는 서술시간일 수도 있고, 혹은 초점화자의 회상을 지시하는 현실시간일 수도 있다. 따라서 "수요일"은 초점화자가 병원에 방문한 현실시간일 수도, 혹은 교정을 보기 위해 원고를 검토하는 서술시간일 수도 있다. 이와 같은 서술시간과 현실시간의 모호한 배치로 인해 초점화자의 '氣胸'과 원고의 "틀린 것"은 병치되어 인지된다. 그러하기에 초점화자는 "한바탕 쫓겨온 사람처럼 숨을 내쉬"다가 "다시" 원고를 검토한다는 진술이 자연스러워 지는 셈이다. 여기에 마치 "병원"이 기술적인 진단과 치료에 국한되는 건조한 공간인 것과 같이, 초점화자의 교정 작업 역시 "글의 내용"과는 무관한 "맞춤법" 및 "띄어쓰기"의 영역에 국한된다. 이와 같은 일련의 상징적 계열의 배치가 가능한 것은 서술시간과 현실시간의 전략적 모호성에 의한 것이다.

더불어 최창학의 작품의 공간적 배경이 마치 미로와 같이 설정되어 있

---

155) 남정만, 앞의 글, 99쪽.
156) 최창학, 앞의 작품, 10쪽.

다는 점 역시 주목된다. 누보 로망에서 공간이 미로와 같이 설정되는 것은 매우 중요한 현상 중 하나인데, 이때 "미로의 중심 내용은 언제나 감춰져 있다. 따라서 소설은 미로의 중심에 놓인 공백의 부분을 규명하려는 행위로 전개된다."157)

> 골목을 빠져나오는 상의 눈앞엔 자꾸 창(槍)이 떠올랐다. 사람들, 집들, 상품들, 간판들, 그림들, 글씨들, 종이조각들, 쓰레기들, 전선, 전신주, 안테나, …… 이 모든 사물들이 창이 되어 자신을 향해 날아오는 것 같은 착각에 자꾸 사로잡혀갔고, 수술을 받아야 할 폐가 떠올랐고, 종합병원이 떠올랐고, 내일이 떠올랐다. 그러나 이어서, 내일이 되기 전에 오늘 나는 '저녁 7시', '상록수', '마음씨가 좋게 생긴 아가씨'에 대해서 아직은 더 생각해도 좋을 것 같은 생각이 들었고, 그것은 살다가 남는 시간처럼 느껴졌다. 살다가 남는 시간. 아아 그러나 지금 나는 과연 살아 있는 것인가, 살아 있는 것인가, 살아 있는 것인가, 살아 있는…….
> 비로소 저만큼 앞에 보이기 시작하는, 다방 '상록수'를 알리는 네온사인 중 '록', '수' 두 자는 고장나 있었다. 그리하여 '상' 자 한 자만이 피로한 의식의 알맹이처럼 빛을 발하고 있었는데, 그 피로한 의식의 알맹이 같은 '상'자를 보면서 비틀비틀 그저 습관적으로 움직여가고 있는 상은 자기의 존재가 '상'자 속으로 빨려 들어가고 있음을 의식했다. 따라서 이 세상에 자기는 존재하지 않고 '상'이라는 글자만이 존재하고 있는 것 같은 생각이 들었다.158)

위의 인용문에서 공간적 배경은 "골목"으로 설정된다. 그런데 '상'은 이 공간의 "모든 사물들이 창이 되어 자신을 향해 날아오는 것 같은 착각"을 벗어나지 못한다. 그 결과 결국 '상'은 미로와도 같은 '골목'을 빠져나오려는 순간 다시 "'상'자 속으로 빨려 들어가"고 만다. 따라서 '상'은 '골목'에

---

157) 남정만, 앞의 글, 101쪽.
158) 최창학, 앞의 작품, 120~121쪽.

숨겨진 의미를 끝내 찾지 못한 채 소멸하는 셈이다. 그가 인지한 의미는 단지 "사람들, 집들, 상품들, 간판들, 그림들, 글씨들, 종이조각들, 쓰레기들, 전선, 전신주, 안테나"와 같이 파편화된 사물들일 뿐이며, 그 의미를 규명하지 못한 '상'은 "글자"만으로 존재할 따름이다. 바꾸어 말하자면 공간적 배경인 '골목'의 파편적인 '글자' 이면에 숨겨진 '의미'가 텍스트에서 숨겨짐으로써 '상'은 자신의 존재 근거를 확인하지 못하게 되는 셈이다. 이는 곧 기표의 연쇄만이 존재할 뿐, 이에 일대일로 대응되는 기의 자체가 부재한 현대사회의 특성에 대한 알레고리로 독해될 수 있다.

이상에서 살펴본 것처럼 최창학의 「창」은 1968년 당시로서는 매우 새로운 누보 로망적 기법이 적극적으로 활용된 텍스트로 평가될 수 있다. 물론 중요한 것은 그가 빠르게 누보 로망적 기법을 수용했다는 사실이 아니다. 오히려 중요한 것은 최창학의 텍스트가 발생한 장르사회학적 배경을 고찰하는 작업이다. 1960년 4·19 이후 김붕구 등에 의해 누보 로망에 대한 수용이 활발히 전개되었음은 앞서 살펴본 바와 같다. 그런데 그 배경에는 정치적 혁명이 문학적 혁명으로 이어져야 한다는 비평적 인식이 놓여져 있었으며, 1년 만에 군부 쿠데타로 인해 좌절된 혁명에 대한 성찰이 놓여져 있었다. 기존의 관습적인 서사 규범으로 문학적 혁명이 불가능함을 인식한 시기 새롭게 대두한 누보 로망의 구체적인 실천으로서 최창학의 「창」이 지니는 문학사적 의미가 있는 까닭이다.

3) 상호텍스트성을 통한 한국적 누보 로망의 기획

그런데 서구 누보 로망이 4·19 이후의 한국문학장에 수용되는 과정을 기계적인 이식과 모방으로만 해석할 수는 없다. 당연하게도 문화 접변의 과정에서는 일정한 전유와 폐기, 혹은 토착화의 전략이 사용되기 마련이며, 이를 통해 비로소 서구의 누보 로망과는 변별되는 한국적 누보 로망의 특성이 생성되기 때문이다. 이와 관련하여 이 작품이 발표된 당시 최인훈의 다음과 같은 평은 중요한 시사점을 제공한다.

> 作中에 主人公은 거리를 지나다가 간판의 誤字를 수정해가는 대목이있는데 그 밖의 行動에서도 그의 行爲에는 어딘지 校正員의눈이라고할만한 感覺이 스며있는 것이 느껴진다. 그의 生命力은 그렇게밖에는 나타나지않는다. 그것은 創造的이라느니보다는 批評的이라고 하는 表現이 어울리는 生命의 方式이다. 그리고 主人公의 경우 이 批評的이란 말은 校正的이란 具體的인 윤곽을가지고 있다. 그는 자기習作들을 대하면서도 마찬가지다. 創造者의 도취는커녕 初心者의 感傷도없다. 자기가 정말 이런 것을 대단한 것이기나 한 것처럼 여기는 것으로 讀者가 오해할까봐서 약간성급할 정도로 야유를해보인다. 그럴 때 作家의 小心한, 부끄럼을 타는 모습이 언뜻 보인다. / 이런 부끄럼이 作中에끼워진 노트에 대한 독자의반발을 무마시킨다. 大家然한 敎說이 아니라가난한, 병든 習作者의 雜記라는 형식으로 그것들은 우리들의 마음으로 들어오는 通關證을 請求한다. 이상과같은, 作品의 構造를통해서 우리는 이작품의 主調音을 듣게된다. 그것은 虛無와 倦怠의 가락이다.159)

최인훈의 평에서 주목되는 것은 그가 강조하는 "作品의 構造"이다. 이는 이 작품이 지닌 이중적 구조를 지칭한다. 즉, 겉 이야기의 측면에서는 '상'의 "校正員의눈이라고할만한 感覺"이 서술되는 동시에, 속 이야기의 측면에서는 '상'의 "作中에끼워진 노트"가 제시되는 구조가 최인훈이 이 작품을 고평하는 근거인 셈이다. 그렇다면 이 "作中에끼워진 노트"에 제시된 텍스트를 통해 최창학이 시도한 상호텍스트성의 기획을 추출해 볼 수도 있을 것이다.

---

159) 최인훈, 「作壇時感: 日常生活의 흐름을 記錄」, 『동아일보』, 1968.9.21.

논리적으로 서구 누보 로망의 능동적 변용을 위해서는 두 가지의 상호 텍스트성의 전략이 요구된다. 하나는 서구 누보 로망의 수용 자체를 금기시하는 문화적 폐쇄성에 대한 비판의 전략이고, 다른 하나는 서구의 그것과는 변별되는 한국의 누보 로망의 특성을 추출할 수 있는 해석의 전략이다. 첫 번째 전략과 관련해서 다음과 같은 부분은 상당히 흥미롭다.

> 이러한 것들을 대강 훑으며 지나치다가 상은 소위 읽을거리 하나를 발견한다. '韓國新文學 六0年의 決算'이라는 타이틀이 붙은 좌담회 기사다. 참석자로는 소설가 A씨, B씨, 시인 C씨, D씨, 평론가 E씨, F씨로 되어 있다. (중략) '傳統'이니 '韓國的인 것'이니 '우리가 세계를 향해 우리의 것으로 외칠 수 있는 것이 무엇'이니 하는 말들이 강조되어 있다. 역시 늘 보아온 이름들이고, 들어온 소리들이다.[160)

위에 제시된 '韓國新文學 六0年의 決算'이 정확히 어떤 텍스트인지는 알 수 없다. 그러나 이와 유사한 기획으로 1968년 『월간문학』 11월호 특집으로 구성된 〈新文學 六0年〉을 들 수 있으며, 이를 통해 대략적인 내용은 추정할 수 있을 것으로 판단된다.[161) 이 특집은 구체적으로 총론에 해당하는 백철의 〈新文學 六0年의 발자취〉와 세부장르별로 곽종원의 〈韓國小說의 特質〉, 이원수의 〈兒童文學의 決算〉, 이철범의 〈批評文學의 命脈〉, 이형기의 〈新詩 六0年의 腑瞰〉, 조지훈의 〈現代詩의 系譜〉, 차범석의 〈戲曲文學 六0年〉으로 구성되어 있다. 여기서 위의 인용문에서의 '상'의 반응을 예상할 수 있는 내용은 거의 모든 글에서 공통적으로 나타난다.

---

160) 최창학, 앞의 작품, 33쪽.
161) 물론 최창학의 작품은 1968년 8월에 발표되며, 〈신문학 60년〉은 1968년 11월에 발표된다. 그러나 당시 최남선의 「해에게서 소년에게」 발표 60주년을 매개로 유사한 형태의 기획이 다양한 매체를 통해 진행되었을 가능성은 매우 크다. 그리고 당시 문학장의 담론 지형을 고려할 때 대체로 유사한 내용이 나타났을 것으로 판단된다.

특히 우리나라 젊은 층에는 外國風潮를 받아들이는 경향이 예민해서, 우리의 主體性을 도외시하고 무비판적으로 外國것만 좋다고 받아들이는 예가 많다. / 이런 경향은 결국 우리나라 作品의 質的 上向을 꾀할 수 없고, 앞으로의 전진에 장애만 초래할 뿐이다. 이런 外國模倣의 폐풍은 우리나라 小說의 否定的 특질의 하나로서 하루 속히 止揚되어야 할 문제이다.162)

그런 가운데서 우리는 두 권의 詩集이 출판된 것을 기억하고 있다. 金素月의 「진달래 꽃」과 韓龍雲의 「님의 沈黙」이다. 한국 고유의 情恨을 한국 고유의 민요의 가락으로 노래한 「진달래 꽃」, 그리고 불교적인 명상, 求道, 法悅에 높은 格調를 부여한 「님의 沈黙」의 세계는 이미 널리 알려진 것이라 새삼스레 사족을 가질 필요가 없을는지 모른다. 그러나 두 권의 詩集이 서구적인 것을 받아들이기에 여념이 없었던 당시의 일반적인 추세를 등지고 있다는 사실만은 명기되어야 할 것이다. / 「진달래 꽃」은 한국의 꽃이고, 「님의 沈黙」은 東洋의 신비다. 그점에서 그 두권의 詩集은 우리 新詩의 숙명적인 코오스, 즉 서구화의 길을 역행했었다는 공통점을 지니고 있다. 舉世하여 서구를 쫓던 시대, 또 서구를 쫓을 수 밖에 없던 시대였건만 어째서 서구를 쫓던 시는 사그러져 버리고 그러지 않은 시만이 오늘날까지 살아남아 있는 것일까. / 이러한 問題提起를 통해 우리는 먼저 內在하는 전통의 힘이 얼마나 강한가를 再認識하게 된다.163)

주지하다시피 해방 공간에서 우파 문단에 의해 제기된 '민족문학론'은 1950년대 한국문학 전반에 걸쳐 이른바 '문협정통파'에 의해 강력한 영향력을 행사한다. 이들의 민족문학론은 4·19 이후 그 관념성과 추상성을 비판받지만 1960년대에도 여전히 강력한 영향력을 행사하고 있었다. 위에서 인용한 〈新文學 六0年〉의 내용들은 공통적으로 서구 문학과는 변별되는 민족적 전통의 계승을 강조하는 것을 주된 논조로 삼고 있다. 문제는 이때 강조되는 민족이나 전통 등의 개념이 역사적 구체성을 획득하지 못한 채

---

162) 곽종원, 「韓國小說의 特質: 民族과 哀愁와 土俗的 要素」, 『월간문학』, 1968.11, 208쪽.
163) 이형기, 「新詩 六0年의 俯瞰」, 『월간문학』, 1968.11, 217~218쪽.

관념성과 추상성을 반복하고 있다는 점이다. 따라서 이미 누보 로망을 접한 '상'에게 이들 텍스트는 "역시 늘 보아온 이름들이고, 들어온 소리들"이라는 반응을 받을 수밖에 없다.

> '現代小說의 方向'은 프루스트, 조이스, 울프 등으로부터 비롯되었다고 할 수 있는 의식(意識)의 문제가 카프카를 걸쳐 카뮈, 사르트르에 이르러 그 극(極)에 달하고 로브 그리예, 미셸 뷔토르, 나탈리 사로트 등에 와서는 결렬상태(決裂狀態)에 이른 나머지 이제는 다시 의식의 문제보다 외면의 문제(물론 근대적인 것과는 차원이 다른)가 중시되어가고 있다. 따라서 앞으로의 소설은 갈수록 더 그렇게 되어질 것이다, 라는 것이 그 요지로 되어 있다. 그러나 과연 그럴까? (중략) / 작가(시인)론 중에서 그래도 좀 괜찮다고 생각되는 것으로 '尹東柱論'이 있는데, 이것은 소위 비교문학적 견지에서 릴케, 발레리, 프랑시스 잠의 세 시인과 윤동주를 대비시켜본 것이다.164)

위의 인용문에 나타난 것처럼 '상'은 이미 로브 그리예 등으로 대표되는 누보 로망을 접한 상태이다. 따라서 그가 〈新文學 六0年〉에 대해 냉소적인 반응을 보이는 것은 필연적인 것이다. 그런데 흥미로운 것은 '상'이 자신의 글 중 "그래도 좀 괜찮다고 생각"하는 것이 '윤동주론'인데, 그 이유가 "소위 비교문학적 견지"에서 쓴 글이기 때문이라는 사실이다. '상'이 자신이 쓴 글 중 누보 로망을 본격적으로 다루고 있는 "現代小說의 向方"보다 "'尹東柱論'"을 아끼는 이유는, 전자가 서구 문학의 단순한 소개에 그치는 반면, 후자는 서구 문학과 한국 문학의 관계를 비교문학적 관점에서 분석하고 있기 때문이다. 즉, 텍스트 안에 '상'이 쓴 것으로 설정된 텍스트 중 의미를 부여받는 것은 서구 문학이 한국 문학에 수용되는 과정에서의 일정한 변용 양상을 추적한 '비교문학적 견지'를 확보한 것으로 한정되는 셈이

---

164) 최창학, 앞의 작품, 43쪽.

로 들어갔"192)다는 진술은 표면적으로는 특정한 의미를 지니지 않는다. 그러나 아내의 죽음을 통한 4·19의 호명이 이루어진 순간, 이와 같은 진술은 특정한 정치적 무의식의 표출로 이어진다. 특히 주인공이 아내와의 만남과 이별 직후에 "멀쩡한 대낮에 텅 빈 고속도로 한복판을 국기로 옷을 해 입은"193) 채 질주하는 모습은 보다 꼼꼼한 독해를 요한다. 이때의 '태극기'는 작품 내에서 대중에 대한 폭력을 은폐하는 '가짜 이순신 장군 동상'과 같은 기호로 기능한다. 이 '가짜 동상'이 '진짜 이순신 장군'과 구분되는 것은 그 시선과 관련된다. 즉, 진짜가 멀리 지평선을 바라보고 있는 반면, 가짜는 바로 앞의 땅을 내려보며 폭력을 은폐하는 역할을 한다. 이 가짜 동상에 의해 "웬 괴상한 옷을 입은 놈이 걸타고 앉아 목을 조르고 있는" 시대적 폭력을 인지할 수 없게 된다. 이 상황이 과거와 다른 것은 과거에는 "순사"가 폭력의 대리자였던 반면, 현재에는 "정체를 알 수 없는 놈들"194)이 폭력의 대리자라는 점이다. 따라서 4·19 과정에서 국가로부터 위임받은 이들에 의해 폭력이 자행되며 아내가 죽었음을 고려한다면, 가짜 이순신 동상에 가려진 폭력을 목도한 아내가 곧 우는 것은 필연적인 일이다.

주지하다시피 4·19는 그 1년 뒤 5·16 군사 쿠데타에 의해 좌절된다. 5·16을 통해 집권한 군사정부는 스스로의 정당성을 호명하기 위해 대규모의 국가주의적 민족주의의 표상들을 동원한다. 이를 통해 군부독재를 '한국적 민주주의'로 치환시키는 과정이 진행된다. 이 과정에서 특히 '이순신 동상'은 중요한 위상을 지니는 바, "1968년 정부는 이순신 동상을 제막하고 박정희가 친필로 제자(題字)를 했"195)는데, 이는 소설에 형상화된 시선과

---

192) 위의 작품, 183쪽.
193) 위의 작품, 같은 쪽.
194) 위의 작품, 171쪽.
195) 김원, 「'한국적인 것'의 전유를 둘러싼 경쟁」, 『사회와역사』 93, 한국사회사학회, 2012, 195쪽.

마찬가지로 "광화문 이순신상은 바로 앞에 있는 군사들(국민들)을 향해 시선을 병치시킴으로써 과거/현재지도자의 이미지를 오버랩"시킨 구조로 "멸사봉공의 국가관을 지닌 민족주체성의 화신"으로, 즉 "박정희 정권이 원했던 '새로운 한국인상'"[196]을 선전하는 역할을 한다. 이러한 역사적 사실을 고려한다면 이제하의 소설에 등장하는 이순신 동상은 그 시선을 통해 대중들의 저항을 감시하고 국가폭력이 자행되는 현장을 은폐하는 역할을 하는 셈이다. 그리고 4·19때 죽은 아내가 이에 대해 유독 예민한 반응을 보이는 것 역시 필연적인 일이다. 4·19는 그 직후 5·16을 통해 좌절된 혁명으로만 남았기 때문이며, 그 결과 환생한 아내는 다시 죽음에 이를 수밖에 없는 셈이다.

그러나 이와 같은 아내의 이야기는 어디까지나 소설 속 화자의 "발작" 내지는 "잠"[197]을 통해서만 서술될 뿐이다. '이순신 동상'의 시선으로 표상되는 견고한 군사독재의 논리가 작동하는 현실에서 4·19 때 희생당한 아내의 이야기는 진술될 수 없다. 4·19가 지니는 거리의 '카니발'을 '이순신 장군'으로 표상되는 파놉티콘과 같은 감시의 시선이 억압하고 있기 때문이다. 아내의 죽음과 환생으로 표상되는 4·19의 기억은 따라서 무의식을 담지하는 "발작"이나 "잠" 속의 '꿈'을 통해서만 표출될 수 있다. 이와 같은 맥락에서 이제하의 「환상지」의 환타지적 요소는 단순히 그로테스크적 이미지의 병치가 아니라, 억압된 정치적 무의식을 표출하기 위한 환상성의 '삭감'된 형식으로 해석할 수 있다.[198]

---

196) 위의 글, 196쪽.
197) 이제하, 앞의 작품, 182쪽.
198) 이러한 맥락에서 이경재의 다음과 같은 지적에 동의한다. "일반적으로 소설에 등장하는 환상은 무관하게 가공된 이차세계가 아니라 눈에 보이는 현실의 틈새로 비어져 나온, 감추어진 또 다른 현실의 재현으로 해석될 가능성이 높다. 이 때, 환상의 영역은 현실 질서 속에서 억압된 정치적 무의식이 표출될 수 있는 장소가 될 수 있다. 이제하 소설의 환상도 단순한 현실의 위무나 도피

오탁번의 「굴뚝과 천장」의 중심적인 사건은 11년 전에 사라진 친구의 죽음이다. 이 텍스트에서 주인공의 대학 입학 동기인 '그'는 11년 만에 모교의 본관 천장에서 시체로 발견된다. 사실 스토리 표면상 '그'의 죽음에 대한 설명은 충분히 서술되어 있다. 이는 그가 4·19에 주도적으로 참여한 후, 곧 혁명의 좌절과 타락에 대해 비판하며 사라진 것에서 유추가능하며, 나아가 주인공에 의해 그의 죽음이 "시대의 변천을 예감하고 그 다가올 시대를 거부하고 잠적해버렸던"[199] 행위로 서술되면서 결정적으로 해명된다. 사실 '그'의 자살만으로는 이 텍스트가 특별히 환타지적 요소를 지녔다고 보기 어려울뿐더러, 동시에 4·19에 대한 상식적인 논의 이상의 무언가를 형상화했다고 보기는 어렵다. 오히려 이 텍스트가 4·19와 관련하여 중요한 의미를 지닐 수 있는 것은 '그'의 죽음 자체가 일련의 기괴한 사건과 관련하여서만 온전히 해명될 수 있기 때문이다. 예컨대 '나'는 '그'의 시체를 대면하고 "바지 단추 안쪽에서 갑자기 그것이 커져옴을 느"[200]끼며, 군대에서 북한의 귀순병을 대면하고 무의식 중에 "'너, 그를 알지? 북에서 만났지?'"라는 "엉뚱한 말"을 "발작적으로"[201] 한다. 나아가 그가 선택한 죽음의 장소 역시 상식적으로는 납득하기 어려운 '천장'으로 설정된다.

이와 같은 일련의 기괴한 환상적 사건들을 온전히 해명하기 위해서는 '천장'의 의미를 분석하는 것이 필요하다. 이 소설에서 '그'는 사라지기 전 기숙사 '굴뚝'에서 투신자살한 여학생에 대해 이야기하며 '나'에게 돈을 빌려 그 장소를 직접 답사하고 온다. 그리고 '나'는 그의 실종 이후 논리적으

___

를 위한 것이라기보다는 현실의 참모습을 보여주기 위하여 작품의 전면에 수시로 나타난다고 새겨볼 수 있다."(이경재, 「이제하 초기소설의 현실묘사 방법과 그 의미」, 『인문과학연구논총』 33, 명지대학교 인문과학연구소, 2012. 130쪽)
199) 오탁번, 「굴뚝과 천장」, 『현대문학』, 1973.3. 190쪽.
200) 위의 작품, 191쪽.
201) 위의 작품, 188쪽.

로 설명할 수 없는 이유로 '그'가 그 여학생과 같이 '굴뚝'에서 투신자살했을 것이라고 생각하며 직접 학교의 굴뚝을 찾아보기도 한다. 흥미로운 것은 주인공이 이 여학생이 오른 "굴뚝의 검은 쇠사닥다리는 그 후 계속하여 나를 괴롭혔"[202]다고 진술하는 장면이다. 이는 주인공이 '그'의 실종 앞에서 느끼는 감정과 동일하다. 그런데 더욱 흥미로운 것은 이 굴뚝 투신자살이 논픽션이라는 사실이다. 소설에서 이 사건은 춘천의 한 여자대학의 "기숙사 굴뚝에서 투신자살한 R양은 경기여고를 나온 재원(才媛)으로서 평소에 사르트르와 카뮈의 실존주의 문학작품을 탐독했다"는 신문의 "기사"[203] 형식으로 제시된다. 그런데 실제 1966년 11월 23일과 24일 각각 〈동아일보〉와 〈경향신문〉에는 다음과 같은 기사가 게재되어 있다.

> 이곳 聖心女大불문과1년 梁惠蘭 (19=서울京畿女高卒)양은 지난18일저녁6시경 높이28m 직경 1.4m되는 교내보일러굴뚝속으로 투신자살했다.
> 유서는 남기지않았으나 梁양은 죽기며칠전 서울에있는 할아버지에게 "죽는 것이 곧사는것이다"라는 내용의편지를 낸일이있고 학교에서 교수들 과무신론을주장, 곧잘토론을벌이기도했었다고 한다. 京畿여고를우등으로졸업한 梁양의 아버지는서울모회사중역으로 가정도부유한 것으로 알려지고 있는데 아버지가첩을얻은 것을 비관해왔고 지난10월 중간고사때는 몸이아파 시험을 못치렀다고한다.[204]

> 聖心여대불문과1년 梁惠蘭양(19)은 지난18일하오6시경 높이 28미터되는 교내 보일러굴뚝속으로 투신자살했다. 유서를남기지않아 확실한 자살원인은 알수없으나 서울京畿여고를 우등으로나온 梁양은 평소허무주의에빠져고 민했던것으로보아 염세자살이아닌가 보여진다.[205]

202) 위의 작품, 184쪽.
203) 위의 작품, 183쪽.
204) 「女大生投身自殺」, 『동아일보』, 1966.11.23.
205) 「굴뚝에서 投身自殺 厭世의 聖心女大生」, 『경향신문』, 1966.11.24.

위와 같은 기사의 내용은 여학생이 죽은 구체적인 지역과 장소는 물론 전공과 졸업한 고교까지가 소설에 진술된 그것과 정확히 일치한다. 이렇게 본다면 이 소설에서 중요한 상징성을 지니는 '굴뚝'에서의 투신 모티프는 이 사건으로부터 가져온 것으로 볼 수 있다. 문제는 이 사건이 텍스트 표면의 구조상 11년 만의 그의 죽음의 확인을 중심으로 한 서술에서 불필요한 부분에 해당한다는 점이다. 바꾸어 말하면, 이 사건은 텍스트 표면에서 진술되지 않은 모종의 리얼리티를 환기시키기 위해 기능한다는 가정이 가능한 셈이다.

앞서 서술한 것처럼 이 소설에서 환타지적인 요소는 '나'의 무의식을 통해 두드러지게 나타난다. 그의 죽음 앞에서 부끄러움을 느낀 결과 발기되는 현상이나, 군대에서의 발작적인 '엉뚱한 말' 등이 그러하다. 텍스트 표면에서 이 부분들에 대한 정확한 이유는 명확하게 제시되지 않는다. 따라서 독자들은 이와 같은 환타지적 요소들에 대해 스스로 추론하면서 그 숨은 이유나 원인을 찾아야 하는 셈이다. 이에 대한 분석은 작품의 제목이기도 한 '굴뚝'과 '천장'의 상징성에 대한 탐색으로부터 진행될 수 있다. 위에 제시된 신문기사만으로는 여학생이 자살의 장소로 '굴뚝'을 택한 이유를 추론하기 어렵다. 그런데 소설에서는 신문기사에 대한 일정한 '변용'을 통해 그 이유의 단서를 제시하고 있다. 신문기사에서 "아버지가 첩을 얻은 것"을 투신의 이유로 제시되는 것이 소설에서는 죽은 여학생의 아버지가 4·19 직전 "여당의 부간사장"인 "막강한 실력자"로 3·15 부정선거의 "플랜을 짜는 브레인"[206]인 것으로 변용된다. 그리고 역시 신문기사에서 단순히 "허무주의"로 제시되는 것이 "사르트르와 카뮈의 실존주의"와의 관련성 속에서 변용된다. 이와 같은 변용 속에서 그 여학생의 죽음은 소설을 통해

---

206) 오탁번, 앞의 작품, 183쪽.

새롭게 해석되는 셈이다. 구체적으로 '나'에게는 그녀의 아버지와의 관련성 속에서 "혼탁한 현실에 자기의 정신을 던져 한 줌의 소금을 뿌리고 그 여학생은 죽은 것"[207]으로 해석되며, '그'에게는 "살아있는 모든 것을 삼켰다가 흔적도 없이 연기로 내뱉어 버리는 것"[208]으로 해석된다.

그렇다면 왜 '그'는 '나'가 예상한 것처럼 '굴뚝'에서 투신한 것이 아니라 '천장'에서 자살한 것인가의 이유가 이 텍스트를 해석하는데 결정적인 문제로 제기된다. 실제 텍스트에서 서술자인 '나'는 "지금 이 순간에도 왜 그가 완전무결하게 사라져버리지 않고 11년 후에 죽은 모습을 시대 밖으로 드러냈는가를 못마땅하게 생각한다."[209]고 진술한다. 죽은 여학생의 사건을 고려한다면 '그' 역시 '굴뚝'에서 투신하여 완전히 사라지는 것이 작품의 완결성의 측면에서 보다 유기성을 지니는 것도 사실이다. 바꾸어 말하자면 굳이 텍스트에서 그가 죽음의 장소로 '천장'을 택한 요인을 분석함으로써 이 작품에 등장하는 기괴한 일련의 사건들의 의미를 해석하는 것이 가능하다는 가설이 가능하다. 앞서 살펴본 것처럼 '천장'은 '굴뚝'과의 상관성 속에서 그 의미가 비로소 해명될 수 있다. '굴뚝'은 '그'의 언급처럼 죽은 자를 "흔적도 없이 연기로" 만든다. 반면 '천장'은 이와는 달리 인간의 육체가 아닌 보다 단단한 무언가를 오랜 기간이 지나도록 숨겨 보관할 수 있는 속성을 지닌다. 따라서 11년 만에 발견된 그의 시신이 이미 완전히 풍화된 것과는 달리, 그가 '우상'이라고 비판하며 훔쳐버린 "도서관의 흉상"은 여전히 온전히 남겨져 있는 것이다. 이러한 맥락에서 그가 작품 내에서 니힐리즘과 실존주의의 표상으로 작동하는 '굴뚝'에서 흔적도 없이 사라지

---

207) 위의 작품, 184쪽.
208) 위의 작품, 183쪽.
209) 위의 작품, 173쪽.

는 것이 아니라, "3층 건물"에 있는 "4층 강의실"[210]이라는 모순된 공간의 천장에서 죽음을 택하는 것의 의미가 비로소 명확하게 드러난다.

이와 같이 오탁번의 「굴뚝과 천장」에 나타난 기괴한 환상적 요소들은 이 작품이 발표된 1973년, 엄혹한 유신 체제 속에서도 엄연히 '천장'에 존재하는 4·19의 기억들을 소환하는 기제로 활용되고 있다. 이러한 환상적 요소들은 자칫 4·19에 대한 후일담에 그칠 수도 있는 텍스트 표면의 스토리 층위의 진술과는 달리, '굴뚝'과는 대비되는 '천장'의 존재를 마치 '발작'이나 '엉뚱한 말'로 표상되는 텍스트에서 삭제된, 그러나 결국 다시 귀환할 수밖에 없는 무의식적 기호의 형식을 통해 환기시키고 있다는 점에서 중요한 것으로 평가될 수 있다.

4) '대조'를 통한 지배적 리얼리티의 회의

성찰 문학에서 '대조'는 "리얼리티를 바라보는 두 가지 서로 충돌되는 관점으로부터 의미를 찾게 하고, 이들과 우리 자신의 관점을 대조하게 만"[211]드는 역할을 한다. 당연한 얘기지만, 우리가 단일한 리얼리티라고 인식하는 것은 사실 사회적으로 지배적인 인식론적 틀에 의해 '만들어진 것'에 불과하며, 그 이면에는 수많은 '다른' 리얼리티'들'이 은폐되어 있기 마련이다. 따라서 환상성을 통한 '대조'의 형식은 한 사회에서 단일하고 지배적인 것으로 인식되는 리얼리티에 대한 인식론적 회의를 가능하게 만드는 특성을 지닌다. 이와 관련하여 특히 이어령과 남정현 등의 텍스트가 주목된다.

이어령의 「환각의 다리」는 매우 독특한 방식으로 4·19를 호명하고 있는

---

210) 위의 작품, 189쪽.
211) Kathryn Hume, 앞의 책, 163쪽.

작품이다. 특히 이 장의 주제와 관련하여 주목되는 것은 '환지통', 즉 다리가 이미 절단되었는데도 마치 다리가 그대로 있는 것과 같이 감각하는 현상으로 구체화되는 환타지적 요소에 대한 인문학적 성찰이다. 이 소설에서 '환지통'은 두 차례 등장한다. 주인공 '사미'와의 결혼을 통해 사미 부친의 병원을 소유하고자 하는 의사 '석훈'과 'K교수'에 의해서이다.

석훈에게 '환각의 다리'란 현실과 동떨어진 세계에 지나지 않는다. 그에 의하면 결국 "태어날 때부터 인간에겐 다리란 없는" 것이며, "다만 그게 감각 속에서 살아 있으니까 환각의 다리를 정말 다리인 줄 알고"[212] 있을 따름이다. 반면 K교수에게 '환각의 다리'란 다르게 인식된다. 그는 '환각의 다리'라는 개념에 대해 다음과 같이 말한다. "세계는 그냥 있으니까 있는 게 아냐. 있도록 내가 만들어내는 거지. 그 의지와 지향성이 있으니까 다리는 없어져도 있는 것처럼 느껴지는 거란 말야. 다리가 있고 우리가 그것을 느끼는 게 아니라 우리가 느끼는 지각이 있기 때문에 다리는 거기 있는 거야."[213] 즉, '환각의 다리'는 석훈에게는 일종의 허상에 지나지 않는 것으로 해석되는 반면, K교수에게는 현상학적 관점에서의 의지의 발현으로 해석되는 셈이다.

그런데 석훈과 같은 냉소적이고 현실적인 관점이나, 혹은 K교수의 현학적인 관점과는 달리 실제 '환지통'은 4·19의 주동자 중 하나로 형상화되는 현수를 통해서 구체화된다. 그는 4·19 도중 부상당해 사미의 아버지의 병원에 입원한 가운데 혁명을 통해 목도한 이상의 현현으로 인해 "깁스를 풀어도, 상처의 실밥을 뽑아도 나는 자유롭게 움직일 수가 없는 그런 사람"[214]이라고 말한다. 이러한 맥락에서 현수는 4·19 이후에도 급진적 학

---

212) 이어령, 「환각의 다리」, 『작가세계』 2011 겨울, 84쪽.
213) 위의 작품, 90~91쪽.

생운동의 리더로 활동하게 되며, 이로 인해 5·16 군사 쿠데타 직후 구속된다. 즉, 현수에게 '환각의 다리'란 단순한 환상도 아니며, 관념적인 철학의 영역에 속하는 것도 아니라, 구체적인 현실에서 자신의 삶을 지속하기 위한 '실체'로 인식되는 셈이다. 따라서 그가 작품의 말미에서 다음과 같이 말하는 부분은 주목을 요한다. "소리와 빛을 빼앗기면 우리는 있어도 죽은 것과 다름없게 되지. 나는 하나의 소리와 하나의 빛을 지키기 위해서 무엇인가 이대로 있어서는 안 된다는 것을 알고 있어. 소리와 빛은 실체가 아니야. 그러나 나는 이제 그것이 거꾸로 되어 있다는 것을 알게 되었어. 소리가 없으면 종은 있어도 없는 것이나 마찬가지이고 빛이 없으면 거울은 아무리 딱딱하게 우리들 손바닥에 있어도 없는 거나 다름없지. 내가 스물한 살 때 마지막으로 본 것은 모든 것들의 그 소리와 그 빛이었어."[215] 작품 내에서 현수의 나이를 고려한다면 그가 목격한 '소리'와 '빛'이 바로 4·19 혁명의 현현임은 물론이다. 즉, 현수에게 '환각의 다리'란 비록 5·16 군사 쿠데타에 의해 좌절된 혁명이지만, 그럼에도 불구하고 여전히 자신에게 구체적인 '실체'로 인식되는 기호인 셈이다. 그런 의미에서 진정한 '환지통'의 담지자는 석훈이나 K교수가 아닌 현수로 볼 수 있다.

그렇다면 4·19가 왜 '환각'의 형식으로 호명되는지에 대한 분석이 필요하다. 이와 관련하여 이 작품이 일반적인 소설 텍스트와는 달리 하나의 기본 서사로 구성된 것이 아니라, 일종의 상호텍스트성을 통해 서사가 구현되는 양상을 지니고 있다는 점이 주목된다. 기본적으로는 한국에서의 4·19를 둘러싼 당대 청년들의 이야기가 전개되는 한 편, 이 이야기의 전개와 동시에 스탕달의 소설 「바니나 바니니」의 번역이 삽입되어 있는 구조를

214) 위의 작품, 60쪽.
215) 위의 작품, 98쪽.

취하고 있다. 이러한 구조적 특성에 주목한다면 이 작품에서 4·19가 환상의 형식으로 호명되는 이유를 분석할 수 있을 것으로 기대된다. 특히 다음과 같은 서술은 중요한 것으로 판단된다.

> 데모 대원들은 BOOO 공작의 신 저택의 무도회장이 아니라 경무대 관저를 향해서 달려가고 있었다. (중략) 그 벽 위에는 보티첼리의 그림 같은 것이…… 아! 그리고 음악이…… 무슨 음악이었을까, 로마의 봄밤, 부드럽고 축축한 밤공기를 헤집으며 음악의 선율들은 끝없이 끝없이 번져가고 있었을 것이다. 사람들의 가슴과 옷자락과 창문 그리고 어둠 속에서 웅성거리고 있는 정원의 나무와 분수들 곁으로……. 그러나 우리들의 무도회는 1960년 봄 4월, 서울의 무도회는 그런 것이 아니었지. 총소리가 들려오고 있었다. 길가의 창문들은 굳게 닫혀 있었고, 넓은 아스팔트 거리에는 대낮인데도 행인이 없었다. 대리석의 긴 복도가 아니었다. 보티첼리의 벽화가 걸려 있는 볼룸이 아니었다. 기마대가 길을 차단하고 있었다. 아스팔트와 연둣빛으로 막 틔기 시작한 플라타너스의 가로수 잎이었다. 학생들은 스크럼을 짜고 땀투성이가 된 채 소리치고 목쉰 소리로 뛰고…… 이것이 우리들이 첫 무도회였어.216)

위의 인용문에서 4·19는 스탕달의 「바니나 바니니」의 번역과 교차되어 재현된다. 「바니나 바니니」는 "19세기 초 오스트리아의 비호를 받은 독재 군주로부터 조국 이탈리아를 해방시키려는 비밀 단체가 적발되어 결국에는 해체되었던 사건을 이야기"217)하는 소설이다. 4·19와 「바니나 바니니」의 중심 사건은 공통적으로 독재 정권에 대한 저항으로 수렴된다. 이러한 공통점으로 인해 이 둘의 교차 서술이 가능해진다. 그런데 위의 인용문에서 나타나듯이 19세기 서구의 저항과 4·19는 큰 차이 역시 지닌다. 제3세

---

216) 위의 작품, 32쪽.
217) 이경래, 「서사 담론과 지시적 환상: 〈바니나 바니니〉를 중심으로」, 『프랑스문화예술연구』 18, 프랑스문화예술학회, 2006, 10쪽.

계 주변부 분단국가에서 벌어진 4·19는 바로 1년 후 동일한 언어, 즉 "민족, 부패, 기아, 혁명, 자유"[218] 등을 내세운 군사 쿠데타로 인해 좌절된다. 이러한 역사적 사실은 서구에서 길게는 500여년 동안 형성된 가치들이 충분히 성숙되지 못한 사회적 조건 속에서 마치 '무도회'와 같이 분출하던 4·19의 특수성을 단적으로 보여준다. 4·19가 추구한 민주, 민족, 통일 등의 가치는 분명 서구의 근대적 가치에서 비롯된 것이나, 서구와는 달리 그 사회적 조건이 성숙하지 않은 채 진행된 4·19는 결국 추상적 가치에 대한 강렬한 '환각'으로 인식되는 셈이다. 그럼에도 이 환각이 중요한 의미를 지니는 것은 4·19를 체험한 이들에게 추상적 가치는 비록 실체가 아닐지라도 이후 삶의 지향으로 자리잡기 때문이다.

더불어 이 환각이 굳이 '환지통'이라는 '통증'의 형식으로 나타난다는 점 역시 중요하다. 일차적으로는 이 작품 내에서 실제 '통증'을 감각하는 인물은 4·19 과정에서 부상당한 현수임을 환기시켜 '환각의 다리'를 둘러싼 석훈이나 K교수의 해석과는 변별되는 현수의 해석에 정당성을 부여하기 위한 서사적 장치로 볼 수 있다. 나아가 현수가 결국 5·16 군사 쿠데타로 인해 투옥된다는 점을 고려하면 이 '통증'은 4·19가 지향했던, 비록 추상적이지만 '실체'와 직면하려는 의지로 작동하는 '가치'가 훼손되고 억압당하는 시대적 상황에서 필연적인 혁명의 기억에 대한 호명 기제로 해석될 수도 있을 것이다.

이와 같이 이어령의 「환각의 다리」는 '환지통'이라는 환타지적 요소를 통해 4·19를 둘러싼 해석과 그 의미를 보여준다. 특히 이 환타지적 요소는 4·19의 언어를 전유하여 독점하는 5·16 군사 쿠데타로 표상되는 현실과 대조되어 혁명의 '가치'와 '의지'에 대한 호명을 지속하고 있다는 점, 그

---

218) 이어령, 앞의 작품, 86쪽.

리고 이 과정에서 매우 독특한 상호텍스트성의 미적 전략이 사용되고 있다는 점에서 높이 평가될 수 있다.

남정현의 「너는 뭐냐」는 주인공 '관수'와 그의 아내인 '신옥'의 리얼리티가 서로 충돌하는 구성을 취하고 있는 텍스트다. 신옥의 리얼리티는 '현대'로 요약되는데, 이 기표는 관수의 일상을 강력하게 규율하는 '권력'으로 작동한다. 즉, "〈현대〉란 네가 살자면 내가 죽고 내가 살자면 네가 죽어야 하는 그렇게 조직적으로 째여서 빈틈없이 진행되는 거에요. 남들은 새로운 기계(機械)를 실험하기 위해 무수한 생명을 초개같이 여기는 것으로 낙을 삼고 있는데 도대체 당신은 무어냐 말에요. 당신처럼 맨날 그저 되지도 못하게 무엇이 안됐느니 불쌍하다느니 하는 그따위 실용성도 없는 전근대적인 잡념에 얽매어 있는 한 우리나라는 생전가야 남의 나라 시장(市場)노릇밖엔 못한단 말에요."[219]라는 신옥의 말에 의해 "참으로 아내가 구세주 이상으로 떠받들고 다니는 그 〈현대〉라는 용어는 말 할 수 없이 관수를 피로하게 해주었다."[220]라고 서술된다. 이때 텍스트 내에서 지배적인 리얼리티로 작동하는 신옥의 세계란 곧 "차용증서"로 표상되는 "문명"[221]이 지배하는 공간이다. 반면 신옥에 의해 억압되고 배제되는 리얼리티로 기능하는 관수의 세계란 "방바닥에 널린 원고용지"로 표상되는 "소설 한 편"[222]이 존재하는 공간이다. 4·19 혁명을 좌절시키는 5·16 군사 쿠데타가 내세웠던 리얼리티가 곧 '조국 근대화'로 표상되는 '현대'성의 구현이었음을 고려한다면, 어떠한 '실용성'도 담지하지 못한 '소설'의 세계란 추방되어야 할 '대상'임은 물론이다.

---

219) 남정현, 「너는 뭐냐」, 『사상계』, 1961.10, 302쪽.
220) 위의 작품, 310쪽.
221) 위의 작품, 317쪽.
222) 위의 작품, 314쪽.

그런데 스토리 상 절대적인 부분을 지배하던 신옥의 리얼리티는 텍스트의 마지막 부분에서 급작스럽게 전복된다. 즉, "국민을 학대하던 일체의 건물과 제복이 국민들의 그 피를 토하는 함성과 주먹방망이에 의해서 산산히 부서져버리는 순간"[223]에 "⟨패스포드⟩"[224]가 허공으로 날아가버리는 장면에서 4·19의 기억이 호명되며 '현대'의 리얼리티는 그 정체성을 추궁받게 된다. 이는 작품의 제목이기도 한 "너는 뭐냐!"는 질문에 정작 신옥이 "⟨현대⟩라는 언어의 방망이"를 휘두르지 못한 채 "얼굴이 파랗게 질리며 끽소리 못하고 손을 싹싹 부비며 용서를 구하는"[225] 장면에서 구체적으로 드러난다. 이는 이승만 정권은 물론 5·16 군사 쿠데타 집단이 내세운 리얼리티가 정작 그 실체를 담지하지 못한 허구의 이데올로기에 불과했음을 보여주는 것으로 해석할 수 있다. 이들이 내세운 리얼리티는 기실 '⟨패스포드⟩'로 표상되는 미국 중심의 서구적 가치의 표피적 이식일 뿐이었으며, 이 과정에서 정작 그 가치의 '실체'는 철저히 은폐되었기 때문이다. 마치 이들의 리얼리티가 종국에는 '한국적 민주주의'라는 형용모순의 형식으로 수렴되는 것처럼 말이다. 반면 4·19의 현장은 지배적인 리얼리티에 의해 억압된 언어들, 즉 "거의 원시적인 이 사자후의 함성"과 "마구 일어나는 웃음소리. 야유와 분노가 합작(合作)한 군중들의 웃음소리[226]들의 카니발로 묘사된다. 이 공간에서 지배적인 리얼리티는 전복되며 그 틈새로 억압된 리얼리티'들'이 마구 분출한다. 그리고 이것이 바로 혁명이 지니는 억압된 정치적 리비도의 해방임은 물론이다.

이와 같이 남정현의 「너는 뭐냐」는 '현대'로 표상되는 지배적인 리얼리

---

223) 위의 작품, 336쪽.
224) 위의 작품, 같은 쪽.
225) 위의 작품, 337쪽.
226) 위의 작품, 336쪽.

티와 이로 인해 억압되는 '군중'들의 카니발적 리얼리티의 대조를 통해 4·
19가 단지 정치적 민주주의의 측면에 국한된 혁명이 아니라, '언어'와 '기
호'를 둘러싼 혁명이었음을 보여주는 작품으로 평가될 수 있다. 그리고 이
과정에서 현실법칙에 따라 강고히 움직이는 지배적인 리얼리티와는 대조
되는 방식으로 작동하는 관수와 군중들의 리얼리티의 존재를 환상적이고
풍자적인 방식으로 복원하고 있다는 점에서 그 중요성이 인정될 수 있을
것이다.

5) 4·19의 호명과 환타지 미학

기실 4·19가 지니는 한국현대사에서의 역사적 위상에 비해 이를 형상화
한 소설 텍스트에 대한 연구는 절대적으로 부족한 것이 사실이다. 그 원인
중 하나가 바로 4·19에 대한 소재주의적 층위에서의 접근이 아닌가 싶다.
그러나 근대소설이 미메시스의 욕망만큼이나 강력한 환타지의 욕망을 지
니고 있다는 점을 고려한다면, 오히려 텍스트에 징후적으로 표출되는 환타
지의 양상을 실증적으로 분석하고, 이로부터 그 미학적 전략을 추출하는
것이 보다 생산적인 접근일 수 있을 것이다.

위에서 살펴본 것처럼 환타지는 단순히 신기하거나 낯선 소재적 층위의
요소가 아니라, 정치적 무의식의 표출 기제이자 지배적 리얼리티에 대한
인식론적 회의의 방법론으로 기능한다. 이러한 미학적 기능을 고찰하기 위
해 환타지적 요소의 첨가와 삭제, 그리고 대조 양상으로 나누어 텍스트를
분석하였다. '첨가'는 일반적인 인식 구조 속에서 간과된 것들을 대면하게
만드는 기능을 수행한다. 이에 해당하는 대표적인 작가로 최인훈을 들 수
있는 바, 그의 「주석의 소리」, 「총독의 소리」, 「열하일기」 등의 텍스트는

4·19의 의미를 공시적, 통시적 측면에서 탐색하기 위한 미학적 방법으로 환타지를 사용하고 있다. '삭제'는 통념화된 현실을 재인식하도록 만드는 계기로 작동한다. 이에 해당하는 대표적인 작품으로는 이제하의 「환상지」와 오탁번의 「굴뚝과 천장」을 들 수 있는 바, 이들 텍스트는 5·16으로 인해 좌절된 혁명의 기억을 호출하며 군부 독재 시대의 현실에 균열을 가하는 미학적 성과를 보여준다. '대조'는 지배적인 리얼리티를 낯설게 만드는 기능을 수행한다. 이에 해당하는 대표적인 작품으로는 이어령의 「환각의 다리」와 남정현의 「너는 뭐냐」 등을 들 수 있는 바, 이들 텍스트는 각기 상호텍스트성의 발현과 '현대성'에 대한 비판을 통해 혁명의 의미에 대한 성찰을 수행한다.

이와 같이 4·19를 직접적인 소재로 다루지 않더라도 다양한 환타지 미학을 통해 좌절된 혁명의 기억을 호명하는 텍스트의 성취는 결코 가볍게 여길 수 없다. 특히 이들 텍스트는 단순히 4·19를 일시적 사건으로 반영하는 것에 그치지 않고, 각기 상이한 방식으로 그 의미를 미학적 층위에서 형상화하고 있다는 점에 그 문학사적 의의가 있을 것이다.

제4부

문학장의 '외부'와 서사 장르의 경계 넘기

1. 혁명의 기록과 서발턴의 발화 전략

1) 이중의 배제

4·19 혁명은 그 '혁명'적 성격에도 불구하고 이후 이를 둘러싼 상징투쟁의 과정에서 대학생 집단으로 대표되는 지식인-엘리트들의 성취로 환원되는 경향을 노정한다. 물론 혁명의 과정에서 이들 집단이 수행한 역할을 부정할 수는 없다. 문제는 이들의 혁명에 대한 독점적 점유로 인해 도시빈민, 고학생, 룸펜 집단 등을 비롯한 서발턴이 혁명의 주체에서 배제되었다는 사실이다. 이들의 경우 4·19 이전에는 부패한 독재권력에 의해 배제되었으며, 4·19 이후에는 지식인-엘리트 중심의 담론 구조에 의해 또다시 배제되는 셈이다. 이 과정에서 정작 4·19에 참여했던 서발턴적 존재들은 '혁명'에서도 다시 억압되고 추방된다. 하지만 "오늘날 4·19가 지녔던 대중봉기적 성격은 몇몇 연구사에서나 상기될 뿐 대중적으로는 거의 잊혀 있지만, 187명의 사망자 명단에서 운전사, 직공, 이발사 등의 직업으로 표시된 이름이 높은 비중으로 눈에 띄는 것을 보더라도 도시 빈민층이 1960

년 3~4월의 정치적 격변에서 중요한 역할을 했다는 사실은 부정할 수 없다. 넝마주의와 구두닦이, 양아치와 깡패 등이 섞인 이들은 경찰서 습격 등의 사건에서 흔히 선두에 섰"[227]다는 점을 기억한다면 연구의 엘리티즘적 성격 역시 극복될 필요가 있다. 왜냐하면 이들은 4·19 이전은 물론 그 혁명이 일어난 이후에도 여전히 문학장에서 배제되어 왔기 때문이다. 그리고 이 점이야말로 4·19로 촉발된 '문학'의 혁명이 지닌 문제성을 규명하는 데 핵심적인 과제이기 때문이다. 4·19가 단지 정치적 층위에서의 권력 구조를 둘러싼 혁명이 아니라, 지적·문화적 위계서열을 전복할 수 있는 가능성을 내포한 혁명이라면 이들의 목소리를 복원하는 것은 곧 혁명의 급진성을 기억하는 작업으로 이어질 것이다.

이 장에서는 이와 같은 문제의식에서, 다음과 같은 질문으로부터 시작한다: 엘리티즘적 문학 규범 속에서 억압되거나 추방된 장르들은 어떻게 평가될 수 있는가? 기존 연구가 엘리티즘적 한계를 지녔다면, 그리고 이 과정에서 서발턴의 목소리가 철저히 추방되었다면 대안적인 문학 연구는 무엇을 기획할 것인가? 서발턴이 문학장 '외부'에 놓인 존재라면 이들의 목소리가 새겨진 텍스트를 어떠한 방식으로 복원할 수 있는가? 물론 이 글은 이러한 질문들에 대한 '정답'을 제시할 수도 없으며, 그럴 의도 또한 지니고 있지 않다. 다만 4·19와 한국문학의 관계를 묻는 과정에서 하나의 '질문'을 추가하는 것이 이 장의 목적일 따름이다.

2) 텍스트의 '잉여'로서의 흔적

의외로 4·19를 직접적으로 다룬 소설 작품은 많지 않다. 있다고 하더라

---

227) 권보드래, 「4·19와 5·16, 자유와 빵의 토포스」, 『상허학보』 30, 상허학회, 2010, 92쪽.

도 대학생-지식인 집단의 관점에서 4·19를 다루는 것이 거의 대부분이다. 다만 몇몇 작품에서 서사의 기본 구조에 부수적으로 삽입되는 텍스트의 '잉여'를 통해 4·19 당시 서발턴의 흔적을 찾을 수 있을 따름이다. 이러한 점에서 오상원의 「무명기」에는 중요한 장면들이 제시되어 있다. 이 작품은 '기자'를 초점화자로 설정함[228]으로써 4·19 당시의 구체적인 사건들을 치밀하게 재현하는데 성공하고 있는데, 이로 인해 일반적인 4·19 서사와는 '다른' 기록들이 잠재되어 있어 주목된다.

> 「저 안에 경관들이 숨었어요. 자식들, 죽여야 해요.」
> 「아까 여기서 대학생 하나가 총에 맞았어요. 피가 막 콸콸 흘렀어요.」
> 그들은 崔 潘을 보자 저마다 한마디씩 떠들었다. 구두약이 새까맣게 오른 손등, 구두닦이 소년들인 모양이었다.
> 그는 별관쪽으로 걸음을 옮겼다. 밀려가고 밀려오는 데모 군중들-이미 학생들 뿐이 아니었다. 일반시민들, 구두닦이 꼬마들, 허름한 옷차림의 실업자들로 데모대는 혼돈되고 있었다.[229]

취재를 위해 시위 현장을 방문한 '그'가 목격하는 것은 다름 아닌 "구두닦이 소년들"이다. 이들은 '그'에게 경관의 소재나 대학생의 부상 등의 구체적인 '정보'를 제공하지만, '그'는 이들에 대해 "데모대"가 "혼돈"된다고 인식한다. 그에게 "데모대"는 어디까지나 "학생들 뿐"으로 구성된 것이며, 따라서 "구두닦이 꼬마들"이나 "허름한 옷차림의 실업자들"은 시위대열의 '순수성'을 훼손하는 존재들로 인식되는 것이다. 이러한 인식은 다음과 같은 장면에서 그 근원을 표출한다.

---

228) 「무명기」가 기자를 초점화자로 설정했던 것에는 1959년 조선일보에서 기자 생활을 하며 4·19를 경험했던 오상원의 체험이 반영되어 있는 것으로 보인다. (유승환, 「지은이에 대해」, 오상원, 유승환 엮음, 『오상원 작품집』, 지식을만드는지식, 2010, 35쪽)

229) 오상원, 「無明記(3)」, 『사상계』, 1961.11, 416쪽.

崔　濬은 생각하였다. 어쩌면 이럴 수가 있을 것인가. K대학 데모대의 피
습사건으로 고교생들이 「깡패 나오라!」고 소리치며 다시 鐘路에서 일대데
모가 감행되었고 드디어는 이것이 도화선이 되어 내일을 기하여 시내의 전
대학생들이 대대적인 데모로 돌입할 기세에 있다는 것이 아닌가. 그러나
하루살이에 허덕이는 서민들에겐 그런 것과는 너무도 인연이 멀었다. 누가
맞아죽건 누가 집권을 하건 그들에겐 아랑 곳이 없었다. 오늘 하루의 삶을
위하여 그들은 아귀 다툼을 해야 하고 서로 물어뜯고 피를 흘리기에 너무
나 바쁜 것이다.
　　어쩌면 저 淸溪川변에 늘어붙은 하꼬방 속에서는 하찮은 작부를 사이에
두고 치정극이 벌어지고 있는지도 몰랐다. 그들에겐 자유니 인권이니 하는
따위보다는 오히려 그것이 그들의 생활과 직결된 산 생활인 것이다.230)

　　4월 18일 고려대학생들에 대한 정치깡패들의 폭력을 목격한 '그'는 이로
인한 "전대학생들의 대대적인 데모"와 "아귀다툼을 해야 하고 서로 물어뜯
고 피를 흘리기에 너무나 바쁜" 서발턴 집단의 삶을 철저히 분리하여 인지
한다. 이는 "자유"나 "인권" 등의 개념을 대학생-지식인 집단의 것으로 한
정짓는 동시에, 나아가 "산 생활"과 분리시키는 인식 구조를 통해 발생한
다. 그러나 그가 관념에서 설정한 대학생 집단으로'만' 구성된 "데모대"에
"저 淸溪川변에 늘어붙은 하꼬방 속"의 서발턴들이 '혼돈'을 일으킬 가능성
은 상당히 뚜렷하게 존재한다. "(전략) 당시 실업과 저임금에 시달리던 하층
노동자들과 판자촌을 근거로 연명하던 실업자와 피구호민 및 3차산업의
불완적 취업자 등 수많은 과잉인구들이 혁명의 진전에 예상치 않았던 역
할을 담당할 가능성은 얼마든지 존재하여"231)기 때문이다.
　　따라서 오상원의 텍스트에서 주목되어야 하는 것은 '민주주의'라는 개념
으로 수렴되는 대학생-엘리트 집단 중심의 4·19 혁명의 서사가 아니라,

230) 오상원, 「無明記(1)」, 『사상계』, 1961.8, 345~346쪽.
231) 이영환, 「해방후 도시빈민과 4·19」, 『역사비평』 46, 역사문제연구소, 1993, 187쪽.

오히려 텍스트의 균열을 가하고 있는, 즉 "데모대"를 "혼돈"시키고 있는 서발턴들의 존재이다. 그리고 이들의 존재를 통해 이른바 '4·19 세대'의 독점적 서사를 전복하기 위한 텍스트의 잉여와 균열을 읽어내려는 작업일 것이다.

유사한 맥락에서 곽학송의 「시발점」역시 상당한 중요성을 지닌다. 이 작품에서 지식인-작가로 설정된 '나'에게 택시조수일을 하는 '영배'는 4·19의 주역이 대학생 집단이 아니라 자신과 같은 서발턴 집단임을 다음과 같이 주장한다. "허지만 파출소 때려 부수는 데 용감했던 건 우리보다 슈샤인들이 더했어요. 그날 아저씨두 보셨을 테지만 대부분이 슈샤인들이었어요."232) 그러나 '나'에게 이는 정돈되지 못한 일시적 폭력이라는 점에서 비판된다. '나'의 관점에서 '혁명'은 어디까지나 대학생-지식인 집단에 의해 이성적인 플랜 속에서 전개되어야 하는 것이기 때문이다. 그런데 이러한 '나'의 입장은 다음과 같은 '영배'의 반문에 의해 균열된다.

"역시 안 좋았을까요, 파출소 때려 부순 건……."
"것두 국가 재산이니까 손해는 우리 자신일 테니……."
"체! 그럼 대학생들이 신문사 때려 부순 것두 잘못이군요?"233)

'영배'와 "슈샤인" 등 서발턴 집단에 의한 폭력과 "대학생" 집단에 의한 폭력은 어떻게 다른가? 그 '주체'의 차이를 제외한다면 두 가지 폭력은 동일하다. 이에 대한 '나'의 답은 다음과 같이 매우 옹색하게 제시된다.

주로 영배와 경우가 비슷한 소년들의 손에 의해 경관들의 아지트인 파출소가 무너지거나 하는 일이 없었고 간담을 서늘케 한 일부 격노 학생들

232) 곽학송, 「시발점」, 『현대문학』, 1960.11; 문혜윤 엮음, 『곽학송 소설 선집』, 현대문학, 2012, 245쪽.
233) 위의 작품, 246쪽.

의 방화가 없었을 경우의 결과를 나는 생각할 필요가 없다. 다만 나는, 설사 그 결과가 오늘과는 정반대의 현상을 빚어놓는 한이 있었더라도 용납될 수 없다고 말할 수 있을 뿐이다. 다행히 그러한 부산물적 행위가 어느 선에서 제한되었기망정이지 용납이라는 이름 아래 무제한으로 확대되었다면 벌써 결과를 운운할 계제를 초월해버렸을 게 아닐까. 실지 그때 그와 같은 행위는 학생들이 자율적으로든 타율적으로든 중지했던 것이다.[234]

'나'는 '영배'의 질문으로 인해 촉발된 4·19에 대한 인식의 균열을 위와 같은 방식으로 '봉합'해버린다. 즉, 대학생들의 폭력은 어디까지나 "일부 격노 학생들"의 경우에 한정되는 것이며, 이는 곧 "학생들이 자율적으로든 타율적으로든 중지"한 것이기에 문제가 되지 않는다. 반면 서발턴 집단의 폭력은 어디까지나 혁명 과정에서의 "부산물적 행위"이며 이것이 "무제한으로 확대"되었다면 오히려 혁명은 실패로 귀결되었을 것이라는 논리이다. 이러한 논리는 '영배'의 질문으로부터 자신의 인식을 방어하기 위해 급조된 '봉합'의 결과임은 물론이다. "일부 격노 학생들"과 대학생 집단을 분리하는 근거도 없으며, 대중의 폭력이 혁명을 좌절시켰을 것이라는 추정은 어디까지나 '가정'일 뿐이기 때문이다.

그렇다면 오히려 주목해야 할 점은 초점화자인 '나'의 4·19에 대한 인식이 아니라, '나'가 '영배'의 질문에 대해 옹색한 '알리바이'를 급조할 수밖에 없는 이유를 해명하는 것이다. 이는 실제 4·19의 주도층이 '나'의 인식과는 달리 '영배'를 위시한 서발턴일 수도 있다는 '위기'의식의 발현으로 독해될 수 있다. 엄밀히 말해 4·19가 대학생 집단을 중심으로 한 '학생의거'로 평가되는 것은 어디까지나 사후적인 상징투쟁의 결과물일 따름이다.[235]

---

234) 위의 작품, 246~247쪽.
235) 이와 관련하여 다음과 같은 지적을 참조할 수 있다. "아닌게 아니라 혁명이 된 4·19는 세대의 차이에 앞서 계급적 균열을 드러낸 지점이었다. 구두닦이와 같은 '돌마니'들이 시위에 앞장섰다는 것이지만, 그들의 존재가 부각되지 않았다는 사실은 역설적으로 이 균열의 깊이를 드러내는

주지하는 바와 같이 4·19는 결국 5·16 군부쿠데타에 의해 좌절된다. 그런데 이 과정에서 4·19 주도세력 중 상당수가 군부독재 시스템에 협력한다는 점이 주목된다.[236] 이는 대학생 집단에 속했던 이들이 지닌 한계, 즉 추상적이고 관념적 층위에서의 4·19에 대한 인식에 기인한다. 반면 이와는 달리 구체적인 '삶'으로부터 4·19의 혁명적 성격을 예감한 서발턴 집단은 종종 예측할 수 없는 방식으로 그 정치적 리비도를 분출했다. 따라서 '나'의 '영배'에 대한 모종의 '불안'은 이와 같은 서발턴의 정치적 리비도의 분출이 '민주주의'라는 관념의 경계를 넘어설 가능성에 대한 위기로부터 발생한 셈이다.

3) 유언비어의 자기증식

그렇다면 아카데미에서의 '책'을 통해 '자유'와 '인권', '민주주의' 등의 개념을 수용하고, 이후 혁명의 과정에서 자신들만의 '조직'을 통해 체계적인 지식과 정보를 유통시켰던 대학생 집단과는 달리, 당대 서발턴 집단은 혁명의 과정을 어떤 나름의 독자적인 매체를 통해 접촉하고 유통시켰는가?

것으로 읽어야 한다. 이른바 혁명의 승리 이후 돌마니들의 '기여'가 묻혀버린 점을 문제시하는 발언도 있었다. '시위에 가장 적극적이었던 이름 없는 시민(거지, 슈샤인보이)들이 상처를 안고 신음하고 있는데 영광은 학생들의 것이 되고 말았다'는 것이다."(신형기, 「4·19와 이야기의 동력학」, 『상허학보』 35, 상허학회, 2012, 304쪽).

236) 이와 관련하여 다음과 같은 언급을 참조할 수 있다. "지금까지 살펴보았듯이 상당수 4월혁명의 주도세력은 혁명정신을 계승, 발전시키기는 커녕 군사독재정권 아래서 4·19세대임을 이용, 매명하면서 충실한 권력의 심부름꾼으로 변질되었다. 그들이 이렇게 변질한 데에는 나름대로의 분명한 이유가 있다. 앞에서 살펴본 것처럼 그들의 변질은 무엇보다도 독재정권의 강권통치와 정치변동기 때마다 정권의 정당성 확보용으로 그들을 필요로 했던 지배자들의 요구가 있었기 때문이었다. 또한 주도세력의 상당수가 '반독재민주화'라는 소박한 시민민주주의적 강령 이상의 인식을 갖지 못했으며, 민족문제와 대면하게 되는 반외세자주와, 통일운동 등으로 자신의 지평을 넓히고 있던 주도세력들조차도 상당수가 관념적 수준에서 그것을 인식하고 있었기 때문이기도 하다."(이종석, 「4월혁명 주도세력의 변천과정」, 사월혁명연구소 엮음, 『한국사회변혁과 4월혁명』 1권, 한길사, 1990, 315쪽).

이와 관련하여 혁명의 열기가 최고조에 달한 1960년 4월 20일 한 신문의 사설은 매우 흥미로운 면모를 보여준다. 다음을 보자.

四·一九 非常事態는 非常戒嚴令의 발동으로 말미암아 적어도 서울地區에 있어서는 鎭定의 方向을 걷고있지만, 이 소란한 時局과 關聯하여 國民各自가 경계해야할 것은 流言蜚語를 創作 流布하거나 혹은 이에속지않도록 매우 操心해야한다는 것이다. 現在 戒嚴司令部는 新聞事前檢閱政策을실시하고있는중인데 非常戒嚴令下 司令官에게 그런 法的權限이 附與돼있음을 否認치못할 事實이라, 우리는그러한 措置가 萬不得한 것으로 인정하는바이지만 그 事前檢閱權의 발동이 지나쳐 客觀的事實의보도나, 民心收拾을 위한 輿論造成에 대해 必要以上의 不當한 制限을 加한다고 하면 言論기관은 이 非常時局下에서 도모지 그 司命을다할 수가 없을 것이다. (중략) 國民으로 하여금 直接接觸의 世界속에만 가두어두고 間接接觸의 世界에접근할 수 있는 機會를 박탈하게한다면 不安은 또 不安을낳고 想像은 또想像을 낳아 나중에는 터무니없는 流言蜚語가 創作流布되어 이 때문에 國民大衆이 더욱 동요하게 될 것이다.[237]

위의 '사설'의 핵심적인 메시지는 4·19 혁명의 전개 당시 시행된 "新聞事前檢閱政策"에 대한 비판이다. 그런데 그 근거로 제시되는 것이 다름 아닌 "流言蜚語"로 인한 "不安"과 "想像"의 확산이라는 점이 주목된다.[238] 이는 역으로 당시 '유언비어'가 매우 활발히 "創作流布"되고 있었음을 방증한다. 그리고 이 '유언비어'의 특징은 첫째, "直接接觸의 世界"에서 생산-유통되는 것이며, 둘째, 스스로가 자기증식하는 커뮤니케이션 구조를 지니는 것으로 설명된다. 특히나 "소수의 권력자에 의해 민중의 정당한 요구가 계속 억압될 때 민중들 사이에는 권력자를 적대시하고 폭동을 선동하는 유언비어가

---

237) 「社說-流言蜚語를막자」, 『동아일보』, 1960.4.20.
238) 이러한 점에서 위의 사설은 유언비어를 합리성에 기반한 공적인 의사소통을 방해·왜곡하는 일종의 '병적 현상'으로 바라보는 엘리티즘적인 담론과 유사한 측면이 있다. 유언비어에 대한 엘리티즘적 접근으로는 원우현 엮음, 『유언비어론』, 청람, 1982를 참조.

나돌게 되"며 "폭동, 집단항의, 개혁운동이나 혁명운동 같은 집합행동이 있을 때는 반드시 그 집합행동과 관련된 유언비어가 있게 마련이다."[239]

이러한 맥락에서 신상웅의 「불타는 도시」는 다양한 '유언비어'들이 삽입되어 있다는 점에서 흥미롭다. 그런데 먼저 작품의 중심인물로 설정된 '진수'의 존재가 '도강생(盜講生)'이라는 점에 주목할 필요가 있다. '진수'는 혁명의 과정에서 국가폭력에 의해 죽음을 맞게 되며, 이로 인해 작품 내에서 4·19의 '상징'으로 귀결된다. 그런데 다른 등장인물이 모두 대학생으로 설정되는 반면, '진수'는 다소 특이하게 설정된다. "(전략) 그렇지만 진수는 반드시 대학엘 다녀야 했다. 그런데도 그는 사실은 대학생이 아니었다. 엄격하게 얘기한다면 윤석과 인구는 그의 고등학교 동창일 뿐이라고 얘기해야 옳다. 그런데도 그들은 진수와 늘 붙어다녔고, 그는 강의시간에도 빠짐없이 출석하고 있었다. 말하자면 도강(盜講)이었다."[240] 이 텍스트에서 '유언비어'가 정보의 전달과 공유의 핵심적인 매체로 기능할 수 있는 것 역시, 윤석과 인구가 함께 시위에 참여한 '진수'의 행방을 찾기 위한 과정이 서사의 주된 축을 구성하고 있기 때문이다. 그렇다면 '도강생'인 진수를 찾는 과정에서 '대학생'인 이들이 접한 유언비어는 구체적으로 무엇인가?

「이 기붕이 집은 박살이 났다며?」
「최 인규 집도, 평화극장도 불탔다 카드라.」
「비상계엄령이 내렸다며?」
「일곱시부터 통금이라는군.」[241]

「니 모르나? 이 기붕 집에선 엽총을 마구 쏴댔다 안 카나.」[242]

---

239) 이효성, 「유언비어와 정치」, 『언론정보연구』 25, 서울대학교 언론정보연구소, 1988, 102·103쪽.
240) 신상웅, 「불타는 도시」, 『사상계』, 1970.4, 324쪽.
241) 위의 작품, 322쪽.

「경무대가 모조리 미 팔군안으로 도망갔다는디 그 잡것들 왜 받아들였당가.」[243]

위의 인용문들은 모두 4·19 당시 생산-유통된 '유언비어'에 해당한다. 이 중에서는 실제 '사실'인 것도 있으며, '허위'인 것도 있다. 그러나 사건의 진위 여부는 중요하지 않다. 어차피 '유언비어'이기 때문에 애초에 그 사실성 여부는 문제가 되지 않으며, 오히려 이와 같은 유언비어가 생산-유통되는 맥락이 중요하기 때문이다.

우선 위의 인용문에서 두드러지는 것은 독특한 담화 전략이다. 이들 유언비어들은 뚜렷한 생산자-발화 주체를 지니지 않는다. 따라서 "-카드라", "-라는군", "-안 카나", "-갔다는디"와 같은 전달과 추정의 담화 형식이 전면화된다. 그리고 특정 발화 주체의 부재와 정보의 원천의 부재로 인해 담화는 스스로 자기증식 한다. "이 기붕 집에선 엽총을 마구 쏴댔다"거나 "경무대가 모조리 미 팔군안으로 도망갔다"는 등의 진술이 이에 해당한다. 이러한 진술은 혁명적 상황에서 필연적으로 발생하는 '불안'을 증폭시키는 기능을 수행한다. 구체적으로 전자는 혁명에 대한 국가폭력의 개입을 둘러싼 불안을, 후자는 미국에 의한 독재정권의 존속을 둘러싼 불안을 증폭시키는 셈이다.

이러한 유언비어가 유통되는 것은 일차적으로는 기존 매체에 대한 불신 때문이다. 4·19는 물론 5·18 등 중요한 혁명적 사건에서 공통적으로 언론 매체에 대한 폭력이 표출되는 것은 필연적인 일이다. 언론 매체 자체가 지배 이데올로기를 반복재생산 하는 것을 주된 존립 근거로 하기 때문이다.

---

242) 위의 작품, 320쪽.
243) 위의 작품, 325쪽.

따라서 작품 안에서 다음과 같은 진술이 나타나는 것 역시 자연스러운 일이다.

> 「야 누구 신문 읽은 사람 없나?」
> 인구가 허겁지겁 윤석을 따라붙으며 물었다. 아무도 대꾸하고 나서는 사람이 없었다. 그도 그럴 것이 이 판국에 누가 한가하게 신문을 읽고 앉았을 틈이 있겠는가?
> 「그까짓 신문은 읽어 뭣하니?」[244]

기존 매체를 대표하는 "신문"은 이제 "그까짓" 것으로 평가되며 혁명이 진행 중인 "이 판국에" 신문을 읽는 것은 "한가"한 일로 인식된다. 바로 이 '신문'의 자리를 대신하는 것이 위에서 살펴본 일련의 '유언비어'인 셈이다. 이들에게 "客觀的事實의보도"나 "民心收拾을 위한 輿論造成"의 기능을 수행하는 '신문'은 의미를 지니지 못한다. 오히려 스스로가 체험하고 목격한 "直接接觸의 世界"가 보다 정확한 '정보'로 인식되기 때문이다. 그리고 이는 '진수'의 죽음을 통해 혁명을 '실감'하게 된 인물들의 인식이라는 점에서 더욱 중요하다고 할 수 있다.

4) 카니발적 축제로서의 혁명

혁명은 기존의 규범과 관습을 전복하는 사건이라는 점에서 카니발적 성격을 지닌다. 동시에 바로 규범과 관습의 전복이기 때문에 일종의 카오스적 성격을 지닌 것이기도 하다. 이와 관련하여 프랑스 혁명기의 축제에 대한 다음과 같은 연구를 참조할 수 있다.

---

244) 신상웅, 앞의 작품, 325쪽.

(전략) 혁명기 민중축제의 폭력성은 한편으로는 인간의 공격본능을 해소시킴으로써 기쁨을 일으키고, 다른 한편으로는 그들의 정치적 견해를 표현하는 수단이었다. (중략) 따라서 혁명기 민중축제에서 나타나는 해학적이고 엽기적인 이미지가 주장하고 있는 것은 급진적인 혁명과 정치적 선동이었다. 이러한 주장은 혁명을 끝내고 질서와 안정을 확립하고자 했던 로베스피에르의 정치적 목적에 정면으로 대립되는 것이었다. 그래서 그는 이성의 축제를 제거하고 조화롭고 안정된 사회와 시민적 덕을 강조하는 최고존재의 축제로 그것을 대체했다. / 카니발적인 민중축제는 93년 가을에서 다음해 초봄까지 약 6개월이라는 짧은 기간 동안 위력을 떨치고 곧 사라졌다. 그러나 그것은 당시의 민중들이 문자와 정신을 강조한 엘리트문화와는 달리 육체와 감각을 중시하는 자신들의 문화를 통해 정치적 의사를 표현한 사건이었다는 점에서 의의를 찾을 수 있을 것이다.[245]

혁명기에 분출된 '카니발'적인 축제는 단순히 문화적 차원에서의 의미로 국한되지 않는다. 오히려 이는 "해학적이고 엽기적인 이미지"를 통한 "급진적인 혁명과 정치적 선동"이라는 정치적 차원의 의미를 강하게 지닌다. 그런데 여기에는 구체제와는 다른 동일한 '혁명'의 주체들간의 대립이 개입된다. 즉, "민중축제"에서 나타난 카니발적 양상은 '혁명'의 주도권을 획득한 "엘리트문화"에 의해 "문자"와 "정신"의 영역으로 재영토화 된다. 이와 같은 양상은 박태순의 「무너진 극장」에서 매우 날카롭게 재현된 바 있다.

사람들은 동물이나 내는 기괴한 탄성을 지르고 있었다. 그들은 눈앞에 닥친 무질서에 환장해버려서, 마치 사회의 인습과 생활 규범을 몽땅 망각한 것 같았다. 그들은 기괴한 소리를 뱉으며 물건들을 부수고 있는 것이었다. 극장 안에 이루어져 있었던 여러 형상물들은 점점 망가져서 쓰레기더미로 화하였다. 말하자면 추상물이 되어가고 있었다. 열(列)을 지어 뻗어 있던 의자들은 사람들에 의하여 파괴되어 의자로서의 기능을 분개당했다.

245) 윤선자, 「프랑스 대혁명기의 민중축제: 전통적 카니발 관행의 부활」, 『프랑스사연구』 7, 한국프랑스사학회, 2002, 70쪽.

의자는 다만 약간의 금속판과 나무의 합성 제품으로 구성된 것에 불과한 것이었다. 그것은 마치 괴팍한 화학자가 이 세상의 물질이 무엇으로 되어 있는가를 실험할 적에 내보이는 원소와 원자에의 회귀(回歸)와도 같은 것인지도 모른다. 또는 사실화만 그리던 사람들이, 그런 객관의 질서를 무너뜨려서 추상화, 초현실화를 그리지 않을 수 없었던 때의 그 와해 감정과 같은 것인지도 모른다.246)

4·19 혁명의 와중에 임화수가 운영하던 '평화극장'에 난입한 대중들은 "사회의 인습과 생활 규범을 몽땅 망각한" 것으로 묘사된다. 이는 서술자에 의해 다시 "사실화만 그리던 사람들이, 그런 객관의 질서를 무너뜨려서 추상화, 초현실화를 그리지 않을 수 없었던 때의 그 와해 감정과 같은 것"이 표출된 결과로 진술된다. 이때 대중들의 행위는 앞서 살펴본 혁명기간의 카니발적 축제와 유사한 양상으로 나타난다. 반면 서술자에게 이러한 행위는 "동물이나 내는 기괴한 탄성"으로 인지될 따름이며, 따라서 이는 곧 "객관의 질서"를 붕괴시키는 것으로 인식된다.

이러한 차이는 결국 "객관의 질서"에 대한 근본적인 인식의 차이로부터 나타나는 것이다. "동물"에 비유되는 서발턴 집단에게 "객관의 질서"는 붕괴되어야 할 대상이며, 따라서 "사실화"의 규범을 해체한 "추상화"나 "초현실화"에 해당하는 '카니발'이야말로 진정한 혁명의 현현인 셈이다. 반면 이를 냉정하게 관찰하고 있는 지식인적인 서술자에게 "객관의 질서" 자체는 붕괴되어야 할 대상이 아니라 어디까지나 '제대로' 구현되어야 할 가치로 인식되며, 따라서 문제는 "객관적 질서" 자체가 아니라 이에 대한 합리적인 '운영' 메커니즘을 실현하는 것으로 수렴된다.247)

---

246) 박태순, 「무너진 극장」, 『무너진 극장』, 책세상, 2007, 302~303쪽.
247) 이와 관련하여 다음과 같은 지적을 참고할 수 있다. "반면 대학생은 도시하층민의 과격한 행동을 '파괴'와 '혼란'으로 인식했다. 4월혁명 당시 도시하층민이 과격한 시위를 벌였던 것은 이승만 정권의 독재는 물론 당시의 경제적 어려움에 대한 반발의 성격이 강했다. 대학생도 이를 모르는

그런데 이 작품의 서술자이기도 한 '나'는 서발턴의 카니발적 축제가 종결된 후, 자신의 의도와는 무관하게 이 카니발을 지속하게 된다. 다음을 보자.

> 나는 자신의 육체가 깨어진, 텅 비어버린 무대 위에 포복하는 자세로 엎드려 있음을 문득 깨달았다. 나는 반만큼 일어나 앉으려다 말고 다시 엎드려져 있었다. 너덜거리는 막(幕)이며, 찢어진 하얀 스크린은 주변에서 나를 감싸주고 있었다. 그것은 마치 내가 파괴된 극장의 무대에서 단독 주연 배우로서 어처구니없는 연기라도 하고 있는 꼴이었다.[248]

'나'의 카니발적 축제의 지속과 이에 따른 "연기"는 혁명 '과정'에서 "파괴된 극장의 무대"에서 이루어지는 것이며, 따라서 혁명 '이전'에 "하얀 스크린"을 통해 투사되던 텍스트와는 변별되는 특성을 지닌 것일 수밖에 없다. 이와 관련하여 이 작품의 공간적 배경으로 제시된 '평화극장'이 임화수에 의해 운영되었다는 점에 주목할 필요가 있다. 임화수는 이승만 정권 하에서 〈한국연예주식회사〉의 사장이자 〈한국영화제작가협회〉의 회장으로 활동했다. 그는 이를 통해 "관객에게 상업적 어필을 하였을 뿐만 아니라 대한민국 국민으로 갖추어야할 여러 가지 교훈적, 반공적, 윤리적 코드도 동시적으로 드러내고 있는 매우 특이한 형태"[249]의 텍스트를 생산했다. 박태순 소설의 배경으로 설정된 4·19 당시 '평화극장'에서 상영된 영화는 〈경상도 사나이〉[250]로 추정되는데, 이 영화 역시 "국민"으로서의 대중을

바 아니었으나 그들은 장차 한국 사회를 이끌어 나갈 엘리트로서 공동체의 질서 확립을 더 중요하게 생각했다. (중략) 결국 대학생은 이승만 하야 이후 질서를 회복하는 데 앞장서는 방식으로 자신을 도시하층민과 구별했다."(오제연, 「4월혁명의 기억에서 사라진 사람들: 고학생과 도시하층민」, 『역사비평』 106, 역사비평사, 2014, 163쪽).

248) 박태순, 앞의 작품, 308쪽.

249) 김청강, 「현대 한국의 영화 재건논리와 코미디 영화의 정치적 함의(1945~60)」, 『진단학보』 112, 진단학회, 2011, 54쪽.

호명하기 위한 주제와 "상업적 어필"을 위한 기법들을 사용했을 것으로 판단된다.

그렇다면 무대에 선 '나'의 "연기"에는 두 가지 과제가 남은 셈이다. 우선 혁명에 의해 파괴된 극장에서 상영되던 〈경상도 사나이〉와 같은 '국민'으로의 호명 기제와는 변별되는 "연기"가 필요하다. 이 점은 상대적으로 손쉽게 이루어질 수도 있다. 문제는 다음 과제인 바, '관찰자'의 시점에서 "동물이나 내는 기괴한 탄성"으로 진술된 서발턴 집단의 카니발적 축제의 "육체와 감각"을 자신이 속한 "엘리트문화"의 "문자와 정신"과 충돌시키는 것이다. 이러한 과제를 제기하고 있다는 점에서 「무너진 극장」은 서발턴 집단의 '혁명'이 엘리트 집단에게 '전이'된 매우 희귀하고도 중요한 사례로 평가될 수 있을 것이다.

이상으로 4·19를 다룬 소설 텍스트를 통해 당시 서발턴 집단이 보여준 혁명에 대한 인식과 발화 전략을 살펴보았다. 이들은 대학생–엘리트 집단으로 한정된 4·19를 둘러싼 상징투쟁의 결과로 인해 혁명에도 불구하고 또 다시 문학장에서 추방되고 말았다. 그러나 소설 텍스트는 언제나 모종의 잉여와 공백을 통해 이들의 흔적을 잠재하고 있다.

오상원, 곽학송 등의 텍스트에서 서발턴 집단은 대학생–엘리트 집단과는 변별되는 무질서한 폭력의 담지자로 나타난다. 이때 서발터니티는 역으로 관념적 층위에서 매끄럽게 봉합된 4·19 서사에 균열을 가하는 존재로 틈입하며, 그 서사에 대한 문제제기를 수행한다. 신상웅 등의 텍스트에서는 유언비어를 통한 정보의 생산과 유통의 메커니즘이 두드러진다. 특히 이 유언비어를 추동하는 인물이 "盜講生"이라는 점은 아카데미 '내부'의 엘리트 집단의 '지식'과 '정보'와는 변별되는 '유언비어'의 '주체'와 관련하여

---

250) 『동아일보』, 1960.4.14. 광고.

중요한 시사점을 제공해준다. 박태순 등의 텍스트에서는 서발턴의 혁명에 대한 인식이 카니발적 축제로 표출되고 있다. 여기서 이 카니발적 축제는 비단 서발턴 집단에 국한된 것이 아니라, 엘리트 집단에 속한 인물에게 강력한 혁명의 지속을 요구한다는 점에서 주목된다.

이와 같이 텍스트의 잉여와 공백을 통해 서발터니티를 추출하려는 작업은 다음과 같은 서발턴 연구 그룹의 초기 문제의식을 복권하는 이론적 실천의 일환이기도 할 것이다. "다시 말해, 우리가 반란에 나선 서발턴 언어의 문법과 사전을 찾을 수만 있다면 우리는 역사의 주체임을 자임하는 서발턴을 역사가의 학문적인 언어 안에서 '다시 제시할'(present again) 수 있으리라고 생각했던 것이다."251) 이 문제의식은 적어도 지금—여기에서 문학의 민주주의를 고민하는 연구자에게 유효한 것으로 판단된다.

2. 장르 경계의 문제와 '종합예술'의 모색

최일수는 한국 비평사에서 매우 특이한 존재이다. 그는 분단 직후 단절되어있던 민족문학론의 전통을 계승한 유일한 비평가이며, 4·19를 전후한 시기에는 독특한 장르론적 종합을 기획한 비평가이기도 하다. 반면 그의 비평에 대한 연구는 질적으로나 양적으로나 모두 절대적으로 부족한 것이 사실이다. 비교적 최근 들어서 이명원, 한수영 등에 의해 최일수 비평에 대한 전반적 조감이 이루어졌는데, 이들 연구는 공통적으로 최일수 비평의 현실주의적 성격을 복원하는 것에 초점을 맞추고 있다.252) 이들의 연구를

---

251) P. Chatterjee, 「〈서발턴은 말할 수 있는가?〉에 관한 성찰들」, ed. by R. Morris, 태혜숙 옮김, 『서발턴은 말할 수 있는가?: 서발턴 개념의 역사에 관한 성찰들』, 그린비, 2013, 146쪽.

통해 문학사적으로 완전히 배제되어 있었던 최일수의 비평이 지니는 현실주의적 성격이 복원되었다는 점은 매우 중요한 연구 성과로 평가되어야 한다.

반면 최일수의 비평이 지니는 풍부한 성격이 민족문학이나 아시아문학, 분단문학 등의 거대 담론으로 다소간 환원된 것 역시 분명한 사실이다. 특히 그가 보여준 다양한 장르적 모색에 대한 비평적 논의는 거의 검토조차 되지 못했다. 그러나 최일수는 1960년 1월부터 9월까지 총 8회에 걸쳐 『현대문학』에 「現代詩劇과 綜合藝術」이라는 제목으로 '시극' 장르에 대한 매우 체계적인 논의를 연재한 바 있다. 반면 이에 대한 연구는 이현원의 것이 유일하다. 이현원은 최일수의 시극론을 장호의 그것과 비교분석하며 "최일수는 장호와 함께 시극의 정신은 시적 정신과 종합적 정신으로 이루어져야 하는 데에 일치하고 있다. 그러나 시극의 표출 매체에 있어서 최일수는 시극이 음악, 미술, 문학, 연기, 연출, 조명, 의상, 영상 등의 종합장르로써 이루어져야함을 논하고 있다."[253]고 결론짓는다. 이러한 연구는 최일수의 시극론을 실증적으로 정리하고 있다는 점에서 매우 중요한 성과로 평가될 수 있다. 하지만 주로 일차자료의 복원과 장호와의 비교연구에 초점을 맞추고 있어 최일수가 제기한 '종합예술'로서의 '현대시극'이 지니는 장르적 특성과 그 제기 배경에 대한 연구는 다소 미비하다는 한계를 지닌다.

이 장에서는 기존의 최일수 연구의 성과를 계승하면서도, 위에서 지적한 한계를 극복하기 위해 최일수의 '종합예술'로서의 '현대시극'에 대한 미학적 분석을 토대로 하여 그 장르적 성격을 규명하고자 한다. 나아가 최일

252) 이명원, 「최일수 문학비평 연구」, 성균관대 박사학위논문, 2005; 한수영, 「최일수 연구: 1950년대 비평과 새로운 민족문학론의 구상」, 『민족문학사연구』 10권 1호, 민족문학사학회, 1997.
253) 이현원, 「최일수와 장호의 시극 인식에 대한 연구」, 『어문논집』 64, 중앙어문학회, 2015, 183쪽.

수의 시극론이 제기된 맥락 속에서 그 문제성을 조망해보고자 한다. 이와 같은 연구를 통해 최일수가 지향했던 '현실주의'가 단순히 메타비평적 층위에 국한된 것이 아니라, 구체적인 장르 실험을 통해 구현하고자 한 미학적 기획의 일환이었음을 살펴볼 수 있을 것으로 판단된다. 당연한 말이지만, 현실주의는 당위로서만 존재하는 것이 아니라, 그에 부합하는 장르적 실험을 통해 비로소 실현되는 미학적 개념이기 때문이다.

1) 서정·서사·극 장르에 대한 재인식

최일수의 시극론에 대한 분석에서 충분히 강조되어야 하는 것은, 그가 제시한 '현대시극'이 단순히 시와 극 장르의 결합이 아니라는 점이다. 이 점이 강조되어야 하는 이유는 종종 최일수의 시극론이 시 장르나 극 장르 중 하나에 초점을 맞춘 것으로 오해되고 있기 때문이다. 예컨대 "최일수는 시극과 극시를 다르게 규정하고 시극은 단순히 시와 극의 결합이 아닌, '종합적인 차원 위에서 형성된 예술'임을 강조하고 있다. 즉 희곡으로 시극을 개념화한 다음, 현대시 속에 녹아있는 여러 요소들을 융합해서 만들어낸 것으로 파악하고 있다. (중략) 시극은 시 혹은 시적 대사의 문제가 아니라, 극적 긴장을 유발하는 극적 상황의 설정과 이를 발전시키는 전개과정이 극적 구조를 보유하고 있어야 한다. 이른바 극성 혹은 극적 성격이다. 시극은 바로 이 극성으로 구축된 희곡텍스트이다."[254]라는 언급을 보자. 이때 최일수의 '시극'은 결국 극의 하위 장르로서 "희곡텍스트"로 규정된다. 이와 같은 오해가 발생하는 가장 큰 원인은 최일수가 보여주는 서정, 서사, 극 장르 '자체'에 대한 근본적인 문제제기를 간과한 채, 관습화된 삼

---

254) 이원희, 「한국 현대시극의 가능성 연구」, 『국어문학』 55, 국어문학회, 2013, 317쪽.

분법적 장르론을 기계적으로 적용시키는 연구 경향으로 보인다. 하지만 실제 최일수의 시극론을 장르론적 관점에서 분석할 경우, 그는 고전적인 서정, 서사, 극 장르 자체를 근본적인 층위에서 재인식하고 있음을 확인할 수 있다.

> 問題는 詩劇이 새로운 「쟝르」일 수 있다는 것은 詩가 舞臺化 되었다는데도 있겠으나 그것에 그치지 않고 詩劇이 처음으로 完全한 意味에서 詩와 劇의 두 「쟝르」뿐만 아니라 모든 藝術의 「쟝르」와 「쟝르」와의 複合된 感覺을 形成하면서 보다 多樣的이고 보다 綜合的인 次元을 이루어 놓은데 있을 것이다.[255]

위의 인용문에서 최일수는 '시극'이 새로운 장르로 기획될 수 있는 근거를 "詩와 劇의 두 「쟝르」뿐만 아니라 모든 藝術의 「쟝르」와 「쟝르」와의 複合된 感覺을 形成"하는 것을 통해 궁극적으로 "綜合的인 次元"의 예술 장르로 변증될 수 있다는 점에서 찾고 있다. 즉, 최일수에게 시극은 첫째, 시나 극 장르의 기계적 결합이 아닌 기타 모든 예술 장르의 종합으로 인식되고 있으며, 둘째, 그 종합은 변증을 통해 보다 고차원적인 차원의 새로운 장르로 고양될 수 있는 것으로 인식되고 있다. 그리고 이는 그가 서정, 서사, 극 장르를 새롭게 인식하고 있기에 가능한 것이다.

> 詩란 원래 客觀的 事件을 表現하는 敍事詩와 主觀的인 心情의 깊이를 露示하는 抒情詩, 이 두 개의 소리 밖에 없는 것이다. 敍事詩는 歷史의 소리요, 抒情詩는 오늘의 소리인 것이다. (중략) 그러므로 詩劇의 소리는 敍事詩처럼 敍述하지도 않고 抒情詩처럼 感動하지도 않는다.[256]

이와 관련하여 위의 인용문은 매우 중요한 시사점을 제공한다. 위의 인

---

255) 최일수, 「現代詩劇과 綜合藝術(一)」, 『현대문학』, 1960.1, 230~231쪽.
256) 최일수, 「現代詩劇과 綜合藝術(三)」, 『현대문학』, 1960.4, 265쪽.

용문에서 최일수는 시를 서사시와 서정시로 구분한다. 그는 서사시의 핵심적 특성을 '객관적 사건'의 재현으로, 서정시의 핵심적 특성을 '심정의 깊이'의 표출로 제시한다. 따라서 서사시는 곧 서술을 통한 객관적 사건의 재현으로, 서정시는 감동을 통한 심정의 표출로 요약된다. 바꾸어 말하면 최일수는 근대 이후 일반화된 서정 장르=시, 서사 장르=소설이라는 인식을 장르론적 관점에서 비판적으로 추적하며, 서정 장르=감동을 통한 심정 표출, 서사 장르=서술을 통한 역사나 사건 재현으로 재인식하는 셈이다. 즉, 최일수의 시극에서 '시' 장르는 근대 이후 고착화된 좁은 의미의 서정시에 국한되는 것이 아니라, 서정 장르와 서사 장르의 경계 자체를 넘나드는 것으로 인식된다. 그렇다면 문제는 이와 같은 최일수의 '시' 장르의 재인식이 근대 이후 일반화된 서정과 서사 장르의 규범 속에서 어떻게 구체화되어 '시극'에 적용될 수 있는가의 여부이다. 이와 관련하여 최일수가 시극에서의 적극적인 '산문'의 사용을 주장하고 있는 점이 주목된다.

> 그런데 여기서 한가지 이야기해 두어야 할 것은 散文에 대한 종래의 槪念을 달리하자는 것이다. 즉 散文이라 하면 細說이나 小說에서만 使用되는 것처럼 맛없고 거칠고 潤澤이 없는 常語로만 생각해서는 안된다는 것과, 또 하나는 散文이 近代로부터 現代에까지 이르는 歷史的 社會를 背景으로 하고 發展된 言語이니만큼 現代가 다음 時代로 移向되기 까지는 現散文이 唯一한 表現手段일 수 밖에 없다는 것, 그리고 끝으로 散文 자체도 다음 時代로 移向하기 위해서 마치 封建社會의 唯一한 表現手段이었던 定型的인 韻文이 스스로 解體하여 散文이 된 것처럼 散文자체도 市民社會 다음의 앞날의 時代를 위해서 자체의 止揚作用이 必然的으로 일어 나야 한다는 것이다.257)

위의 인용문에서 최일수는 서사 장르의 언어적 토대로 작용하는 산문

---

257) 최일수, 「現代詩劇과 綜合藝術(五)」, 『현대문학』, 1960.6, 66쪽.

개념에 대한 비판을 보여준다. 즉, 산문이 소설에 국한되는 언어 양식이 아니며, 이는 시민사회의 유일한 표현수단이기 때문에 시극에서도 적극적으로 활용될 수밖에 없다는 것이 그 핵심이다. 그리고 이 산문은 봉건사회의 유일한 표현수단이었던 운문이 역사의 변화에 따라 스스로 해체되어 생성된 결과로 인식된다. 그렇다면 기존의 일반적인 서정과 서사 장르의 구분은 그 의미를 상실하게 된다. 서정이 운문으로, 서사가 산문으로 그 표현수단을 규범화하는 것은 역사의 변화에 따라 더 이상 유효하지 않다. 오히려 이 둘의 차이는 앞서 살펴본 것처럼 다루는 표현 대상에 대해서는 서정이 심정의 깊이, 서사가 객관적 사건이라는 점, 표현방식에서는 서정이 감동, 서사가 서술이라는 점에 있는 셈이다. 따라서 시극에서 운문 대신 산문을 사용하는 것은 자연스러운 일이다. 운문과 산문의 차이는 어디까지나 표현수단의 문제이며 관습화된 장르 규범의 문제일 따름이기 때문이다. 오히려 중요한 것은 시극의 표현 대상을 객관적 사건과 심정의 깊이가 종합된 복합적인 것으로 설정하는 것이며, 동시에 그 표현 방식을 서술과 감동의 지양으로 모색하는 것이다. 이때 그가 주창한 시극에서의 새로운 '극' 장르의 특성이 중요하게 기능한다.

> 이 綜合的 次元의 形式과 綜合以前의 한 個의 部分的 「장르」의 形式과는 완전히 달라야 했다.
> 때문에 먼저 舞臺裝置가 달라야 했고 化粧, 照明, 演技, 그리고 臺詞 및 演出까지도 종래의 綜合以前의 形式과 달라져야 했던 것이다.
> 이미 여기서 이루어지는 形象世界는 部分의 破片들이 모여서 構成된 全體라기 보다는 이러한 하나 하나의 部分的 藝術들이 이와는 正反對로 綜合的 次元의 새로운 詩劇의 構造性에 依해서 그 하나 하나의 表現形式이 規定되어지는 것이다.[258]

258) 최일수, 「現代詩劇과 綜合藝術(五)」, 『현대문학』, 1960.6, 70쪽.

위의 인용문에서 최일수가 모색한 새로운 '극' 장르의 특성의 일부를 찾아볼 수 있다. 최일수는 앞서 살펴본 것처럼 '시'의 "舞臺化"를 '극' 장르의 일차적인 기능으로 제시한다. 그런데 이때의 '무대화' 역시 고전적인 '극' 장르의 규범과는 구분되는 것이다. 왜냐하면 서정과 서사와 구분된 "綜合以前"의 '극' 장르와는 달리 시극은 "綜合的 次元의 形式"이기 때문이다. 따라서 일반적인 극 장르에서 활용되는 무대장치는 물론, 화장, 조명, 연기, 대사, 연출 등의 요소들 역시 새롭게 구성될 필요가 있다. 이는 이른바 드라마트루기적 측면, 즉 "部分의 破片들이 모여서 構成된 全體"의 측면에서 다루어질 문제가 아니라, 이와는 정반대로 "詩劇의 構造性에 依해서 그 하나 하나의 表現形式이 規定"될 문제로 인식된다. 따라서 시극에서의 '극' 장르의 특성은 새로운 종합예술로서의 "詩劇의 構造性"에 의해 역시 새롭게 규정될 문제인 셈이다. 그렇다면 이제 그 "詩劇의 構造性"의 실체를 분석할 차례이다.

2) 인접 예술 장르의 종합과 '광장'의 문제

최일수는 여러 차례에 걸쳐 시극이 시와 극의 기계적 결합이 아니며, 또한 고전적인 서정과 극 장르만의 결합도 아니라는 점을 강조하고 있다. 나아가 그는 단순히 서정시의 장르적 규범을 극 장르를 통해 재현하는 것에 대해서도 분명한 반대 입장을 밝히고 있다. 이는 그가 의식적으로 자신이 제기한 '시극'을 엘리엇이 제창한 '시극'이나 혹은 당대 한국문학장에서 단편적으로 논의된 '극시'와 구분하여 사용하는 것에서 단적으로 드러난다.

> 詩劇을 劇詩와 혼동해 본다는 것은 사실 엄정히 본다면 요즘 그야말로 藝術의 停滯상태를 일시적으로 彌縫해 보려는 손재주로서 이루어지고 있는

이른바 戱曲이나 小說에다 그리고 심지어는 映畵나 舞踊 등에 이르기 까지 무슨 詩情이나 또는 詩的인 要素들을 揷入시켜 보려고 하는 것에 뿌리박고 있는 그릇된 판단에서 오는 것이다.[259]

최일수의 관점에서 '극시'란 단순히 희곡, 소설은 물론 영화나 무용 등 인접 예술 장르에 시 장르의 요소를 기계적으로 결합시키려는 것에 그치는 개념일 뿐이며, 이는 '종합예술'을 지향하는 '시극'과는 분명히 구분되어야 할 것으로 제시된다. 이는 다음과 같은 언급에서도 확인된다.

> 그런데 여기서 한 가지 강조해 두어야 할 것은 이렇게 綜合的인 次元 속에서 形成된 美術이면 美術, 舞踊이면 舞踊이 아무리 그것이 그것 하나만 떼어 놓아도 충분히 하나의 독립된 作品이 된다 하더라도 이것을 詩劇以外의 것으로 따로 떼어올 때 그것은 어디까지나 詩劇이라는 綜合的인 廣場에서만큼 그 作品性과 價値가 훌륭하게 發現될 수는 없다는 것이다.[260]

위의 인용문에서 나타나듯, 최일수가 제시하는 시극은 개별 장르 각각의 완성도가 아닌, 그 개별 장르 각각이 "綜合的인 次元 속에서 形成"되고 그 속에서 하나의 통일성을 통해, 즉 앞에서 언급한 "詩劇의 構造性" 속에서 가치를 발현하는 새로운 장르이다. 최일수의 시극론은 사실 이 부분에서 다소 모호하다는 비판을 피하기 어렵다. 왜냐하면 위와 같은 언급이 지니는 타당성에도 불구하고, "詩劇의 構造性"에 대한 구체적인 미학적 논의가 부족하기 때문이다. 그러나 위의 인용문에서 이와 관련하여 중요한 단서를 추출하는 것은 가능하다. 즉, 최일수가 제시한 시극 장르의 미적 특성은 결국 "綜合的인 廣場"으로 수렴된다는 점이다. 이때 그가 제시하는

259) 최일수, 「現代詩劇과 綜合藝術(一)」, 『현대문학』, 1960.1, 232쪽.
260) 최일수, 「現代詩劇과 綜合藝術(六): 綜合的 次元의 世界」, 『현대문학』, 1960.7, 223~224쪽.

"綜合的인 廣場"의 의미는, 일차적으로는 개별 예술 장르의 '종합'으로 해석 가능하다. 그런데 이 '종합' 자체는 그 미학적 특성이 해명되지 않는다면, 그가 비판하는 '극시'와의 변별점을 내포하고 있다고 보기는 어렵다. 오히려 이 '종합'이 지니는 의미는 그가 언급하는 '광장'이라는 개념과의 연관을 통해 보다 분명해진다. 이러한 맥락에서 다음과 같은 최일수의 언급은 상당히 중요한 것으로 판단된다.

> (전략) 문제는 觀客이 아무리 非專門家라고 할지라도 T. S. 엘리옽이 말한 것처럼 『場面에서 받는 切迫한 충격에서는 그 表現手段을 意識』 못하지는 않는다는 것이다.
>
> 公演을 보기 前에 몇 번이고 原作臺本을 읽고 또 詩劇도 몇 번이고 되풀이해서는 專門的인 批評家와는 물론 다르지만 觀客은 觀客대로 두 번 본 것과 처음보는 것과는 좀 덜 細密하였지만 表現手段을 어느 모로나 (大體的) 感知하게 되는 것이다.
>
> 大體的인 것과 專門的인 것 사이에는 批評과 鑑賞의 差質만이 개재하는 것이지 作品을 判斷하는 根本태도나 批判精神이나 共感과 反感의 判別에는 아무런 差異가 없다는 것이다.[261]

위의 인용문에서 최일수는 엘리엇으로 대표되는 기존의 시극 장르의 한계를 '관객'에 대한 인식으로부터 찾고 있다. 즉 기존의 시극이 '종합예술'로서의 시극이 지니는 미학적 복합성을 관객이 인식할 수 없다는 일종의 엘리티즘적 편견으로 인해 충분한 발전을 보이지 못했다는 것이다. 따라서 최일수는 새로운 종합예술로서의 시극을 제창하며, 전문적인 비평가와 일반 관객 사이에는 "批評과 鑑賞"의 차이만이 존재할 뿐, "作品을 判斷하는 根本태도나 批判精神이나 共感과 反感의 判別에는 아무런 差異가 없다"는 점을 강조한다.

---

261) 최일수, 「現代詩劇과 綜合藝術(四)」, 『현대문학』, 1960.5, 284쪽.

그렇다면 그가 제시한 '광장'이라는 개념의 일단을 추정하는 것이 가능하다. 이때 광장이란 단순히 다양한 예술 장르가 복합적으로 표출되는 시공간적 매개를 지칭하는 것이 아니라, 나아가 '관객'과의 유기적 소통을 가능하게 만드는 미학적 원리 일반을 지칭하는 것으로 해석될 수 있다. 그러나 이 '광장'의 미학적 원리는 고정된 것은 아니다. 이는 관객과의 관계는 물론, 시극 내부에서의 개별 장르의 유기적 결합 양상에 따라 변하는 것으로 설정된다.

> 그런데 지금 우리가 여기서 하고자 하는 詩劇이란 단순히 詩와 劇을 合쳐놓는 옛날의 劇詩와 같이 詩語로 엮어진 그러한 劇이 아니라 모든 藝術(音樂, 美術, 詩, 文學, 舞踊, 演劇, 演技, 演出, 照明, 衣裳 等)이 완전한 綜合的인 狀況을 形成하여 새로운 次元을 開示해 내는 그러한 歷史的인 役能을 지니고 있는 것이다.262)

최일수가 제시한 "綜合的인 廣場"으로서의 시극 장르의 특성은, 곧 "綜合的인 狀況"을 통해서만 비로소 그 미학적 효과가 발현될 수 있다. 이때 음악, 미술, 시, 문학, 무용, 연극, 연기, 연출, 조명, 의상 등의 개별 예술 장르는 개별적인 층위에서 미학적 성취를 지니는 것이 아니라, "綜合的인 廣場"을 통해 "綜合的인 狀況을 形成"할 때 비로소 "새로운 次元을 開示"하게 된다.

이와 같이 최일수가 제시한 시극은 개별 예술 장르의 기계적 결합이 아닌, '광장'을 통한 개별 예술 간의 종합과 관객과의 유기적 관계를 통해 종합적인 상황을 형성함으로써 구성되는 특징을 지닌다. 그러나 이와 같은 장르적 모색의 성취에도 불구하고, 최일수의 시극론은 여전히 중요한 맹점

---

262) 최일수, 「現代詩劇과 綜合藝術(一)」, 『현대문학』, 1960.1, 233쪽.

을 지닌다. 이는 그가 제시한 "狀況"이라는 개념이 지니는 모호성 때문이
다. 이 개념을 통해 그의 시극론이 지니는 미적 특성이 관념적이고 고정된
무언가가 아니라 구체적이고 가변적인 성격을 지닌다는 것은 쉽게 알 수
있으나, 시극론이 제창된 1960년대 당시 그가 인식한 미적 개념으로서의
'상황'에 대해서는 보다 섬세한 분석이 필요한 까닭이다.

3) 혁명의 체험과 '상황'의 예술로서의 '시극'

여기서 최일수의 「現代詩劇과 綜合藝術」이 1960년 1월에 연재되기 시작
하여 같은 해 9월 완결되었다는 점에 유의할 필요가 있다. 이는 1960년 4
월 4·19가 전개되며, 이를 전후로 하여 최일수의 연재에서 모호하게 제시
되던 '상황'의 실체가 구체적으로 제시되기 때문이다. 위에서 다소 추상적
으로 표현된 '상황'이라는 개념은 1960년 1월에 제시된 것이다. 반면 아래
인용문은 4·19 이후인 1960년 8월에 발표된 것이다.

> 이처럼 狀況이란 特定된 環境속에서 歷史的으로 展開되는 必然的인 現實을
> 말한다. 그것은 正義로운 사람에게는 勝利가, 植民地民族에게는 祖國의 獨立
> 이, 壓迫받는 사람에게는 自由가, 戰爭未亡人에게는 平和가 반드시 있어야만
> 하고 또 있을 수 밖에 없는 그러한 世界인 것이다.
> 詩劇의 舞臺는 이러한 必然的인 契機의 連帶로서 이루어진 綜合的인 狀況
> 의 廣場인 것이다.
> 四月의 革命은 우리에게 무엇을 말해주었는가. 그것은 우리 나라의 國民
> 은 물론 世界의 모든 나라의 國民들에게 幸福의 狀況이었다는 것을 말해 주
> 었다.
> 四月의 革命은 꽃이 봄의 狀況이듯이, 다름아닌 韓國의 狀況이다.
> 그것은 壓迫받는 사람에게는 自由를 爭取하기 위한 鬪爭이 그 사람의 狀
> 況이 되고, 굶주린 사람에게는 飢餓에서 免하려는 行動이 곧 그 사람의 狀況

이 되는 것처럼, 一人獨裁와 一黨獨裁 밑에서 시달릴대로 시달린 우리 國民들에게는 四月의 革命이 우리들의 唯一한 狀況이 아닐 수 없다.
　詩劇이 綜合性을 추구하는 一面에 또 하나의 가장 커다란 目標는 이러한 狀況을 創現하려는데 있다.[263)]

　그는 위의 인용문에서 자신이 연재 1회부터 제기하던 '상황'의 구체적인 실체를 제시하고 있다. 그가 사용하는 상황이라는 개념은 관념적이고 추상적인 개념이 아니라, "特定된 環境속에서 歷史的으로 展開되는 必然的인 現實"을 지칭하는 것이다. 따라서 역시 다소 추상적으로 제시된 시극 개념 역시 "必然的인 契機의 連帶로서 이루어진 綜合的인 狀況의 廣場"으로 구체화되어 제시된다.

　나아가 그는 상당한 문제성을 내포한 언급을 보여주는 바, "詩劇이 綜合性을 추구하는 一面에 또 하나의 가장 커다란 目標는 이러한 狀況을 創現"하는 것이라는 부분이 이에 해당한다. 즉, 그의 시극론에서 반복되어 나타나는 '종합성'은 단지 개별 예술 장르의 '종합'에 그치는 것이 아니라, 특정한 환경 속에서 필연적으로 전개되는 역사적 현실로서의 '상황'을 창조적으로 재현하기 위한 미학적 장치로까지 확장되어 인식될 필요가 있다는 것이다. 그는 이 지점에서 '상황'을 재현하는 현실주의 미학의 새로운 가능성을 시극 장르를 통해 제시하고 있다.

　詩劇의 이러한 各 장르들이 서로 綜合的 廣場에 모이게 된 그 根本理由도 어느 한 장르의 특수한 必要에 의해서 履傭당하는 效果的 屬性에서가 아니라 자체의 불가피한 發展의 生理가 그렇게 할 수 밖에 없도록 했으며 그러한 必然性은 現實參與의 精神에서 오는 것이었다.
　現實參與란 즉 狀況의 創現이요, 歷史的 必然的인 行動의 結晶인 것이다.

---

263) 최일수, 「現代詩劇과 綜合藝術(七): 狀況藝術로서의 詩劇」, 『현대문학』, 1960.8, 111쪽.

狀況이란 共感의 廣場이요, 동시에 連帶性의 廣場이기도 하다. 共感이란 함께 느낀다는 것보다도 함께 살고, 함께 呼吸하고, 함께 行動하는 것을 말한다. 音樂을 감상하면서 우리는 추상적인 聽覺을 통하여 表象的인 視覺性을 띠운 美術을 聯想한다. 그것은 마치 美術作品을 보고서 音樂的인 리듬이 생각 나듯이 聽覺과 視覺作用은 서로 함께 呼吸하는 聯關性을 갖는 것이다.264)

위의 인용문이 주목되는 것은 최일수의 현실주의 미학이 단순히 메타비평적 관점에서의 추상적이고 당위적인 층위에서가 아니라, 구체적인 장르론의 층위로 발전하고 있기 때문이다. 그는 "綜合的 廣場"으로서의 시극 장르의 특성을 언급하며, 문학 예술의 "現實參與"가 미메시스적인 것에 국한되는 것이 아닌 장르간의 미학적 종합에도 적용되는 것임을 주장한다. 즉, "어느 한 장르의 특수한 必要에 의해서 屢傭당하는 效果的 屬性"이 기존 시극, 혹은 극시의 한계임을 논하며, "狀況이란 共感의 廣場이요, 동시에 連帶性의 廣場"이라는 점을 강조한다. 따라서 시극 장르의 진정한 새로움은 개별 장르의 "聯關性"을 그 핵심적인 미학적 원리로 삼는 것이라는 인식이 가능해진다. 나아가 4·19를 체험한 그에게 시극에서의 '상황'과 '광장'은 미메시스적 미학에 한정되는 개념이 아니라, 개별 장르간의 변증법적 연관성의 발현과 관객과의 유기적 관계를 통해 비로소 구체화되는 개념으로 새롭게 인식된다. 이러한 변화를 통해 최일수의 '現代詩劇'론은 진정한 의미에서의 '綜合藝術'이자 현실참여의 미학의 구현 가능성을 내포한 것으로 발전하게 되는 셈이다.

이상으로 최일수의 시극론을 중심으로 그의 '종합예술'로서의 '현대시극' 장르의 제기가 지니는 문학사적 의미를 살펴보았다. 그의 시극론은 분명 구체적인 미학적 논의로까지 충분히 진전되지 못했다는 점에서 한계를 지

---

264) 최일수, 「現代詩劇과 綜合藝術(七): 狀況藝術로서의 詩劇」, 『현대문학』, 1960.8, 112쪽.

닌다. 그럼에도 불구하고 그가 기존의 시극과 극시 장르가 지닌 문제들, 예컨대 개별 장르의 기계적 결합, 시나 극 장르에 국한된 논의, 전문적 비평가와 일반 관객과의 괴리 등의 한계를 구체적으로 지적하며 이를 극복하기 위해 나름의 근본적인 미학적 쟁점들에 대한 모색을 수행했다는 것은 매우 중요한 성과로 평가될 수 있다. 특히 다음과 같은 논의들은 당대로서는 상당한 수준의 장르론적 문제제기라는 점에서 주목된다. 첫째, 관습화된 서정, 서사, 극 장르에 대한 역사적 인식을 통해 삼분법적 장르론의 한계를 극복하고 가변적 개념으로서의 장르에 대한 인식을 보여주었다. 둘째, 기계적인 시와 극 장르의 결합에 그치지 않고, 다양한 예술 장르의 종합으로서의 시극 개념을 도출하여 '광장'으로서의 예술이라는 독특한 사유를 제시하였다. 셋째, 장르론의 추상성을 극복하기 위하여 '상황'이라는 개념을 추출하고, 이를 토대로 현실주의 미학을 새로운 실험적 장르에 적용시키는데 성공하였다. 이와 같은 최일수의 성과는, 특히 현실참여론을 단순히 미메시스적 층위의 것으로 환원시키는 당대의 비평적 한계를 넘어, 새로운 장르의 구성 원리로까지 발전시켰다는 점에서 충분히 강조될 필요가 있는 것으로 판단된다. 그리고 이러한 실험은 이후 다양한 인접 예술 양식과의 접목 속에서, 활자 매체가 영상 매체나 공연 텍스트로 변용되는 양상의 구체적인 사례로 기능한다는 점에서 더욱 그 의미가 크다고 할 수 있다.

3. 역사의 재현을 둘러싼 두 가지 방식: 실록과 팩션

1) 역사와 소설의 관계에 대한 새로운 인식들

일반적으로 한국문학에서 역사와 서사의 관계는 루카치의 '역사소설론'에 입각해서 인식되어왔다. 이미 1930년대 후반 한국문학장에 수용된 루카치의 역사소설론은, 주지하다시피 객관적 '사실'로서의 역사에 대한 총체적 재현과 전망의 제시를 주된 서사적 규범으로 설정한다. 이러한 역사소설의 장르적 규범은 이 책에서 주로 다루는 1960년대와 70년대는 물론, 현재까지도 강력한 영향력을 미치고 있다. 예컨대 현재까지도 종종 벌어지곤 하는 가상 역사 서사에 대한 '역사 왜곡' 등등의 논쟁이 대표적인 사례이다.

그러나 2000년대 이후 활발히 수용된 신역사주의 이론과 이를 기반으로 한 팩션 장르의 대두는 이와 같은 장르적 규범에 대한 근본적인 성찰을 수행하도록 했다. 헤이든 화이트 등을 비롯한 일련의 신역사주의 이론가들은 역사 서술 역시 언어로 구성된 하나의 담론이라는 사실을 강조한다. 따라서 역사 서술은 '있는 그대로의' 사실을 재현하는 것이 아니라, 오히려 과거 사실에 대한 작가(역사가)의 해석의 연쇄로 파악된다. 이러한 문제설정 속에서 민족이나 계급 등의 거대서사의 '이면'에 놓인 다른 역사를 서사로 복원하려는 역사와 서사간의 새로운 관계에 대한 인식이 도출되고 있다.

그런데 이와 같은 역사와 서사의 관계에 대한 새로운 인식이 활발해 진 것은 분명 2000년대 이후이지만, 1960년대와 70년대부터 이러한 인식의 단초들이 이미 나타나고 있었다는 사실은 충분히 주목받지 못했다. 이 시기 역사소설에 대한 연구들은 상당 부분 축적되어 있으나, 대부분의 경우 고전적인 루카치류의 역사소설의 장르적 규범에 입각한 것이 사실이다. 그리고 이는 종종 인용되는 다음과 같은 당대 비평을 통해 문학사적 정설로 반복재생산된다.

　　서양에서 본격적인 예술작품으로 인정할만한 역사소설이 나온 것이 프랑스 대혁명을 겪고난 19세기 초엽이었고, 이에 앞서 문학사 내부에서는 현실에 대한 세심한 관찰력을 보여준 휠딩(Fielding) 리챠드슨(Richardson) 등 18세기 리얼리즘 작가들의 업적이 있었으며, 역사소설의 발달이 다시 발자크와 톨스토이에 와서 당시사회를 〈역사로서의 현재〉로 파악하는 深化된 리얼리즘을 가져오게 되었던 것도 우연한 일이 아니다. 역사소설의 성격과 그 변천에 관해서는 루카취의 「歷史小說論」에서 상세한 언급을 찾아볼 수 있으나 여기서는 개념규정의 한 방도로서 스코트(Sir Walter Scott, 1771~1832)로 대표되는 그 고전적 형태에 관해서만 잠시 생각해 보기로 한다.[265]

　　위의 인용문에 기록된 것처럼, 당대 역사소설을 평가하는 기준은 루카치의 역사소설론으로 수렴된다. 따라서 당시 역사소설을 둘러싼 논의가 주로 객관적 반영론을 인식론적 방법론으로 사용하여 총체적 재현과 전형의 문제를 중심으로 전개되는 것 역시 필연적이다.[266] 그런데 이 시기 몇몇 텍스트들은 실제 역사를 다루면서도, 공식화된 대문자 역사와는 구분되는 독특한 역사의 '흔적'을 복원하려는 장르적 모색을 보여준다. 이러한 양상은 특히 당대 내셔널리즘적 인식이 지배하던 식민지 시대를 재현하는 텍스트들에서 매우 흥미롭게 나타난다.

---

265) 백낙청, 「歷史小說과 歷史意識」, 『창작과비평』, 1967년 봄, 7쪽.
266) 다음과 같은 평가를 참조할 수 있다. "이러한 흐름(참여문학론 및 민족문학론의 흐름—인용자)에 따라, 역사소설 분야에서도 역사적 주체로서의 민중의 의미가 강조되고, 이에 따라 '전사로서의 역사소설'에 근접한 작품들이 다양한 형태로 등장한다. 이 시기 작품들은 구체적인 사료에 기초하되, 그 사료에 작가의 현실적 상상력이 유기적으로 결합되고 있다."(문흥술, 「남한 역사소설 연구」, 『인문논총』 29, 서울여자대학교 인문과학연구소, 2015, 52쪽) 여기서 '전사로서의 역사소설'은 루카치의 개념이다.

이 시기 전통적인 역사소설은 역사적 사실을 내셔널리즘적 관점에서 형상화하며, 이를 통해 당시까지 강력한 영향력을 행사하던 식민지 근대화론을 비롯한 일련의 식민주의 이데올로기가 지닌 허구성을 폭로하는 역할을 수행했다. 반면 역으로 강력한 내셔널리즘적 욕망이 작동하면서 '민족의 수난과 해방'이라는 거대서사가 규범화되며, 이 과정에서 중층적으로 존재하던 역사의 다양한 서사들을 다소 거칠게 민족의 서사라는 프레임으로 환원시키는 한계 역시 지니고 있었다. 이 장에서는 이병주와 최인훈의 텍스트를 통해, 당대 규범화된 역사소설이 간과한 '복수(複數)'의 역사'들'이 텍스트에 재현되는 양상을 살펴보고자 한다.

2) 대문자 역사의 틈새와 '목격자'로서의 소설가

이병주의 소설관은 한국 문학에서 매우 독특한 위상을 지닌다. 그는 예컨대 다음과 같이 스스로의 소설가로서의 역할에 대해 언급한 바 있다.

> "나는 내 나름대로의 목격자입니다. 목격자로서의 증언만을 해야죠. 말하자면 나는 그 증언을 기록하는 사람으로 자처하고 있습니다. 내가 아니면 기록할 수 없는 일, 그 일을 위해서 어떤 섭리의 작용이 나를 감옥에 보냈다고도 생각합니다."267)

위의 인용문에 나타난 것처럼, 이병주는 일반적인 소설가, 즉 픽션의 창작자가 아니라 "목격자"로서 자신의 역할을 인식하며, 이는 소설 쓰기가 곧 "증언을 기록"하는 행위에 다름 아니라는 인식으로 구체화된다. 이런 맥락에서 그의 텍스트를 "시대의 기록이자 역사의 증언으로서의 소설"이며

---

267) 이병주, 「겨울밤」, 『소설·알렉산드리아』(이병주 전집 28권), 한길사, 2006, 283쪽.

"한국문학에서 유례를 찾아볼 수 없는 실록소설"268)로 평가하는 것이 가능하다.

그런데 흥미로운 것은 그가 실제 텍스트에서는 빈번히 사건시의 초점화자와 서술시의 초점화자를 분리하는 기법을 사용하고 있다는 점이다. 그의 역사소설 중 대표작으로 꼽히는 『관부연락선』에서 이러한 기법은 매우 강력하게 활용된다. 이 텍스트에서 사건시는 유태림을 중심으로 한 식민지 시대부터 해방공간으로 설정된다. 반면 서술시는 유태림의 이야기를 기록하는 '나'의 현재로 설정된다. 즉, 이 텍스트는 식민지 시대부터 해방공간에 이르는 한국 근현대사를 유태림을 중심으로 배치한 과거와 이를 회상하며 기록하는 나의 현재의 이중적 구조로 구성된 셈이다. 여기에 유태림의 일본인 친구 E의 기억까지 삽입되면서 이 텍스트는 매우 중층적인 구조를 지니게 된다.269)

> 나는 일본 식민지시대를 살았을 때의 한국 지식인의 하나의 '패턴'을 제시하는 의미로서 유태림의 수기를 직역한 그대로 옮겨볼 작정이다. 수기의 제목은 '관부연락선'이라고 되어 있지만 이는 이미 대제목으로 붙였기 때문에 '유태림의 수기'란 표제를 달기로 했다.270)

위의 인용문에서 서술자인 '나'가 밝히고 있는 것처럼 이 소설은 "'유태

---

268) 이정석, 「이병주 소설의 역사성과 탈역사성」, 『한국문학이론과비평』 50, 한국문학이론과 비평학회, 2011, 195쪽.

269) 다음과 같은 언급을 참조할 수 있다. "소설 속 화자는, 관부연락선에서 자살한 원주신이라는 수수께끼의 인물을 추적하는 유태림의 편력(수기 「관부연락선」), 그것을 지켜보는 일본인 친구 E와 E의 장문의 편지, 해방기에서 한국전쟁에 이르는 유태림의 행보를 떠올리며 E에게 쓴 화자의 답장 혹은 그 구상, 이들의 연결을 돕는 H의 편지 등등 여러 저자들의 낱장들이 묶여져 이 한 권의 책이 이루어졌다고 말한다. 즉 책 안에 책들이 있는 것이다."(황호덕, 「내전, 분단, 냉전, 1950 이야기 겹쳐 읽기: 끝나지 않는 전쟁의 산하, 끝낼 수 없는 겹쳐 읽기-식민지에서 분단까지, 이병주의 독서편력과 글쓰기」, 『사이間SAI』 10, 국제한국문학문화학회, 2011, 22쪽)

270) 이병주, 『관부연락선(1)』(이병주 전집1권), 한길사, 2006, 135쪽.

림의 수기'를 직역"한 텍스트인 셈이다. 그런데 '나'의 의도대로 "일본 식민
지시대를 살았을 때의 한국 지식인의 하나의 '패턴'을 제시"하기 위해서는
'유태림의 수기'만으로는 부족할 수밖에 없다. 왜냐하면 이 수기는 어디까
지나 유태림 스스로가 자신의 체험을 기록한 것으로 정보량이 한정적이기
때문이다. 따라서 서술시의 '나'가 다음과 같은 부기를 남기는 것은 필연적
이다.

> 이왕 유태림에 관한 기록을 쓸 바에는 학병 시절의 유태림, 상해 시절의
> 유태림에 관한 기록을 빼놓을 수 없다. 그렇다면 그 기록을 이 자리에 써
> 두는 것이 적당하지 않을까 한다. 그런데 다음의 기록은 유태림에게서 직
> 접 들은 이야기, 당시의 유태림을 잘 아는 사람들이 들려준 이야기들을 나
> 자신의 체험을 통한 추측을 토대로 종합한 것이다.[271]

유태림의 생애를 기록하는 '나'는 당연히 유태림이 아니기에 "유태림의
수기"는 물론 그를 기억하는 다양한 사람들의 "이야기"를 일종의 사료(史料)
로 삼아 서술할 수밖에 없다. 그러나 이러한 경우에도 여전히 문제는 남는
다. 이러한 다양한 "이야기"에는 모순되거나 충돌하는 지점, 혹은 여전히
공백으로 남는 지점들이 있기 마련이기 때문이다. 그 결과 '나'는 이를 종합
하며 문학적 상상력에 입각한 "추측"을 사용할 수밖에 없다. 그리고 이 과
정에서 당시 민족주의적 역사관에 의해 구축된 거대서사의 '이면'의 흔적들
이 복원된다. 특히 당시 역사서술이 강력한 내셔널리즘적 욕망에 입각한
것임을 고려한다면, 다음과 같은 흔적의 복원은 상당한 문제성을 지닌다.

> "아직 동방청년회를 모르슈? 나카노 세이고노中野正剛가 하는 단체지요.
> 국수주의 단체죠."

---

271) 위의 책, 73쪽.

무식한 탓인지 나는 동방청년회의 존재와 이름을 박순근을 만나기까진 몰랐다. 그렇다면 박순근은 황민사상皇民思想의 선구자 역할을 맡아나섰단 말인가. 박이 뚜벅 말했다.

"국수주의 단체라고 하지만 내가 그 단체에 가담한 이유는 따로 있지. 첫째는 나카노 선생의 인품에 반했고, 둘째는 그의 동아東亞의 경륜에 감 탄했고, 셋째는 조선을 자치령으로 한다는 주장에 동조한다."

"자치령? 그게 뭔데."

처음으로 듣는 신기한 말이었다.272)

위의 인용문에서는 박순근이라는 조선인 유학생이 나카노 세이고노의 영향 속에서 '동방청년회'라는 단체에 가입하여 활동하는 사실이 서술된다. 박순근이 이 단체에 가입한 이유 중 유태림의 관심을 끄는 것은 이들이 "조선을 자치령으로 한다는 주장"을 한다는 점이다. 이와 같은 나카노 세 이고의 사상적 지향과 관련해서는 다음과 같은 언급을 참조할 수 있다.

근대 일본의 아시아주의는 유럽 제국주의의 질곡에서 아시아를 해방하 려는 사상이었는가, 아니면 구미 제국주의를 모방한 일본 제국주의가 아시 아를 침략하면서 구미 열강에 대항하려 한 사상이었는가. 이 문제를 생각 하기 위해 일본의 아시아주의자들이 살아간 시대와 그들이 아시아에 대한 어떠한 지식과 체험으로 아시아를 침략한 근대문명의 '힘'(power)를 인식했 는가를 상세히 검토해야 할 것이다. 예컨대 근대 일본의 대표적인 아시아 주의자인 기타 잇키(北一輝)와 오카와 슈메이(大川周明, 1886~1957), 나카 노 세이고(中野正剛)는 모두 우익으로 불리워왔다. 그들은 분명 내셔널리스 트였지만 결국 천황교였던 일본 우익을 넘는 존재로 사회주의 사상의 영향 도 받았다. 그렇다고는 하지만 그들은 좌익과 같은 마르크스교(教)도 되지 않았고 일본 제국주의 그 자체에 대해서는 비판적이었다.273)

272) 이병주, 『관부연락선(2)』(이병주 전집2권), 한길사, 2006, 177쪽.
273) 마쓰모토 겐이치(松本健一), 「아시아주의자의 원상(原象): 나카노 세이고(中野正剛)의 경우」, 『일 본비평』 10, 서울대학교 일본연구소, 2014, 51쪽.

유태림의 수기에 등장하는 박순근이 '동방청년회'에 가입하여 활동하는 것은 앞서 언급한 것처럼 조선을 자치령으로 한다는 이들의 주장에 의한 것이다. 실제 나카노 세이고는 분명 우익적 경향을 강하게 표방한 인물이지만 "사회주의 사상의 영향"도 받았으며 "일본 제국주의 그 자체에 대해서는 비판적"인 인물이기도 했다. 이들은 전 시기 사회주의의 영향 속에서 급진적 사상을 형성했으며, 이 시기에는 일본의 이데올로기인 '대동아공영론'을 전유하여 아시아 전역을 연방으로 구성하며 각 민족의 정체성을 존중하려는 기획을 수립한다. 그리고 실제 '동방청년회'의 상급 조직인 '동방회'는 1942년 선거에서 3% 가량을 득표하며 유력한 정치세력으로 대두한다. 이러한 맥락을 고려한다면 박순근의 선택의 내적 논리를 손쉽게 "국수주의"로 폄하하기 어렵다. 이런 맥락을 고려할 때 비로소 유태림이 박순근에 대해 "대단한 인물"이라고 평하며 "그렇게 대범하게 된 원인이 그가 참여하고 있는 동방청년회란 단체와 무슨 관련이 있는 것이 아닌가도 싶었다"[274]라고 서술하는 이유를 알 수 있다.

그러나 위의 사건이 전개되는 일제 말기의 유태림과는 달리, 그의 생애를 기록하는 현재 시점의 '나'는 박순근으로 대표되는 당시 조선 유학생들의 사상적 지향의 결과에 대해서도 서술할 수 있는 위치에 있다. 그런 까닭에 유태림의 수기에 서술된 박순근의 일화를 '번역'한 후, 다음과 같은 '주석'을 남긴다.

> (주: 유태림의 수기에 나타나는 박순근은 경남 진양군 문산면 출신, 1943년 나카노 세이고 씨가 당시의 수상 도조東條의 헌병대에 강박당해 자인自刃한 직후, 스기모의 하숙에서 자살했다. 나카노의 죽음과 더불어 그의 꿈이 깨진 것을 깨닫고 절망한 탓이 아니었을까 한다.)[275]

---

274) 이병주, 앞의 책, 175쪽.

일본 제국주의의 파시즘화 과정에서 관념적 급진성을 추구했던 나카노 세이고 등은 결국 파멸을 맞는다. 따라서 박순근의 삶과 죽음이 지니는 문제성 역시 소거될 운명인 셈이다. 그런데 기록자인 '나'는 그의 죽음에 대해 위와 같이 서술하며, 유태림으로 대표되는 "일본 식민지시대를 살았을 때의 한국 지식인의 하나의 '패턴'"과는 다른 사상적 모험을 시도한 인물에 대한 기록 역시 남긴다.

이는 그가 지향한 '실록' 양식의 장르적 규범에 기인하는 것이기도 하다. '실록'은 동아시아 역사 서술의 장르적 규범을 형성한 사마천의 '사기'와는 다소의 차이를 지닌다. 사마천의 역사 서술 규범이 객관적 기록을 토대로 한 "서술자 자신의 관점에 의해 능동적으로 활용될 수 있는 '기념비들 (monuments)'로 변환된 문서를 활용할 수 있는 적극적인 해석"276)을 강조하는 반면, 유지기에 의해 규범화된 '실록'은 "실제 사실에 입각한 객관적 역사 서술이라는 개념", 즉 "'사실을 있는 그대로 정직하게 쓰는 것(實錄直書)'"277)을 보다 강조한다. 그 결과 '실록'은 빈번히 역사 서술에서 배제된 흔적에 대한 증언의 역할을 하기도 한다. 이병주에게 '실록'은 구성된 담론인 역사 서술에 의해 배제된, 즉 "역사적 기록에서 의도적으로 소거된 이들의 삶을 되살리는 방법"278)의 일환이기도 했던 셈이다.

> "당신의 『알렉산드리아』라는 것을 읽어 보았소. 그런데 그건 기록자가 쓴 기록이 아니고 시인이 쓴 시라고 보았소."279)

---

275) 위의 책, 185쪽.
276) 홍상훈, 『전통 시기 중국의 서사론』, 소명출판, 2004, 89쪽.
277) 위의 책, 142쪽.
278) 박중렬, 「실록소설로서의 이병주의 『지리산』」, 『현대문학이론연구』 29, 현대문학이론학회, 2006, 178쪽.
279) 이병주, 「겨울밤」, 앞의 책, 283쪽.

앞서 언급한 것처럼 이병주는 자신을 "목격자"로 호명했으며, 그에게 소설은 "기록"에 다름 아니었다. 그런데 위의 인용문에 나타나는 것처럼 실제역사를 체험한 당사자들에게 이는 "시"로 인식될 가능성 역시 존재한다. 이는 그의 '기록'이 어디까지나 '목격자'의 것이기에 당연한 것이기도 하다. 보다 근본적으로 이병주는 자신의 '기록'을 문학의 범주로 승인했으며, 이 과정에서 역사적 사실의 틈새들은 문학적 상상력을 통해서만 복원될 수 있기 때문이다. 당연하게도 모든 기록은 기록자의 선택과 배제를 통해 구성되며, "목격자"는 그 기록의 잉여와 공백을 채우는 존재이기 때문이다.280)

3) 팩션을 통한 후기—식민지성의 인식

위에서 분석한 이병주의 『관부연락선』에 등장하는 나카노 세이고 등의 흔적은, 흥미롭게도 이병주와는 거리가 먼 것으로 인식되는 최인훈의 『태풍』에서도 나타난다.

> 아카나트 소령은 방 한구석에 달린 욕실 문을 열고 안으로 사라졌다. 이어 물소리가 난다. 오토메나크는 소파에 앉은 채 창을 가까이 세워 놓은 자그마한 책꽂이를 바라보았다. 책은 많지 않지만, 오토메나크도 즐겨 읽는 책이 몇 권 들어 있다. 이키다다 키나나트의 유명한 『神國의 理念』도 있다. 나파유 왕당(王黨) 사상과 유럽 사회주의를 결합시킨 책이다. (중략) 저자인 키나나트가 쿠데타를 일으켜 실패한 극우파 군인들과의 관련을 이유로 처형된 것은 그의 이론의 과격함을 두려워한 군부(軍部)의 보수파의 의사였다. 그럼에도 불구하고 키타나트는 죽은 다음에도 영향력을 잃지 않았다.281)

---

280) 이와 관련하여 다음과 같은 언급을 참조할 수 있다. "이병주의 텍스트는 작가 개인의 현대사적 체험들이 주석과 증언, 역사 기록물 등의 자료와 함께 구성되고 있으며, 이들 자료는 개인의 진실이 공식 담론의 그것보다 더 진실하고 객관적일 수 있음을 증명하기 위해 존재한다."(노현주, 「정치의식의 소설화와 뉴저널리즘: 이병주의 『관부연락선』 연구」, 『우리어문연구』 42, 우리어문학회, 2012, 353~354쪽).

위의 인용문에서 식민지 출신 장교인 오토메나크는 제국 나파유 출신의 상관인 아카나트 소령의 책장을 보며 동질감을 느낀다. 이는 "이키다다 키나나트"의 책으로 인해 발생한다. 그렇다면 이 "이키다다 키나나트"는 어떤 인물인가를 분석할 필요가 있는데 그는 기타 잇키로 추정된다. 이는 크게 세 가지 사실을 통해 알 수 있다.

첫째, 이 텍스트에서 빈번히 사용되는 아나그램 기법을 통해 추정할 수 있다. 이키다다 키나나트(ikidada kinanat)의 이키다다는 뒷부분을 소거시킬 경우 잇키(iki)로 해석될 수 있으며, 키나나트는 중간의 알파벳을 소거시키고 순서를 변화시키면 기타(kita)로 해석될 수 있다.282) 둘째, 그의 책이 "나파유 왕당(王黨) 사상과 유럽 사회주의를 결합"시켰다는 진술을 통해 추정할 수 있다. 기타 잇키는 급진적인 사회주의 사상과 일본의 천황제를 결합시킨 인물로 평가된다는 점을 고려하면 이와 같은 추정이 가능하다. 셋째, 그가 실제 군부의 쿠데타와 연루되었다는 진술이다. 이는 기타 잇키가 1936년 일어난 2·26 사건의 배후로 지목되어 사형되었다는 사실과 일치한다. 그렇다면 위의 장면에서 나타나는 오토메나크의 사유의 배경에는 기타 잇키가 존재하는 셈이며, 따라서 기타 잇키에 대한 참고가 필수적으로 요구된다.

> 그(기타 잇키–인용자)의 전투적인 상상력 속에서는 '개조된 합리적 국가, 혁명적 대제국'의 국가적 보호 하에 아시아 7억 인구의 '연맹'이 실현된다. 확장된 제국 안에서 조선은 일본과 평등한 법역으로 상정된다. 〈권7: 조선 군현제〉에서는 '조선을 일본 내지와 동일한 행정법 하에 둔다. 조선은 일본의 속국이 아니고, 일본인의 식민지도 아니다. 일한병합의 본래 취지에 비추어 일본제국의 일부이며 한 행정구라는 근본 대의를 밝힌다.'고 썼다.283)

---

281) 최인훈, 『태풍』(최인훈 전집 5권), 문학과지성사, 1978, 96~97쪽.
282) 더불어 dada가 지니는 상징성 역시 주목된다. 이는 기타 잇키가 지니는 모종의 전위성을 강조한 것으로 해석할 수도 있기 때문이다.

위의 언급을 통해 텍스트에서 식민지인인 오토메나크가 기타 잇키의 사상을 택하는 이유의 일단을 찾을 수 있다. 기타 잇키는 분명 일본의 파시즘적 사상을 형성한 인물이지만, 그의 책에는 오토메나크를 매혹시킬만한 요소가 상당 부분 존재했다. 이른바 '동아연맹론'이 그것인 바, 일본과 중국, 인도, 조선 등을 모두 평등한 국가로 승인하며 서구의 제국주의적 침략에 맞서 아시아의 '연맹'을 구성한다는 기타 잇키의 기획은 당대 담론장은 물론 문학장에서도 상당한 반향을 불러일으켰다. 특히 문학에서는 잡지 『녹기』를 중심으로 현영섭 등이 활발히 활동한다.284) 이러한 사실은 오토메나크가 기타 잇키의 영향 속에서 제국에 스스로 동화되는 길을 택하는 내적 논리를 밝혀준다.

그런데 이병주가 나카노 세이고 등의 사상이 남긴 흔적에 대해 '기록자'의 역할을 하는 반면, 최인훈은 기타 잇키 등의 흔적을 통해 당대 한국 사회의 후기-식민지적 성격을 성찰하는 방향으로 자신의 역할을 확장시킨다. 이는 제국으로부터의 정치적 독립에도 불구하고, 한국이 여전히 강력한 식민적 성격을 지니고 있다는 인식으로부터 출발한다.

> 창고에 있는 문서들을 읽어본 끝에 오토메나크는 니브리타와 나파유가 같은 나라라는 것을 알았다. 자기가 전혀 그릇된 삶을 걸어온 것도 알았다. 이런 사정을 알았다면 자기는 이런 길을 택하지 않았을 것이다. 그는 나파유주의를 옳다고 믿고 나파유 장교가 되었던 것이다. 그 믿음이 잘못이었다는 것이 명백해진 이상, 그는 더 이상 나파유를 이롭게 할 일은 하고 싶지 않았다.285)

283) 조관자, 「일본 우익의 국가주의와 아시아주의 연구」, 『한림일본학』 30, 한림대학교 일본학연구소, 2017, 153쪽.
284) 녹기연맹 그룹의 문학적 활동에 대해서는 채호석(「1940년대 일본어 소설 연구」, 『외국문학연구』 37, 한국외국어대학교 외국문학연구소, 2010)과 오태영(「내선일체의 균열들: 김성민의 『녹기연맹』을 중심으로」, 『상허학보』 31, 상허학회, 2011), 이혜진(「내선일체의 차질: 김성민의 『녹기연맹』을 중심으로」, 『국제어문』 54, 국제어문학회, 2012)의 논문을 참조.
285) 최인훈, 앞의 책, 251쪽.

위의 인용문에 나타난 것처럼, 오토메나크는 제국에 의해 은폐된 역사를 기록한 "문서"를 통해 제국의 폭력성과 자신이 추종한 이데올로기의 관념성을 인식하게 된다. 그런데 이러한 인식은 단순히 애로크를 식민화한 제국 나파유에 대한 비판에 국한되지 않는다. 동일한 제국의 폭력은 나파유는 물론 "니브라타"로 대표되는 서구에 의해서도 자행되고 있기 때문이다. 따라서 오토메나크가 나파유를 비판적으로 인식하는 방식이 "니브라타와 나파유가 같은 나라"라는 것으로 표출되는 것은 필연적이다. 문제는 실제 역사에서 조선의 독립이 다름 아닌 이 "니브라타" 진영에 의해 이루어졌다는 점이다. 그 결과 당대 한국 사회는 여전히 후기-식민지로서 남아 있을 수밖에 없다. 따라서 오토메나크는 애로크의 독립에도 불구하고 돌아올 수 없다. 이 텍스트의 결말에 서술된 애로크의 현재가 다음과 같이 매우 거칠게 묘사되는 것은 이 때문이다.

> 애로크가 전쟁 후에 겪은 고통은 거의 강대국의 고의적인 정책 탓이었는데, 말할 것도 없이 거기서 나온 어려운 문제는 모두 애로크 자신이 앞으로도 져야 할 짐이 되고 있다. 그나마 전후 이십년 남짓해서 애로크가 통일될 수 있었던 것은, 강대국들의 등쌀에 시달리면서도 슬기롭게 새로운 국제 질서의 본보기를 만들어낸, 약소국들의 힘이었다.[286]

위에 서술된 애로크의 현재는 기실 텍스트의 모순을 봉합한 것에 다름 아니다. 무엇보다 "전후 이십년" 동안 애로크의 구체적인 역사와 이 과정에서의 "어려운 문제"의 해결 방안, 그리고 "통일"의 방식 등에 대한 서술이 아예 소거되어 있기 때문이다. 이 문제에 대한 나름의 탐색을 문학적 상상력을 통해 수행하기 위해, 최인훈은 오토메나크를 매혹시켰던 "이키다

---

286) 위의 책, 477쪽.

다 키나나트"의 사유를 전유하는 전략을 사용한다. 즉, "국제 질서의 본보기를 만들어낸, 약소국들의 힘"이 최인훈이 주목하는 점인데, 이는 구체적으로 텍스트에서 "중립 비동맹 외교"[287]로 표현된다. 그리고 오토메나크가 이 노선을 따르는 것은 과거 그를 매혹시켰던 '아시아 연맹'[288]이 제3세계의 연대로 현실화되었기 때문이다. 물론 당대 실제 역사에서 이 구상은 실패한다.[289]

그럼에도 불구하고 최인훈이 복원한 기타 잇키의 사유와 이에 대한 급진적 전유의 기획은 상당한 문제성을 지닌다. 무엇보다 기타 잇키를 통해 최인훈은 "니브리타와 나파유가 같은" 제국이라는 것을 인식하게 되며, 그 결과 당대 한국 사회를 후기-식민지로 인식하는 계기를 확보하기 때문이다.

한 편 장르론적 관점에서 주목되는 것은, 이러한 인식의 표출이 가상 역사 서술을 통해 이루어진다는 점이다.[290] 이는 두 가지 측면에서 충분히

---

287) 위의 책, 500쪽.

288) 기타 잇키를 비롯한 『태풍』에 나타난 '아시아주의'와 관련해서는 비교적 최근에 들어 연구가 나오고 있다. 그런데 이에 대해서는 다소 상반된 견해가 나타난다. 한 편에서는 이에 대해 "감정적이고도 논리적으로 전쟁을 긍정하며 대동아공영권을 역설하는 일본의 근대 초극론의 논리"(송효정, 「최인훈의 『태풍』에 나타난 파시즘의 논리」, 『비교한국학』 14권 1호, 국제비교한국학회, 2006, 105쪽)라는 점에서 비판적으로 평가하며, 다른 한 편에서는 "식민지와 냉전 너머를 지향"하기 위해 "'식민지 주체'의 반성과 주체 재구성의 과정을 통해 수행적으로 구성된 '아시아주의'"(장문석, 「주변부의 세계사: 최인훈의 『태풍』과 원리로서의 아시아」, 『민족문학사연구』 65, 민족문학사학회, 2017, 42쪽)로 평가한다. 이 책의 경우 이에 대한 가치 판단보다는 가상 역사 서술이라는 장르적 특성에 초점을 맞추도록 한다. 다만 그것이 일본 제국의 파시즘적 성격을 가지든 식민지와 냉전을 극복하려는 성격을 가지든, 당대 내셔널리즘적 역사 서술에서 금기시된 아시아주의의 실상을 복원하고 있다는 점은 분명한 성과로 판단된다. 가치 판단은 텍스트에 대한 복원 이후의 문제이기 때문이다.

289) 다음과 같은 언급을 참조할 수 있다. "그러나 1973년 『태풍』을 연재할 당시 수카르노는 쿠데타로 실각한 상태였고 인도네시아는 친서방 노선을 걷고 있었으며, 따라서 한때 '가지 못한 길'이었던 인도네시아는 한국의 또 다른 자아(alter ego) 정도로 탈바꿈한다. 국내적으로 해방기 이후 활발했던 '중립'의 상상이 봉쇄되고 국외에서도 이렇듯 '중립'이 몰락하고 부패해 버린 속에서 『태풍』은 그야말로 가상 역사로서의 위상을 차지한다."(권보드래, 「중립의 꿈 1945~1968: 냉전 너머의 아시아, 혹은 최인훈론을 위한 시론」, 『상허학보』 34, 상허학회, 2012, 298쪽)

290) 이와 관련하여 다음과 같은 언급을 참조할 수 있다. "이러한 견지에서 본다면 '가상'의 형식에 기대고 있는 『태풍』은 말 그대로 두 개의 공간을 탐구하는 서사가 된다. 『태풍』이 쓰여진 1970년대 한국 사회의 현실이라는 공간이 하나라면, 식민과 피식민이라는 정치적 관계로 구조화된

강조될 필요가 있다. 우선 텍스트에 제시된 사유는 실제 역사에서는 좌절되어 대문자 역사에서 소거된 것이라는 점이다. 과거 식민지 시대 기타 잇키의 아시아 연맹에 대한 이상은 그 관념성과 일본 제국주의의 파시즘화로 인해 좌절되며, 당대 "중립 비동맹 외교"의 이상 역시 유신체제의 도래와 제3세계 국가들의 변질로 인해 좌절된다. 더불어 가상 역사 서술이 당대 지배적인 역사인식의 틀에 의해 억압된 사유를 표출 가능하도록 한다는 점이다. 당시 강력한 내셔널리즘적 욕망에 의해 구성된 역사 서술에서 일본 제국의 프로파간다로서 기능했던 기타 잇키의 문제성은 철저히 은폐된다. 비단 이뿐 아니라 유신체제 하에서 후기-식민지적 현실, 즉 "니브리타와 나파유가 같은 나라"라는 진술은 거의 불가능한 것이기도 하다. 이러한 맥락에서 최인훈의 『태풍』에서 전면화된 역사의 재현 방법으로서의 팩션의 실험은 상당한 문제성을 지닌 것으로 평가할 수 있을 것이다.

그는 『태풍』 창작을 전후로 하여 「총독의 소리」와 「주석의 소리」 등의 팩션을 발표한다.[291] 이들 텍스트는 "-지금까지 여러분은 불란서의 알제리아戰線의 자매 단체이며 재한 지하 비밀 단체인 朝鮮總督府地下部의 幽靈放送인 總督의 소리가 대한민국 제6대 대통령 선거 및 제7대 국회 의원 선

역사적 공간이 또 다른 하나가 될 것이다. (중략) 가상의 역사를 통한 서사는 공적 역사를 비틀어버림으로써 현실 공간이 역사 공간의 연장태이자 발현태라는 구도가 명확하게 드러나도록 한다."(주민재, 「가상의 역사와 현실의 관계: 최인훈의 『태풍』을 다시 읽다」, 『한국근대문학연구』 5권 2호, 한국근대문학회, 2004, 281쪽)

291) 최인훈은 역사와 문학의 관계에 대해 다음과 같이 언급한다. "(소설과 역사가-인용자) 형제지간이라고 하는 것도 사실은 꼭 맞는 말인지는 모르겠다. 무명인의 위전僞傳이라는 근대 소설의 관습이 부르주아의 서사시라고 불린다면 옛날 양반 계급, 이를테면 조선 시대의 선비들은 왕조의 실사를 읽는 데서 그런 카타르시스를 맛보았으리라 생각된다. 그 속의 주인공들은 그들과 같은 출신이고 파란만장의 삶을 살았다는 데서는 바로 소설의 주인공과 다름이 없기 때문이다. 그러니까 유명인의 실전實傳이라는 형식의 소설로서 그들은 사서를 읽었으리라고 짐작할 수 있다. 그들에게는 소설과 역사가, 따라서 예술과 역사의식이 별개의 것이 아니었던 것이다. 현대 소설과 역사도 이 같은 행복한 결합을 위해 노력하는 것이 공동의 과제일 것임이 틀림없다."(최인훈, 「문학과 역사」, 『문학과 이데올로기』(최인훈 전집 12권, 3판), 문학과지성사, 2009, 30쪽)

거 종료에 즈음하여 발표한 논평 방송을 들으셨습니다."292), 혹은 "여기는 幻想의 上海臨時政府가 보내드리는 主席의 소리입니다."293)라는 표지를 통해 전달되는 메시지가 가상의 것임을 명시한다. 팩션은 실제 역사를 상대화하며 지배적인 역사 서술에 대한 근본적인 성찰을 가능하게 만든다.294) 이러한 맥락에서 「총독의 소리」가 당대 한국사회가 여전히 "朝鮮總督府地下部"에 의해 규정되고 있음을 성찰하며, 「주석의 소리」가 이러한 후기-식민성의 극복은 낡은 내셔널리즘적 방식을 통해서는 가능하지 않다는 점을 폭로하고 있다는 점은 중요하다.295) 이는 『태풍』을 비롯한 최인훈의 팩션 장르에 대한 실험이 당대 한국 사회의 후기-식민성에 대한 인식은 물론, 이를 극복하기 위한 사유의 단초를 지배적인 담론에 의해 은폐된 역사로부터 찾아 전유하려는 노력으로 진전되고 있기 때문이다.

4) 대안적 역사 서사 서술의 가능성

역사 서술 역시 서사 장르의 하나이다. 따라서 필연적으로 역사적 사건에 대한 선택과 배제의 논리가 작동하며, 이를 서사화하는 과정에서 특정한 내러티브가 구성된다. 주지하다시피 1960~70년대 지배적인 역사 서술은 강력한 내셔널리즘의 욕망을 그 기반에 두고 있다. 이러한 욕망은 한편으로는 이른바 식민사관을 극복하는데 중요한 기여를 했으나, 다른 한

---

292) 최인훈, 「總督의 소리」, 『總督의 소리』(최인훈전집 9권), 문학과지성사, 1980, 100쪽.
293) 최인훈, 「主席의 소리」, 위의 책, 67쪽.
294) 이는 팩션이 서사 장르상 환상적 역사소설에 해당하는 것에 기인한다. "환상적 역사소설은 합의된 리얼리티를 심문하고 역사성과 허구성에 대한 기존의 인식틀을 반성적으로 숙고하고 그 변화 가능성을 타진하고자 한다."(공임순, 『우리 역사소설은 이론과 논쟁이 필요하다』, 책세상, 2000, 143쪽)
295) 이들 연작은 공통적으로 환타지적 요소를 통해 팩션을 구축하는 특성을 보인다. 최인훈의 팩션이 지니는 환타지적 특성의 문제성은 이 책의 3부 2장 '좌절된 혁명에 대한 방법론적 회의로서의 환타지'를 참조.

편으로는 내셔널리즘을 규범으로 하여 다양한 역사의 흔적들을 소거시키기도 한 것이 사실이다. 그리고 이러한 성과와 한계는 루카치의 장르적 규범에 입각한 당대 주류적인 역사소설에서도 나타난다.

　반면 이병주와 최인훈은 각기 다른 방향에서 대문자 역사의 잉여와 공백을 재현한다. 이병주는 소설가를 '목격자'로 호명하며, 소설을 '기록'으로 인식한다. 그 결과 이병주는 매우 다양한 이질적인 목소리로 식민지 시대를 재현할 수 있었으며, 이 과정에서 '박순근'과 같이 역사에서 추방된 이들의 사유를 복원한다. 최인훈은 팩션 창작을 통해 지배적인 역사 담론에 대한 근본적인 성찰을 시도하며, 이를 통해 후기-식민지로서의 당대 한국 사회에 대한 비판적 인식을 확보한다. 이들이 보여주는 실록과 팩션이라는 정반대의 장르적 실험은, 대문자 역사에 대한 성찰이라는 문제의식에서 마주치는 셈이다. 그리고 이들의 실험은 여전히 강고한 대문자 역사 서술의 장르 규범에 강박된 역사와 문학 간의 관계에 대한 중요한 시사점을 제공해주고 있다.

4. 영상 매체로의 전환과 텍스트 다시-쓰기

1) 미디어 환경의 변화와 서사 양식의 대중적 확대

　주지하다시피 1960년대부터 70년대를 거치며 한국 사회의 급속한 산업화가 진행된다. 이 과정에서 기존의 활자 중심의 미디어 환경 역시 매우 빠른 속도로 변화한다. 특히 이 시기 영화가 대중적인 매체로 대두하였다. 이와 같은 매체 환경의 변화에 따라 주로 책이나 잡지, 신문 등의 활자 매체를 통해 유통되던 서사 텍스트 역시 영화 등의 영상 매체를 매개로 변용되는 양상이 등장하기 시작한다. 이러한 변화는 서사 텍스트의 대중적 향유를 추동했다는 점에서 긍정적으로 평가될 수 있을 것이다.

그러나 이러한 변용을 분석하는데 단순히 소설 원작과 영화 텍스트의 평면적 비교를 수행하는 것은 큰 의미를 지니지 못한다. 이들은 공통적으로 사건과 사건의 연쇄를 축으로 한다는 점에서 서사 장르의 특성을 공유하고 있지만, 엄연히 다른 활자와 영상이라는 매체를 통해 미학적 특성을 재현하기 때문이다. 채트먼의 지적처럼 모든 서사 텍스트는 "하나의 매체에서 다른 매체로 번역하는 가능성"을 지니고 있다. 즉, "이야기로서, 발레로서, 오페라로서, 영화로서, 만화로서, 팬터마임으로서의 「신데렐라」 등이 있다."296) 이때 중요한 것은 하나의 서사물이 각기 다른 매체로 표현될 때 지니는 "번역"의 고유성에 대한 분석이다. 즉, 소설의 영화로의 변용 과정에서 주목해야 할 것은 "소설을 영화화하는 일은 원작을 기계적으로 모사하는 것이 아니라 스토리를 서술하는 언어적 관습을 영상으로 '번역'하는"297) 과정에서 새롭게 생성되는 지점이다. 예컨대 소설은 그 매체의 특성상 인물의 내면 심리에 대한 묘사를 수행할 수 있는 반면, 영화는 이와는 달리 시각적 이미지와 음향 등을 통해 이를 표현할 수 있다. 더불어 소설은 인물에 대한 내적 초점화 등을 통해 주요 인물의 관점에서 스토리를 풀어 나가는 것이 가능한 반면, 영화는 카메라를 사용한 다양한 기법을 통해 스토리를 풀어나가는 것이 가능하다. 그리고 이러한 변용을 통해 영화에는 빈번히 소설에서 재현되지 못한 서사가 새롭게 생성되기도 한다.

---

296) Seymour Chatman, 전수용 옮김, 「소설적 서술과 영화적 서술」, Gerard Genette 외, 석경징 외 편역, 『현대 서술 이론의 흐름』, 솔, 1997, 321쪽.
297) 박진·김행숙, 『문학의 새로운 이해』, 민음사, 2013, 130쪽.

이 장에서는 당대 소설을 원작으로 한 영화들 중 대표적인 작품인 〈오발탄〉, 〈안개〉(원작: 무진기행), 〈깊고 푸른 밤〉에 대한 분석을 통해, 활자 매체의 영상 매체로의 변용 과정에서 생성되는 고유한 특성의 구체적인 실체를 규명하고자 한다. 특히 이 과정에서 '번역'을 통해 새롭게 나타나는 텍스트 다시-쓰기의 전략을 살펴보고, 이로부터 당대 영상 매체로의 변용이 단순히 원작의 반복이 아닌, 새로운 서사 텍스트의 생성으로 나타나고 있음을 고찰하고자 한다.

2) 리얼리티의 재현과 지식인적 관념성의 극복

이범선의 「오발탄」에 대한 문학사적 평가는 이미 완결되어 있는 듯하다. 예컨대 "작가는 이 작품에서 전쟁으로 인해 불행해진 사람들의 정신적인 황폐와 물질적인 빈궁의 문제를 제기하고 있으며, 좌절감과 패배 의식이 만연되고 있던 전후의 현실을 집약적으로 고발하고 있다"[298]는 언급이 대표적이다. 즉, 「오발탄」에 대한 문학사적 평가는 '전후의 혼란한 현실에 대한 양심적 지식인의 재현'이라는 문제틀로 수렴되고 있다. 이러한 평가는 곧 「오발탄」이 지닌 현실대응적 성격을 부각시키는 것으로 이어진다. 예컨대 장용학이나 손창섭 등이 보여주는 실존주의적 경향과는 구별되는 흐름으로서 「오발탄」의 현실주의적 경향이 중시되는 셈이다.

그런데 이러한 평가는 현재의 관점에서는 다소 재고의 여지가 있다. 기존 문학사적 평가가 '전후 현실에 대한 재현'으로 수렴된다면, 그때 '현실'은 누구에 의해 발견된 것이며, 이는 또 누구에 의해 '재현'된 것인가라는 문제가 남아 있기 때문이다. 바꾸어 말하자면 '철호'로 대표되는 남성-지

---

298) 권영민, 『한국현대문학사』2, 민음사, 2002, 124~125쪽.

식인에 의해 발견된 전후 현실과 이의 재현으로서의 「오발탄」은, 곧 남성
-지식인이 아닌 존재들에 의해 인지된 또다른 현실을 텍스트에서 지운 결
과물이기도 하다.

이와 같은 문제의식 속에서 유현목 감독의 영화 〈오발탄〉(1961)은 매우
중요한 의미를 지닌다. 이 영화는 영상 미학적 기법의 활용을 통해 위에서
지적한 소설의 지식인적 관념성을 극복하는 풍부한 양상을 보여주고 있기
때문이다. 주지하다시피 소설 「오발탄」은 주인공 철호를 초점화자로 설정
하여 서술되고 있다. 그 결과 이 텍스트는 주로 남성-지식인인 철호의 내
면을 표출하는 것에 집중되어 있다. 예컨대 이 작품의 주제의식을 함축한
것으로 평가되는 다음과 같은 장면을 보자.

> 운전수는 기어를 넣으며 중얼거렸다. 철호는 까무룩히 잠이 들어가는
> 것 같은 속에서 운전수가 중얼거리는 소리를 멀리 듣고 있었다. 그리고 마
> 음속으로 혼자 생각하는 것이었다.
> '아들 구실. 남편 구실. 애비 구실. 형 구실. 오빠 구실. 또 계리사 사무
> 실 서기 구실. 해야 할 구실이 너무 많구나. 너무 많구나. 그래 난 네 말대
> 로 아마도 조물주의 오발탄인지도 모른다. 정말 갈 곳을 알 수가 없다. 그
> 런데 지금 나는 어디건 가긴 가야 한다.'299)

위 장면은 문자매체인 소설 장르가 지닌 특성을 잘 보여준다. 소설 텍스
트는 등장 인물이 "마음속으로 혼자 생각하는 것"도 내적 심리 묘사를 통
해 보여줄 수 있다. 그 결과 소설 「오발탄」은 전후의 혼란한 현실 속에서
방황하는 남성-지식인의 자기 인식, 즉 "조물주의 오발탄"이라는 인식을
표현하는 데 성공한다.

소설의 초점화자인 철호는 전쟁 이전 북쪽에서 "꽤 큰 지주로서 한 마을

---

299) 이범선, 「오발탄」, 김외곤 책임 편집, 『이범선 단편선』, 문학과지성사, 2007, 149쪽.

의 주인 격으로 제법 풍족하게"[300] 살던 이의 아들이며, 그의 아내 역시 "E여자대학"에서 "음악"[301]을 전공한 인물이다. 그리고 월남으로 인해 어려운 경제적 조건에 처해 있으나 당시로서는 상대적으로 안정된 직장인 "계리사 사무실"[302]에 근무하는 화이트 칼라에 속한다. 이러한 지적인 인물인 철호에게 내적 초점화가 이루어지면서 위와 같은 고도의 추상적인 내면의 발화가 가능해지는 셈이다. 그리고 이와 같은 설정이 전후 현실적인 혼란과 그에 대한 양심의 문제라는 소설적 주제를 구현 가능하게 하는 서사적 장치이기도 하다.

반면 이러한 매체적 특성은 초점화자 이외의 등장 인물들의 사유와 행동에 대한 표면적인 진술만을 가능하게 하는 한계를 노출하기도 한다. 예컨대 이 작품에서 주인공 철호의 여동생인 명숙은 이른바 '양공주'가 된다. 그런데 명숙에 대한 소설 내 진술은 다음과 같이 수행될 뿐이다.

> 철호가 탄 전차가 을지로 입구 십자거리에서 머물러 신호를 기다리고 있었다. 손잡이를 붙들고 창을 향해 서 있던 철호는 무심코 밖을 내다보았다. 전차 바로 옆에 미군 지프차가 한 대 와 섰다. 순간 철호는 확 낯이 달아올랐다.
> 핸들을 쥔 미군 바로 옆자리에 색안경을 쓴 한국 여자가 앉아 있었다. 그것이 바로 명숙이었던 것이다. 바로 철호의 턱밑에서였다. 역시 신호를 기다리는 그 지프차 속에서 미군은 한 손은 핸들에 걸치고 또 한 팔로는 명숙의 허리를 넌지시 끌어안는 것이었다.
>
> (중략)
>
> 그날부터 철호는 정말 한마디도 누이동생 명숙이와 말을 하지 않았다.[303]

---

300) 위의 작품, 115쪽.
301) 위의 작품, 128쪽.
302) 위의 작품, 107쪽.

위의 인용문에 나타나는 것처럼, 미군을 상대로 하는 성노동자가 된 명숙은 소설 텍스트에서 철저히 남성-지식인인 철호의 관점에서 서술된다. 따라서 성노동을 선택할 수밖에 없었던 명숙의 내적 논리나 가족을 둘러싼 상황에서 그녀의 역할 등은 모두 소거된다. 오직 철호의 관점에서 "말을 하지 않"을 만큼 '부끄러운 존재'로만 서술될 뿐이다.

반면 영상매체인 영화의 경우 그 장르적 속성으로 인해 다양한 인물들의 발화를 가능하게 하는 특성을 지닌다. 영화 〈오발탄〉304)의 경우 소설에 비해 명숙의 발화가 매우 큰 비중을 차지한다. 특히 원작에서 죽은 것으로 암시되는 '아이'305)와 관련하여 명숙은 매우 중요한 상징적 역할을 수행한다.

〈그림 1: 아이를 거두는 명숙〉 〈그림 2: 성노동 단속이 이루어진 경찰서〉

〈그림 1〉에서 나타나는 것처럼 영화에서 명숙은 철호의 아내가 낳은 아이를 거두는 역할을 수행한다. 이는 영화에서 철호가 아내의 죽음만을 확인한 채 방황하는 것과는 확연히 다른 양상이다. 즉, 명숙은 새로운 세대

---

303) 위의 작품, 131~132쪽.
304) 이 장에서는 소설과 영화를 구분하기 위해 소설은 「 」기호로, 영화는 〈 〉기호로 표기한다.
305) 소설에서 아내는 출산 중 죽은 것으로 서술될 뿐, 아이의 생사에 대해서는 특별한 언급이 없다. 이로 미루어 보아 아이 역시 죽은 것으로 추정된다.

를 상징하는 아이를 거둠으로써 전후의 피폐함 속에서도 새로운 희망을 키우는 인물로 형상화되는 셈이다. 이는 철호의 관념적 사유가 실제 현실에서는 무기력한 공상에 그치는 것과 대비되어 그 의미가 더욱 확장된다.

〈그림 2〉는 미군 상대 성노동 단속에 걸린 명숙이 철호의 신원보증으로 나오는 장면이다. 주목되는 것은 이 과정에서 그림 오른쪽의 인물이 노출된다는 점이다. 그녀는 19세의 김순자라는 인물로 명숙과 동일한 이유로 단속에 걸린 것으로 보인다. 이러한 장치는 당시 미군 상대 성노동이 하층 계급의 여성들에게 생계를 위해 일반화된 것이었음을 암시한다.

이와 같이 영화 〈오발탄〉은 소설 「오발탄」이 지닌 남성-지식인 중심의 서술 대신, 여성-성노동자인 명숙의 관점이 개입되는 독특한 매체전략을 보여준다. 그 결과 소설 텍스트가 지닌 관념적인 내면 묘사 과정에서 소거된 '명숙'의 목소리를 복원시킨다는 점에서 영상매체의 고유한 특성을 성공적으로 활용하는 데 성공했다. 이는 특히 남성-지식인의 시선에서 배제되기 쉬운 여성-성노동자의 삶을 재현하는 것으로 이어진다는 점에서 중요한 성과로 평가될 수 있다.[306]

한 편, 소설에서는 시간의 흐름에 대한 서사적 장치가 매우 다양하게 활용될 수 있다. 즉, 서술 시간과 스토리 시간의 관계에 따라 멈춤(Pause), 요약(Summary), 장면(Scene), 생략(Ellipsis) 등의 서사가 가능하다.[307] 예컨대 소설

---

[306] 이러한 맥락에서 다음과 같은 명숙에 대한 변재란은 지적은 타당한 것으로 판단된다. "하지만 체념과 저항이라는 이분법으로 격론을 벌이고는 결국 현실앞에서 좌절하고 마는 오빠들에 비해 그녀는 어쩌면 가장 현실적인 인물이다. 그녀의 오빠들이 근대 도시를 살아가는 남성들의 무력감을 보여준다면 그녀는 체념과 죄의식(혹은 치욕?), 그리고 좌절이라는 두터운 벽안에 갇힌 가족주의안에서 균열을 낼 수 있는 유일한 인물이기 때문이다. (중략) 완벽한 절망으로 끝이 나려는 이 영화에서 그녀는 해산하다 죽은 올케를 지켜보는 절망 속에서도 신생아를 안은 채 '오빠 우리가 이 아이에게만은 희망을 안겨줘야 하지 않겠어요?'라고 하면서 이 암울한 시대에 가느다란 빛을 던진다.", 변재란, 「유현목 영화에서의 도시 서울 읽기」, 『영화연구』 49, 한국영화학회, 2011, 170쪽.

[307] 이에 대한 자세한 논의는, Gerard Genette, 권택영 옮김, 『서사담론』, 교보문고, 1992, 75~101쪽을 참조.

「오발탄」에서 영호의 은행 강도 사건은 다음과 같이 서술된다.

어느 회사에서 월급을 줄 돈 천오백만 환을 찾아서 은행 앞에 대기시켰
던 지프차에 싣고 마악 떠나려고 하는데 중절모를 깊숙이 눌러쓰고 색안경
을 낀 괴한 두 명이 차 속으로 올라오며 권총을 내어 들더라는 것이었다.
"겁내지 마라! 차를 우이동으로 돌려라."
운전수와 또 한 명 회사원은 차가운 권총 구멍을 등에 느끼며 우이동까
지 갔다고 한다. 어느 으슥한 숲 속에서 차를 세웠다고 한다. 그러고는 둘
이 다 차 밖으로 나가라고 한 다음, 괴한들이 대신 운전대로 옮아앉더라고
한다. 운전수와 회사원은 거기 버려둔 채 차는 전속력으로 다시 시내로 향
해 달렸단다. 그러나 지프차는 미아리도 채 못 와서 경찰에 붙들리고 말았
다는 것이다.308)

위의 서술은 전형적인 요약과 생략에 해당한다. 즉, 스토리 시간에 비해
서술 시간이 간략하며, 이로 인해 세부적인 스토리의 생략이 진행된 경우
이다. 따라서 영호의 권총 강도 사건과 관련하여 독자가 얻을 수 있는 정
보는 극히 일부분이다. 예컨대 영호가 어떻게 권총을 획득했는지, 도주 경
로는 어떠했는지, 그리고 어떻게 체포되었는지 등에 대해서는 위의 제시문
만으로는 알 수 없다. 반면 영화의 경우 원론적으로 서술 시간을 정지시키
는 것이 불가능하다. 영상 자체가 필름의 연쇄로 인해 만들어지는 시각적
잔영물이기 때문이다. 따라서 소설에서의 요약적 상황을 영화화 할 경우
다음과 같은 기법이 요구된다. "영화는 요약이 없기 때문에 감독들은 종종
기계적 장치에 의존한다. '몽타주'는 오래 전부터 인기를 끌어 왔다. 그것
은 하나의 사건이나 계기의 선택된 국면을 보여 주는 장면들을 모은 것으
로서 보통 계속적인 음악을 통해서 연결된다."309)

---

308) 이범선, 앞의 작품, 138~139쪽.
309) Seymour Chatman, 한용환 옮김, 『이야기와 담론』, 푸른사상, 2003, 85쪽.

영화 〈오발탄〉 역시 이러한 기법을 사용한다. 즉, 영호의 은행 강도 사건의 준비 과정부터 체포까지 중요하다고 판단되는 장면들을 모아 연속적으로 제시한다. 소설에서는 영호가 권총을 구하는 경로가 나타나지 않는다. 그런데 영화의 경우 그 매체의 속성상 이에 대한 해명이 필수적이다. 영화에서는 이를 위해 '설희'라는 인물을 새롭게 등장시킨다. 설희는 영호가 한국전쟁 당시 부상당했을 때 이를 치료해준 간호장교로, 전쟁이 끝난 후 군인들을 상대로 한 고급 바에서 일하는 여성이다. 그녀는 전후의 암담한 현실을 극복할 방법을 찾지 못한 채 결국 자살하고 만다. 그녀의 자살을 접한 후 영호는 그녀가 숨겨둔 권총을 챙기고 은행 강도 계획을 구체화한다. 이렇게 볼 경우 영호의 은행 강도 계획의 실행은 나름의 내적 논리를 갖춘 것으로 볼 수 있다. 즉, 소설에서와 같이 다소 막연한 층위에서 충동적으로 실행된 것이 아니라, 설희의 자살로 인해 촉발된 사건으로 해석될 수 있다는 것이다.

그런데 더욱 주목되는 것은 영호의 도주 과정에서 스토리와는 무관한 장면들이 '의도적으로' 삽입되고 있다는 사실이다. 다음과 같은 장면을 보자.

〈그림 3: 도주 도중 목격한 자살한 여인〉　〈그림 4: 도주 도중 목격한 노동쟁의 현장〉

〈그림 3〉과 〈그림 4〉은 모두 영호의 도주 과정에서 제시되는 장면들이다. 이들 장면은 영호의 은행 강도 사건과 특별한 연관을 지니지 않는다. 그럼에도 불구하고 영화에서는 이를 굳이 삽입하는 셈이다. 〈그림 3〉에서는 아이를 업은 채 목을 매달아 자살한 여인이[310], 〈그림 4〉에서는 노동쟁의 장면이 각각 삽입되어 있다.

이러한 장면의 삽입은 소설 텍스트가 형상화하지 못한(혹은 않은) 당대 현실의 모순을 핍진하게 재현하는 효과를 낳는다. 이는 영화의 고유한 서사 구조를 적극적으로 활용한 결과이다. 이를 통해 영화 〈오발탄〉은 지식인의 내면을 넘어 당대 하층민들의 삶을 구체적으로 표현하는 데 성공하고 있다. 특히 영화 특유의 미학적 장치를 활용하여 소설과는 다른 리얼리티를 복원했다는 점은 매우 중요한 성과로 평가될 수 있을 것이다.[311]

3) 분열된 주체성의 영상미학적 표현

김승옥은 이른바 4·19 세대를 대표하는 소설가지만, 동시에 만화가였으며 영화 시나리오 작가이기도 했다.[312] 특히 그의 대표작으로 평가되는

---

310) 최병근은 이 장면의 의미를 다음과 같이 설명하고 있다. "이후 그가 달아나는 지하 청계천의 모습을 보면 버팀목 사이에서 행동범위가 좁아지며 마치 갇힌 것 같은 그의 모습과 아이를 업고 자살한 여인의 시신 곁을 지나는 장면 등에서 영호의 운명은 이미 어둡게 결정된 것 같은 느낌을 이미 갖게 한다.", 최병근, 「유현목 감독의 〈오발탄〉에 나타난 시각적 진술에 대한 연구」, 『영화연구』 42, 한국영화학회, 2009, 631~632쪽.

311) 이와 관련하여 전우형의 다음과 같은 언급을 참조할 수 있다. "영화에서 사용된 이와 같은 몽타주 기법은 영화 〈오발탄〉을 소설 「오발탄」과 구분짓는 중요한 기준이다. 이범선의 소설이 전후 황폐한 인간 내면에 초점을 맞추어 서술되었다면, 유현목의 영화는 폐허와 혼란으로 휩싸인 전후 도시에 초점을 맞추어 서술되었다. 이때 몽타주는 정신세계의 흐름보다는 외부현실의 나열에 적절한 기법으로 선택되었으며, 추상(抽象)보다는 사실(寫實)에 효과적인 영화의 미학적 특성을 발휘하는 역할을 수행한 셈이다."(전우형, 「〈오발탄〉의 매체 전환구조와 영화예술적 속성 구현 양상」, 『한국현대문학연구』 28, 한국현대문학회, 2009, 420쪽)

312) 김승옥의 다양한 예술 장르 활동에 대해서는 백문임 외, 『르네상스인 김승옥』, 앨피, 2005를 참조.

「무진기행」은 1967년 김수용 감독에 의해 〈안개〉라는 영화로 변용되었으며, 김승옥은 이 과정에서 자신의 소설을 직접 시나리오로 각색한다. 그런데 이 과정에서 소설 원작과는 다른 독특한 영상미학적 표현이 수행되며, 이로 인해 새로운 서사 텍스트의 의미가 생성된다는 점이 주목된다.

「무진기행」을 비롯한 김승옥의 소설은 이른바 '감수성의 혁명'과 '개인의 발견' 등으로 평가된다. 즉, "일상성을 상실하여 관념으로 눈앞의 현실을 재단하려는 경향이 팽배했던 1950년대 소설 속 주체와 또 현실에 대해 눈뜨기 시작한 1970년대 소설 속 주체 사이에서 관념이 현실로 내려앉기 위해 겪었던 주체분열의 모습을 뚜렷하게 나타내고 있다"[313]는 평가가 주된 셈이다. 그런데 이러한 평가의 타당성에도 불구하고, 영상매체로의 변용에서는 영상미학적 기법의 활용이 필수적으로 요구된다. 특히 소설 「무진기행」에서 '개인의 발견'을 가능하게 하는 기법이 "내면묘사의 일인칭 초점화자의 설정"[314]이라는 점에 주목할 필요가 있다. 왜냐하면 원칙적으로 영화에서 '일인칭'의 카메라 아이는 불가능하기 때문이다.[315] 따라서 원작과는 다른 영상미학적 기법이 다양하게 활용되어야 하며, 이를 통해 김승옥이 추구한 문제의식이 구현될 필요가 있다.

이와 관련하여 먼저 영화에서 주목되는 것은 일상적인 오브제를 재현하는 과정에서 실험적 기법을 통해 소외된 개인의 양상을 상징적으로 보여주고 있다는 점이다.

---

313) 김미영, 「김승옥 소설의 '개인' 연구」, 『현대소설연구』, 34, 한국현대소설학회, 2007, 149쪽.
314) 위의 글, 154쪽.
315) 가능한 경우는 초점화자가 직접 카메라를 들고 이를 매개로 영상을 재현하는 것뿐인데, 이 경우는 서술자의 전달 가능한 정보량이 매우 적어지며 재현 가능한 외부 시공간 자체가 극히 한정될 수밖에 없어 실제로는 거의 사용하지 않는다.

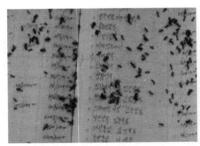 

〈그림 5: '나'가 서울에서 업무 중 　　〈그림 6: 서울의 사무실과 무진의
　　　감각하는 착란〉　　　　　　　　　세무서에서 반복되는 타이핑〉

〈그림 5〉는 영화 도입부에 삽입된 '나'의 업무 장부이다. 이 장면에서는 장부의 숫자들이 벌레들로 착란되는 양상이 충격적으로 나타난다. 이는 원작 소설에서 '나'의 내면묘사를 통해 직접적으로 제시된 서울에서의 소외 양상을 영상을 통해 관객에게 충격적인 방식으로 전달하기 위한 장치로 기능한다. 그러나 '나'가 이러한 서울에서의 소외를 피해 온 무진 역시 상황은 크게 다르지 않다. 〈그림 6〉은 이러한 면에서 매우 상징적인데, 이 장면은 영화 도입부에서 서울에서의 사무실의 기계적이고 획일적인 성격을 강조하기 위해 처음 등장한다. 그런데 이 장면은 이후 무진에서 세무서 사무실에서 반복되어 제시된다. 이러한 반복은 서울과 무진에서 모두 소외되고 있는 개인의 문제를 환기하는 기능을 수행한다.316)

---

316) 이와 관련하여 다음과 같은 언급을 참조할 수 있다. "특히 원작소설에 숨겨져 있던 억압된 측면이 각색 시나리오에서 주로 '영화장치'로 나타난다는 점은 주목할 필요가 있다. 윤기준에게 과도하게 들려오는 타이프라이터, 전화기, 자동차 경적 소리는 빠른 속도로 진행되는 도시 생활을 보여준다. 또한 '장부안의 숫자가 개미 떼가 되어 어지럽게 우글거리는' 쇼트는 서울에서의 윤기준이 불안정한 상황에 놓여있다는 점을 표현한다. 원작소설에서는 직접 표현될 수 없는 부분이 영화장치와 같은 형식적 특징을 통해 배출구를 찾는 것이다."(최은정, 「김승옥 〈무진기행〉 각색 연구」, 『한국언어문화』 62, 한국언어문화학회, 2017, 231쪽) 이 책 역시 '영화장치' 분석의 중요성에 공감한다. 그러나 타이프라이터나 전화기 등의 소리는 무진에서도 반복된다는 점에서 위와 같은 해석은 재고의 여지가 있다.

그럼에도 소설에서 서울과 무진이 결정적으로 구분되는 것은 다음과 같은 이유 때문인 것으로 서술된다.

> 무진에 오기만 하면 내가 하는 생각이란 항상 그렇게 엉뚱한 공상들이었고 뒤죽박죽이었던 것이다. 다른 어느 곳에서도 하지 않았던 엉뚱한 생각을 나는 무진에서는 아무런 부끄럼 없이, 거침없이 해내곤 했었던 것이다. 아니 무진에서는 내가 무엇을 생각하고 어쩌고 하는 게 아니라 어떤 생각들이 나의 밖에서 제멋대로 이루어진 뒤 나의 머릿속으로 밀고 들어오는 듯했었다.[317]

즉, '나'에게 있어 서울은 지극히 사물화되고 세속화된 공간으로 인식되는 반면, 무진은 "엉뚱한 공상"과 "엉뚱한 생각"이 지배하는 공간으로 인식되는 셈이다. 그렇다면 이 "어떤 생각"이 지시하는 바가 무엇인지를 살펴볼 필요가 있다. 소설에서는 이와 관련하여 구체적인 사건이나 행위가 명시되지는 않는다. '나'의 내면묘사에서의 문체의 활용을 통해 그 정서를 간접적으로 제시하는 것만으로 충분한 전달이 가능하기 때문이다. 반면 문체 활용이 불가능한 영화에서는 오버랩이나 몽타주, 플래쉬 백 등의 영상 미학적 기법을 활용하여 이에 대한 단서를 제시한다.

〈그림 7: 무진에 진입하자 과거의 '나'를 바라보는 현재의 '나'〉 〈그림 8: 현재의 '나'와 오버랩되는 과거의 '나'〉

---

317) 김승옥, 「무진기행」, 『김승옥 소설전집 1』, 문학동네, 2004, 161쪽.

영화에서 가장 두드러지는 실험적 기법은 현재의 '나'와 과거의 '나'의 오버랩이다. 〈그림 7〉에서 '나'가 무진에 진입하는 순간 목격하는 것은 다름 아닌 과거의 '나'이다. 이러한 자아의 분열 양상은 〈그림 8〉에서도 나타나는 바, 현재 안정된 주체로 성장한 것으로 보이는 '나'가 실상 "어떤 생각"을 억압하고 도피하는 방식으로 구성된 것임을 보여준다. 즉, 〈그림 8〉의 장면에서 단적으로 보이는 것처럼 '나'는 죄책감과 이로 인한 불안을 잠재하고 있는 존재이며, 이를 상기시키는 과거의 '나'와의 대면이야말로 "엉뚱한 공상"과 "엉뚱한 생각"의 실체인 셈이다. 영화에서 이는 현재의 '나'와 과거의 '나'를 반복해서 오버랩시키는 기법을 활용하여 표현된다.[318]

그런데 억압된 무의식의 현현이라고 할 수 있는 과거의 '나'는 단지 과거에 국한되어 "엉뚱한 공상"을 환기시키는 역할에 한정되지 않는다. 오버랩을 통해 개입하는 과거의 '나'는 무진에서의 현재의 '나'의 행위에 대한 '선택적 기억'의 이면을 직시하도록 만든다. 이와 관련하여 소설의 마지막 부분은 보다 섬세한 독해를 요구한다.

> 덜컹거리며 달리는 버스 속에 앉아서 나는 어디쯤에선가 길가에 세워진 하얀 팻말을 보았다. 거기에는 선명한 검은 글씨로 '당신은 무진읍을 떠나고 있습니다. 안녕히 가십시오'라고 씌어 있었다. 나는 심한 부끄러움을 느꼈다.[319]

왜 '나'는 무진을 떠나면서 "심한 부끄러움"을 느끼는가? 소설 텍스트에

---

318) 이와 관련하여 다음과 같은 언급을 참조할 수 있다. "중요한 것은 윤희중(윤기준)이라는 인물의 행위로 이뤄진 서사에 대한 해석을 다르게 한다는 점이다. 소설 〈무진기행〉의 내적 독백은 무진을 윤희중의 또 다른 자아가 머물고 있는 비유적 공간으로 보여준다. 반면 영화에서 윤기준의 시점은 서울 도심을 내려다보는 관찰자의 시점에서 무진에 내려와 자기 자신을 돌아보는 반성적 시점으로 변화한다."(강유정, 「김승옥의 소설 〈무진기행〉과 김수용 영화 〈안개〉 비교분석」, 『우리문학연구』 40, 우리문학회, 2013, 293쪽)
319) 김승옥, 앞의 작품, 194쪽.

서 유추할 수 있는 것은 "타자의 타자성에 대한 인식이 주체의 자기 동일성의 확장욕으로 인해 완성되지 못"[320]했기 때문이라는 사실이다. 즉, '나'가 "무진에 머무는 동안 잠깐의 도피처였던 인숙에 대한 미안함"과 그녀에 대한 "자신의 무책임한 행동"[321]이 그 원인인 셈이다.

그런데 영화에서는 "심한 부끄러움"을 느끼는 이유가 보다 심층적으로 재현되고 있다. 앞서 살펴본 것처럼 영화는 과거의 '나'에 의해 현재의 '나'의 행위에 대한 '선택적 기억'의 왜곡 양상을 폭로하는 기법을 사용하고 있다. 구체적으로 다음과 같은 장면에서 이러한 왜곡 양상은 현재의 '나'에게 인지된다.

〈그림 9: 과거의 '나'에 의해 보여지는
인숙과의 관계 1〉　　〈그림 10: 과거의 '나'에 의해 보여지는
인숙과의 관계 2〉

영화에서 분량의 대부분을 차지하는 인숙과의 관계에서 '나'는 그녀에 대해 이렇다할 폭력과 배제를 사용하지 않는다. 인숙과의 관계가 깊어지는 계기인 귀가길에서의 배웅은 어디까지나 인숙의 부탁에 의한 것이며, 하숙집에서의 성적 관계 역시 물리적 폭력 등과는 무관하게 이루어진다. 그러나 이러한 서사는 영화의 결말부에 등장하는 과거의 '나'에 의해 어디까지

320) 김미영, 앞의 글, 156쪽.
321) 류진아, 「김승옥 소설에 나타난 여성인식 연구」, 『국어문학』 57, 국어문학회, 2014, 137쪽.

나 왜곡된 기억이라는 사실이 폭로된다. 〈그림 9〉에서 나타나는 것처럼 인숙이 배웅을 부탁하기 전에 이미 '나'는 그녀에 대한 욕망을 지니고 있었으며, 〈그림 10〉에서 나타나는 것처럼 자신의 과거를 기억하는 하숙집 주인에게 인숙을 자신의 '아내'라고 소개했던 것이다. 중요한 것은 이러한 자기인식을 추동하는 것이 다름 아닌 과거의 '나'로 표상되는 자기 자신이라는 사실이다.[322] 이는 내가 느끼는 부끄러움이 단지 인숙에 대한 타자화로 인한 것만이 아니라, 과거의 '나'로 상징되는 억압되고 분열된 주체성을 다시 은폐한 채 서울로 돌아가려는 현재의 '나'의 비윤리적 도피 행위에 기인하는 것임을 보여준다.

이와 같이 김승옥은 오버랩, 몽타주, 플래쉬 백 등 영상미학적 기법의 다양한 실험을 통해 '나'의 분열된 주체성을 표현하는데 성공한다. 그리고 이러한 재현을 통해 소설의 내면묘사의 토대가 되는 단일한 주체 개념을 해체하고, 억압되고 은폐된 또다른 주체성을 복원하고 있다는 점에서 중요한 성과로 평가될 수 있을 것이다.

4) 아메리칸 드림의 허구성 폭로

최인호는 '대중소설'이라는 틀 속에서 주로 평가되어왔다. 당대는 물론

---

322) 다음과 같은 언급을 참조할 수 있다. "(전략) 기준은 하인숙과 길을 걷다가 자신의 시야 앞에 '과거의 나'와 '현재의 나'가 대화하는 모습을 보게 된다. 현재의 나는 과거의 나에게 자신의 속물적인 선택의 불가피성을 인정받고자 하나 과거의 나는 용납할 수 없음을 침 뱉는 행위로 보여준다. 이 장면은 윤기준의 과거와 현재를 나란히 하나의 공간 속에서 표현함으로써 영화적 특성인 시간의 공간화를 보여주었다. 동시에 존재할 수 없는 과거와 현재 두 층위의 시간이 하나의 공간에 들어옴으로써 기준의 내면적인 갈등을 외화함과 더불어 사실이 아닌 환상을 관객들이 자연스럽게 인지하고 수용할 수 있도록 만들었다. 이 장면은 환상을 통해 내적 독백을 행위화하여 시각적으로 전환한 좋은 예라 하겠다. 시나리오에서 환상은 이처럼 양가적인 내적 갈등 또는 보이는 것과 다른 내면의 솔직한 욕망을 표출하는 역할을 한다."(홍재범, 「〈무진기행〉과 〈안개〉의 정념과 형상화 양상」, 『한국극예술연구』 35, 한국극예술학회, 2012, 245~246쪽)

현재까지도 이러한 경향은 주류적인 것으로 보인다. 예컨대 "이처럼 최인호의 초기 단편소설이 도달한 지점인 분열된 주체의 발견은 자본주의식 근대에 대해 매혹과 거부감을 양가적으로 느꼈던 대중과 만나면서 기만적 쾌락과 저항적 죄의식을 동시에 담아내는 70년대 대중소설로 나타난다."[323]는 비교적 최근의 평가가 대표적이다. 이러한 경향은 최인호 소설이 지니고 있는 당대 대중의식과의 조응 여부를 정확히 드러내는 성과를 도출했다는 점에서 중요한 의미를 지닌다. 그러나 역으로 최인호 소설이 내재하고 있는 당대 현실에 대한 날카로운 비판의식을 다소 간과할 위험성 역시 지니고 있는 것이 사실이다.[324] 이는 특히 최인호가 자신의 소설 원작을 직접 영화 시나리오로 변용한 〈깊고 푸른 밤〉에서 뚜렷하게 나타난다.

소설 원작에서 두드러지는 것은 당대 히피 문화에 대한 동경과 좌절이라는 문제의식이다. 이는 '마리화나'에 중독된 '준호'에 대한 다음과 서술에서 단적으로 나타난다.

> 그는 지난 사 년간 어쩔 수 없이 낭인생활을 할 수밖에 없었던 쓰라린 과거가 준호를 그렇게 만들었다고 애써 생각하려 했다. 그는 알고 있었다. 준호를 위시해서 많은 젊은 가수들이 마약중독자로 몰려 두들겨 맞았으며, 정신병원에 수용되기도 했으며, 끝내는 사회의 도덕적 패륜아로 지탄받고

---

323) 심재욱, 「1970년대 '증상으로서의 대중소설'과 최인호 문학 연구」, 『국어국문학』 171, 국어국문학회, 2015, 599쪽.
324) 김주연은 1974년, 당대 문학장에서 거의 유일하게 최인호의 문제성을 '프랑크프루트 학파'의 논의를 차용하여 다음과 같이 적극적으로 평가한 바 있다. "문학의 평가는 언제나 작가가 현실을 어떻게 분석하며 어떻게 비판하는가 하는 그 능력에 초점이 집중된다. 최인호의 소설이 대중의 시선을 포함하면서 동시에 이 집중을 견뎌낼 수 있는 것은 그러한 방법들을 모두 방법적으로 배치하면서 그것을 통해 현실을 비판하는 능력을 보여주고 있기 때문이다. 최인호에게 중요한 것은 인간이며, 그것도 자연으로서의 인간이다. 그 인간은 그에 부딪히는 현실의 상황이 기계화·집단화·기능화·자동화된 상업주의 문명이기 때문에 소외라는 명제를 통해서 탐구된다."(김주연, 「상업 문명 속 소외의 문제」, 『예감의 실현』, 문학과지성사, 2016, 842~843쪽) 그렇다면 기술적 발전에 의해 영상 매체로 변용된 최인호의 텍스트에 대한 분석은, 곧 '소외'를 만드는 구체적인 '현실'에 대한 것으로 진전될 필요가 있는 셈이다.

격리되었던 쓰라린 과거를. 그들을 만약 단순한 범법자로 다루었다면 길어야 일 년, 집행유예 정도로 끝났을 것이다. 그러나 그들은 사회적 여론으로 두들겨 맞았으며, 그리고 언제까지라고 정해지지 않은 이상한 압력으로 재갈을 물리고, 격리되었던 것이다. 그것이 우연히 해외로 나온 여행에서 그를 밀입국자 신세로 전락시키게 한 동기가 되었을 것이다.[325]

즉, 한국의 경직된 문화적 분위기에 대한 비판의식이 미국의 히피 문화에 대한 동경으로 표출되는 셈이다. 그러나 미국의 히피 문화 역시 온전한 문화적 전복성을 상실하고 체제 내로 편입된 상황이며, 여기에 한국인이라는 국적의 문제는 히피 문화에 대한 동경을 "밀입국자"로 상징되는 낙인을 통해 좌절시키고 만다. 이런 점에서 "주인공이 미국의 중산층 가정을 향한 광기와 증오심을 까닭 없이 표출하는 것은 이 작품이 미국 히피문화의 변종인 동시에 히피문화의 한국적 변형물과의 관련성을 보여주거니와, 그 핵심은 거대자본주의로 대표되는 미국문화 전반에 대한 부정과 회의의 시각을 담은 것으로 평가된다."[326]는 언급은 타당한 것으로 보인다. 그런데 이 소설에서 정작 히피 문화에 대한 동경을 좌절시키는 구체적인 사회적 배경은 거의 등장하지 않는다.

미국으로의 여행은 그가 스스로 선택한 유배지로의 여행이었다. 미국의 풍요한 문명과 엄청난 자연 풍경은 그에게 아무런 무서움도 열등의식도 불러일으키지 못했다. 그는 아주 작은 하나의 섬에서부터 배를 타고 대륙의 뭍으로 귀양 온 죄인에 불과했다. 대륙에서 본다면 그가 태어나가 자라고, 사랑하고, 교미를 하고, 결혼을 하고, 아이를 낳고, 늙어 죽어갈 그의 섬은 조그만 촌락에 지나지 않았다.[327]

---

325) 최인호, 「깊고 푸른 밤」, 『최인호 중단편 소설전집 5』, 문학동네, 2011, 131쪽.
326) 김만수, 「한국소설에 나타난 미국의 이미지」, 『한국현대문학연구』 25, 한국현대문학회, 2008, 479쪽.
327) 최인호, 앞의 작품, 136쪽.

위의 인용문에 단적으로 나타나는 것처럼 미국은 잠시 "여행"을 위해 떠난 곳이며, 그곳은 "유배지"로 인식되기 때문에 소설에서 히피 문화에 대한 동경과 좌절의 원인은 매우 추상적인 이미지로만 제시될 뿐이다. 이는 소설 자체가 '길' 위에서 시작되어 '길' 위에서 종결되는 구조를 지니고 있다는 점에서도 확인 가능하다. 애초에 소설은 정착된 곳에서의 삶이 불가능한 인물들의 내면적 황폐함의 재현에 초점을 맞추고 있기 때문이다.

반면 최인호가 직접 각색한 영화 〈깊고 푸른 밤〉에서는 '길'을 떠나 미국에 정착하고자 하는 당대 아메리칸 드림에의 욕망이 매우 구체적으로 재현되어 있다. 이때 미국은 히피문화 등으로 표상되는 관념적인 공간이 아니라, 한국사회의 경제적 불평등을 극복할 수 있는 '기회의 땅'으로 나타난다.

〈그림 11: 백호빈이 이민국 관리 앞에서
미국 국가를 부르는 장면〉

〈그림 12: 백호빈이 영주권을 얻고
기뻐하는 모습〉

원작과는 달리 영화의 중심 서사는 제인과의 위장결혼을 통해 미국 영주권을 얻으려는 백호빈의 욕망이 주를 이룬다. 한국에 임신한 아내를 둔 채 멕시코를 통해 미국에 밀입국한 백호빈은 미국 영주권 획득을 위해 수단과 방법을 가리지 않는다. 〈그림 11〉은 백호빈과 제인의 위장결혼을 의심하는 이민국 관리에 의해 강제추방의 위기에 몰린 백호빈이 미국 국가를 부르며 위기를 벗어나는 장면이다. 이민국 관리의 합리적인 의심, 즉 제인의 한국 이름조차 알지 못하는 백호빈은 '미국 국가'로 상징되는 아메리칸 드림 이데올로기의 충실한 체현을 통해 위기를 벗어나는 셈이다.[328] 그리고 이와 같은 아메리칸 드림은 〈그림 12〉에서 영주권을 취득함으로써 일견 성취된 것처럼 보인다. 그러나 그 성취는 〈그림 12〉에서 백호빈이 기뻐하는 모습에 오버랩되어 있는 성조기를 통해서만 가능할 따름이다. 바꾸어 말하자면 미국 국가나 성조기 등으로 표상되는 아메리칸 드림은 어디까지나 하나의 이데올로기일 따름이며, 이는 구체적인 현실의 영역과 마주치면서 그 허구성이 폭로될 운명인 셈이다.

영화는 중반 이후부터 아메리칸 드림의 허구성을 현실의 삶 속에서 재현한다. 〈그림 13〉에 나타난 것처럼 백호빈과 같은 마트에서 일하던 동료는 한국에서 미국으로 온 아내의 전화를 받으려다 권총강도에 의해 살해당한다. 그리고 〈그림 14〉에서 나타난 것처럼 제인이 자신을 영주권 획득의 도구로만 사용한 백호빈을 죽인 후 자살하는 장면에서 영화의 서사는 종결된다. 이러한 종결은 필연적인 바, 애초에 아메리칸 드림 자체가 미국 지배층이 만든 허구의 산물이기 때문이다.[329]

---

328) 다음과 같은 언급을 참조할 수 있다. "선원이었다가 불법입국한 백호빈 역시 아메리칸 드림을 갖고서 제인과 계약결혼을 한다. 그는 한국에 있는 애인을 데려오기 위해 궂은 일을 하며 돈을 모은다. 조사를 나온 이민국 직원에게는 '나는 미국을 사랑합니다. 미국은 세상에서 가장 위대한 국가며 자유와 기회의 나라입니다. 내 이름은……'이라고 답하며, 미국 국가를 열창한다. 그가 생각해낸 이름은 그레고리 백. 미국의 영화배우 그레고리 백을 패러디한 이름 속에는 스스로를 미국화하고자 하는 뜨거운 열정이 살아서 꿈틀댄다."(김동식, 「한국영화에 등장하는 미국 또는 미국인의 이미지에 관하여」, 『민족문학사연구』 36, 민족문학사학회, 2008, 368~369쪽)

329) 1960~70년대 흑인 인권 운동의 대두 속에서 아시아계 이민자들에게 유포된 아메리칸 드림의 이데올로기적 속성에 대해서는 다음과 같은 언급을 참조할 수 있다. "아시아계 이민의 성공은 결국 아메리칸 드림의 신화를 입증해 주는 증거가 됨으로 해서 흑인들의 실패는 제도나 사회구조적 왜곡에 기인하기보다는 흑인 자신들의 잘못 때문이라는 논리가 가능하도록 해주는 기능을 한다. 그러한 점에서 아시아계 미국인의 성공신화는 불평등한 사회체제의 근본적 모순을 은폐하여 백인중심의 미국사회를 합리화시켜주는 도구의 성격을 갖춤이 분명하고, 따라서 그것은 미국의 백인 주류집단이 아시아계를 그들의 입장에서 타자화 해온 결과물이라고 할 수 있다."

〈그림 13: 마트에서 권총 강도에게
살해당하는 동료〉 〈그림 14: 백호빈을 죽인 제인의 자살〉

이와 같이 영화는 소설에서 추상적으로만 제시된 당대 미국에서의 한국인들의 삶을 구체적으로 재현함으로써, 보편화되어있던 아메리칸 드림의 허구성을 폭로하는데 성공하고 있다. 더불어 이러한 영화의 성취는 소설에 나타나는 동경과 좌절의 구체적인 실체와 그 맥락을 채우고 있다는 점에서 주목할 만한 변용 양상으로 평가할 수 있을 것이다.[330]

5) 텍스트 다시-쓰기의 전략

1960~70년대 활자 매체인 소설의 영상 매체로의 변용은 미디어 환경의 급속한 발전에 따른 자연스러운 현상이다. 더불어 소설과 영화 모두 사건과 사건의 연쇄를 통한 전개라는 서사 장르의 핵심 요소를 공유하고 있기

(최협, 「아시아계 미국이민은 성공한 소수민족인가?」, 『국제지역연구』 11권 4호, 서울대학교 국제학연구소, 2002, 138~139쪽)

330) 이는 당시 소설의 영화화가 많은 경우 본래의 전복적 성격을 탈각하고 국가 이데올로기에의 포섭이나 통속화 양상을 보이는 것과는 변별되는 성과이다. "대중소설을 영화화한 작품들은 기존 소설이 지닌 저항적인 청년 문화나 하층계급 여성들의 비극적인 면모를 축소시키고, 감각적이고 통속적인 당의정을 통해 지배 이데올로기를 재생산하고 있는 것이다. 그리고 이러한 영화들의 대중적인 흥행은 최인호, 조해일, 조선작의 작품들이 본래의 주제 의식 및 취지와는 달리 통속적인 작품들로 저평가 받게 되는 원인 중 하나로 작용하기도 하였다."(김지혜, 「1970년대 대중소설의 영화적 변용 연구」, 『한국문학이론과비평』 58, 한국문학이론과 비평학회, 2013, 377쪽)

때문에 용이한 매체 전환이 가능한 것 역시 분명한 사실이다. 그러나 이 변용이 단순히 소설 원작을 영상으로 반복하는 것이라면 큰 의미를 지니지 못한다. 중요한 것은 각각의 매체적 특성에 맞는 서사의 '번역'과 이를 통한 텍스트 다시-쓰기의 전략이다.

이러한 면에서 〈오발탄〉과 〈안개〉, 〈깊고 푸른 밤〉은 상당한 시사점을 제공한다. 이들 텍스트는 모두 원작에 대한 '번역'을 통해 새로운 의미를 창출하고 있기 때문이다. 〈오발탄〉은 원작이 지닌 지식인적 관념성의 문제를 극복하기 위해 서사의 보충과 오브제를 적극적으로 활용하며, 〈안개〉는 오버랩과 몽타주, 플래쉬 백 등 영상미학적 기법을 통해 분열된 주체성의 양상을 시각적으로 재현한다. 그리고 〈깊고 푸른 밤〉은 원작이 지닌 '길' 위의 서사의 공백을 채워넣음으로써 당대 아메리칸 드림의 허구성을 폭로하는 데 성공한다.

뉴미디어의 발전에 따라 소설을 중심으로 한 서사 장르는 비단 영상 매체만이 아니라, 게임 등의 수용자 개입 서사나 하이퍼텍스트 등의 분기형 서사 등으로 확산되고 있는 추세이다. 그러나 이러한 추세를 단순히 기술적 발전이라는 틀로 평가하는 것은 자칫 서사 텍스트가 지닌 고유한 문제의식을 소거시키는 결과를 낳을 수도 있다. 여전히 1960~70년대 소설의 영상 매체로의 변용에서 나타나는 텍스트 다시-쓰기의 문제설정이 유효한 까닭이다.

5. 공연 텍스트로의 변환과 수용미학적 기획

1) 황석영의 서사 양식 분화와 실험

황석영은 1960~70년대는 물론 2000년대 이후 현재까지 매우 다양한 서사 양식의 분화와 실험을 지속하고 있는 매우 중요한 작가이다. 그는 1970년대부터 다수의 논픽션 양식의 서사 텍스트를 실험했으며, 1980년 광주민주화운동을 기록한 『죽음을 넘어, 시대의 어둠을 넘어』를 대표집필 하기도 했다. 그리고 2000년대 이후에는 동아시아 고전 서사 장르를 차용 하여 『손님』, 『심청』, 『바리데기』 등의 문제작들을 발표하고 있다.

이 장에서는 이 중 그의 소설 텍스트의 공연 텍스트로의 변환 과정을 고 찰하고자 한다. 황석영은 「돼지꿈」, 「한씨연대기」 등 자신의 소설을 희곡 으로 변용한 바 있다. 소설과 희곡은 모두 문학 양식에 속하지만, 희곡의 경우 공연을 전제로 한다는 점에서 소설과 큰 차이를 지닌다. 따라서 소설 의 희곡화 과정에서는 다양한 극적 장치의 사용을 통한 공연 텍스트로의 변환이 필수적으로 요구된다.

그런데 황석영의 공연 텍스트는 일반적인 서구 희곡과는 다른 독특한 특성이 나타난다. 이는 그의 공연 텍스트 변환이 민중문화운동을 수행하며 접한 전통 연희 양식의 영향 속에서 이루어졌기 때문이다. 그는 이 시기 "전통적 구비서사 양식에서 드러나는 민족적인 정체성 뿐만 아니라, 전통 적 구비서사 양식의 형성 과정과 그 양식적 특성을 아울러 문제삼"[331]았 다. 따라서 그의 공연 텍스트에 대한 온전한 이해는 일반적인 희곡의 극적

---

331) 유승환, 「황석영 문학의 언어와 양식」, 서울대학교 박사학위논문, 2016, 217쪽.

장치에 대한 분석은 물론, 마당극이나 굿 등을 비롯한 전통 연희 양식의 영향과 재해석 양상에 대한 분석이 수반되어야만 가능할 것이다.332)

더불어 중요한 사실은 그의 공연 텍스트로의 변환이 민중문화운동의 일환으로 이루어졌다는 점이다. 이때 중시되는 것은 희곡의 내적 완결성 여부가 아니라, 실제 다양한 공연 현장에서 민중들과의 역동적인 소통을 가능하게 하는 독특한 극적 장치에 대한 실험이다. 특히 일반적인 관객과는 달리 수용자를 문화적 주체로 호명하기 위한 모색이 활발히 수행되며, 따라서 일종의 수용미학적 기획이 이루어지기도 한다. 이러한 문제의식 속에서 황석영의 소설 텍스트의 공연 텍스트로의 변환의 구체적인 특성을 분석할 필요가 있다.

2) 극적 장치의 도입을 통한 기대지평의 충족

황석영은 자신의 소설 「돼지꿈」을 희곡으로 변용한 바 있다. 주목되는 것은 그가 소설을 단순히 희곡으로 옮기는 것이 아니라, 관객-수용자의 기대지평333)을 고려한 극적 장치를 적극적으로 활용한다는 점이다. 이는

---

332) 황석영이 전통 연희 양식을 구체적으로 접한 것은 김지하를 매개로 한 대학가의 연극운동을 통해서인 것으로 보인다. "서울대 문리대 연극반이 마당극의 모태로서 자리 잡게 되는 것은 앞에서 살펴본 창작극 중심주의와 이곳에서 만들어진 인적 교류에서 비롯된 것인데, 문화운동 1세대와 김지하의 만남이 바로 이곳에서 이루어진 것이다."(김윤정, 「1970년대 대학연극과 진보적 연극운동의 태동」, 『민족문학사연구』 32, 민족문학사학회, 2006, 327쪽) 그런데 김지하의 투옥 이후 마당극 등을 체현하고 있던 대학가의 연극반은 김지하의 제안에 의해 황석영을 문화운동의 매개로 활동하게 되며, 이 과정에서 황석영은 마당극을 비롯한 전통 연희 양식을 직접 접하게 된다.

333) 기대지평 개념과 관련해서는 다음과 같은 언급을 참조할 수 있다. "〈기대 지평〉에는 작품 수용 시 수용자의 이해를 구성하는 모든 요소가 포함되어 있다. 따라서 수용자의 〈기대 지평〉이 작품의 〈기대 지평〉과 일치할 때 작품은 수용자에 의해서 받아들여질 것이다."(차봉희 편저, 『수용미학』, 문학과지성사, 1985, 32쪽) 특히 공연 텍스트의 경우 수용자의 직접적 반응이 수행된다는 점에서 이와 같은 기대지평은 더욱 중요한 위상을 지닌다.

대본 앞에 명기된 다음과 같은 지문에서 단적으로 나타난다.

(무대를 삼등분하여 우측은 평상 하나로 실내를, 좌측은 실외 공간으로, 그리고 무대 전면은 노상으로 설정한다. 특별한 무대장치는 물론, 소도구도 전혀 쓰지 않는다. 모든 것은 무대 공간과 배우의 동작으로 처리된다.)334)335)

위의 지문에서 주목되는 것은 공연 텍스트의 개방성이다.336) 즉, "특별한 무대장치는 물론, 소도구도 전혀 쓰지 않"는다는 점이 일반적인 희곡과 큰 차이를 나타낸다. 이는 황석영이 하나의 고정된 무대를 설정한 것이 아니라, 실제 민중문화운동의 현장에서 다양한 형태로 극의 무대를 변용하여 활용하는 장치를 모색했음을 의미한다. 당대 민중문화운동의 특성상 공연은 무대장치가 완성된 공간이 아니라, 공장이나 농촌 등 다양한 현장에서 주어진 환경에 맞추어 이루어진다. 따라서 위의 인용문에서 두드러지는 텍스트의 개방성은 활자화된 대본의 미학적 완성도보다는 공연 현장에서의 변용 가능성에 초점을 맞춘 것으로 볼 수 있다.

이러한 맥락에서 소설에서 가변초점화를 통해 발화하는 강씨 처, 여공들, 삼촌 등의 인물이 공연 텍스트에서 과감히 축소되거나 생략된다는 점 역시 주목된다. 예컨대 다음과 같은 부분을 보자.

---

334) 이 장에서는 소설과 공연 텍스트를 구분하기 위해 소설은 「」기호로, 공연 텍스트는 〈 〉기호로 표기한다.

335) 황석영, 〈돼지꿈〉, 『장산곶매』(황석영 희곡전집), 창비, 2000, 100쪽.

336) 이는 황석영이 접한 마당극 양식으로부터 연원한 것으로 볼 수 있다. "이러한 재현이 가능한 것은 위의 무대지문에서 드러나듯 희곡 〈돼지꿈〉이 서구의 연극(무대극)을 표방하고 있지만, 우리의 마당극적 특성을 반영하고 있기 때문으로 보인다. 무대장치와 연극적 소도구를 쓰지 않고, 공간과 배우의 동작으로 처리함으로써, 연극적 상황의 제약을 받지 않으면서 서사적 상황을 쉽게 구현해 낼 수 있기 때문이다."(임기현, 「황석영 소설과 희곡의 장르교섭」, 『현대소설연구』 42, 한국현대소설학회, 2009, 45쪽) 이 장에서는 임기현의 위와 같은 지적을 토대로, 주로 황석영이 모색한 실험을 수용미학적 관점에서 고찰하고자 한다.

"오늘은 아씨 땜에 야근두 못들어갔으니까요. 이불 가져가시라구요."

"뭘…… 그럴 거까지야 없구우."

하다가 덕배는 벽에 압정으로 눌러놓은 작은 종이조각에 눈이 갔다.

〈삶-생활이 그대를 속일지라도 슬퍼하거나 노하지 말라. 설움의 날을 참고 견디면 멀지 않아 기쁨의 날이 오리니 현재는 슬픈 것 마음은 미래에 살고 모든 것은 순간이다. 그리고 지난 것은 그리운 것.〉[337]

위의 소설 인용문에는 덕배의 술집에서 술값을 내지 않고 도망친 여공의 구체적인 생활상이 나타난다. 그녀는 돈이 없으니 이불이라도 가져가라고 발화하며 오히려 덕배로 인해 야근을 하지 못한 것을 아쉬워한다. 이러한 피폐한 생활상은 그녀가 벽에 붙여놓은 "삶-생활이 그대를 속일지라도 슬퍼하거나 노하지 말라"는 글귀에 의해 더욱 부각된다. 하루하루를 도래하지 않을 "미래"에 의탁하며 버티는 삶이 서술되는 것이다.

근호 (상반신을 끄덕거리면서 알깡패처럼 타령조의 노래를 한다.) 얼씨구 씨구 들어간다, 절씨구 씨구 들어간다. 서울 못 가 죽은 귀신 어디에다 묻어줄까, 서울 못 가 죽은 귀신 철둑에다 묻어주지. 공돌이 각설이 들어간다. (여공들 슬쩍 빠져나간다.) 옷 못 입구 죽은 귀신 명동 입구에다 묻어주고 팁 못 주고 죽은 귀신 무교동에다 묻어주고.

덕배 (덕배 처와 함께 등장하여 여공들이 없어진 것을 알고.) 아니 이것들이, 내가 지년들을 못 잡을 줄 알구. (덕배 쫓아나가고 근호는 아랑곳없이 노래를 계속한다.)

근호 공부 못해 죽은 귀신 대학 앞에 묻어주고 독서 못하구 죽은 귀신 만화방 앞에다 묻어주고 등산 못 가고 죽은 귀신 야호 앞에다 묻어주고 춤 못 추고 죽은 귀신 호텔 앞에다 묻어주고[338]

반면 공연 텍스트에서 여공들의 도주는 근호의 노래 중 "(여공들 슬쩍 빠져

337) 황석영, 「돼지꿈」, 『객지』, 창작과비평사, 1974, 247쪽.

338) 황석영, 〈돼지꿈〉, 앞의 책, 117쪽.

나간다.)"라는 간단한 지시문으로 처리될 뿐이다. 실제 소설은 3장으로 구성되어 있으나, 희곡은 6장으로 구성되는데 이 과정에서 공간을 기준으로 하여 관객의 기대지평을 훼손하는 부분들은 대거 축소되거나 생략된다. 예컨대 소설 도입부에서 서술되는 도시 주변부에 대한 세밀한 묘사, 강씨 처의 과거 회상, 종교를 통해 현실을 도피하는 삼촌에 대한 묘사 등이 이에 해당한다.[339] 현장에서의 공연에서 관객-수용자의 기대지평을 고려할 때, 주변적 인물인 여공들의 사연은 생략되는 것이 효과적이기 때문이다. 대신 그 자리에 전면화되는 것은 근호가 부르는 "타령조의 노래"인데, 이 노래는 널리 알려진 '각설이 타령'을 현실 비판적인 내용으로 개사한 것이다. 이러한 '노가바'는 관객-수용자의 입장에서 자신에게 익숙한 노래를 통해 현실 비판적 사유를 촉발시킨다는 점에서 공연 현장에 적합한 구성으로 볼 수 있다. 나아가 이 "타령조의 노래"의 가사는 관객-수용자층의 특성에 따라 얼마든지 즉흥적으로 변환되어 사용될 수 있다. 예컨대 공장에서라면 사측을 비판하고 풍자하는 내용으로, 농촌에서라면 금융조합이나 관료들을 비판하고 풍자하는 내용으로 변환이 가능한 셈이다. 이와 같은 전략은 황석영의 공연 텍스트가 가변적인 관객-수용자와 공연 조건을 고려한 개방성을 지니고 있음을 보여준다. 이러한 관객-수용자의 기대지평에 대한 고려는 동네 사람들의 '잔치' 장면에서 극대화된다.

> 근호는 부어오르기 시작한 손목께를 주물렀고, 강씨댁은 돈을 코 앞에다 바싹 갖다 대고 한 장 두장 세어 넘기고 있었다. 개천 건너 빈터에서 사람들의 웅성대는 소리가 들리고 모닥불 빛이 보였다. 근호가 물었다.

---

339) "희곡은 소설적 흐름을 충실하게 재현하고 있지만, 소설 속에 등장하던 일부 모티프를 삭제했다. 경찰이 덕배의 포장마차에 들러 돈을 뜯어가는 장면, 덕배가 포장마차에서 음식 값을 떼먹고 도망가는 여공의 자취방에 따라가서 성행위를 치르는 장면도 희곡에서는 빠졌다. 직접 무대에서 재현하기 어렵다고 판단했기 때문일 것이다."(임기현, 앞의 글, 46쪽)

"저기 웬 사람들이야, 뉘집 제사하나?"

강씨댁은 돈 세기에 여념이 없고, 삼촌이 혀를 차면서 말했다.

"술 먹느라구 그러지 뭘."340)

소설에서 '잔치'의 시작은 위의 인용문에서 나타난 것처럼 간접적인 소리와 빛으로 제시된다. 여기에 강씨의 처와 삼촌의 반응이 서술되면서 집안의 공간과 집 밖의 공간이 분리되어 나타난다. 즉 강씨댁의 입장에서 잔치는 자신의 피폐한 삶과는 무관한 것으로 인지되며, 삼촌의 입장에서는 종교적인 관점에서 비판적인 것으로 인지된다. 반면 공연 텍스트에서는 이 장면이 다음과 같이 변환된다.

(빈터의 잔치장면. 불그레한 모닥불의 불빛이 가득 차 있다. 사람들의 낄낄대는 웃음, 타령소리. 무대 전체에 번진 싱싱한 활기. 웃통을 벌거벗은 덩치 좋은 양아치. 개고기 솥과 술 바께스를 중심으로 둥그렇게 앉고 서고 했다.)341)

반면 공연 텍스트에서는 무대 공간의 분리를 과감히 생략하여 잔치의 카니발적 분위기를 직접적으로 제시하고 있다. 이러한 변환은 소설 원작에서 개별 인물들의 가치관에 의해 거리감이 확보되고 있는 것과는 달리, 관객-수용자들을 동일성을 극대화시키는 효과를 낳는다. 이와 같은 관객-수용자의 기대지평을 고려한 변환은 텍스트의 마지막 부분에서 극대화된다.

(활기의 절정, 일렁이는 모닥불 중심으로 농무를 추기 시작한다. 차츰차츰 그들의 춤은 고조된다. 농악, 모여들기 시작한 군중, 무대를 가득 채운다. 춤의 절정에 이르러 사람들 뿔뿔이 흩어져 무대 아래 객석으로 퇴장한

---

340) 황석영, 「돼지꿈」, 앞의 책 254쪽.

341) 황석영, 〈돼지꿈〉, 앞의 책, 125쪽.

다. 무대 위에는 곯아떨어진 근호 혼자. 적막한 정적. 미순이 안쪽에서 속
치마 바람으로 등장. 조심조심 오빠에게로 다가간다. 망설이듯 하면서 오
빠를 흔들어본다. 근호 앓는 신음소리뿐이다. 미순이 한숨쉬고 나서 오빠
곁에 앉는다. 자기의 부른 배를 쓰다듬어보고서 고개를 하늘로 쳐든다. 멀
리서 어린 계집아이의 소리 "별 하나 나 하나, 별 둘 나 둘, 별 셋 나 셋,
별 넷 나 넷, 별 다섯 나 다섯, 별 여섯……" 계속되면서 커졌다가 차츰 작
아지면서 조명 어두워진다.)[342]

공연 텍스트에서 마지막 부분은 '잔치'의 "농무"로 시작된다. 주목되는
것은 농무를 추던 배우들이 잔치의 끝에 이르러 "무대 아래 객석으로 퇴
장"한다는 점이다. 이러한 기법적 고려를 통해 공연의 주체와 객체 사이의
거리는 해소되며, 공연 조건에 따라 관객-수용자가 직접 "농무"에 참여할
수 있는 가능성이 구현된다. 즉, "모여들기 시작한 군중, 무대를 가득 채운
다"는 지문에서 "군중"은 단지 공연의 주체인 배우에 국한되는 것이 아니
라, 실제 관객-수용자로 확장될 여지가 존재하는 것이다.

여기서 "농무"가 끝난 후 공연 전체를 종결짓는 부분 역시 기대지평을
고려한 것으로 변환된다. 즉, 미순의 근호에 대한 감정을 내면묘사를 통해
재현하는 것이 불가능한 만큼, 이를 대체하는 방식으로 "어린 계집아이의
소리"를 삽입하여 전체 공연을 관통하는 당대 민중의 정서를 환기시키며
자연스럽게 조명을 꺼뜨리는 것으로 공연을 끝내는 것이다.

이와 같이 황석영은 자신의 소설 「돼지꿈」을 공연 텍스트로 변환하는
과정에서 다양한 극적 장치를 활용하여 당대 민중문화운동의 내포관객들
의 기대지평을 충족시키는 효과를 생성하고 있다. 이러한 성과는 황석영의
공연 텍스트로의 변환 작업이 단순히 소설을 희곡으로 바꾸는 것이 아니
라, 실제 민중문화운동의 수행을 위한 실천적 모색의 결과였음을 보여주는

---

342) 위의 작품, 128쪽.

것으로 평가할 수 있을 것이다.

3) 실험적 연극 장치의 활용과 기록극의 문제설정

소설 「한씨연대기」는 주로 황석영의 분단극복의 의지가 표출된 작품으로 평가되어 왔다. 예컨대 "한국 전쟁을 겪은 대다수 민중들의 삶을 대표한다고 볼 수 있는 소설"343)이라는 평가나 "분단과 전쟁으로 인해 '세계의 총체성이 상실되었음을 전존재적으로 체현하는' '비극적 인물'이자 '문제적 개인'"344)의 형상화라는 평가 등이 대표적이다. 이러한 소설의 성과는 공연 텍스트에서도 나타난다. 다만 소설의 경우 활자 매체이기 때문에 한국 전쟁과 분단에 대한 서술자의 보충 서술이 풍부히 가능한 반면, 공연의 경우 이와 같은 역사적 상황에 대한 직접 재현이 현실적으로 어렵다는 문제가 발생한다.

이러한 문제를 해결하기 위해 황석영은 소설을 공연 텍스트로 변환하며 서사극적 기법을 강하게 활용한다.345) 즉 전쟁과 분단을 둘러싼 역사적 지식을 충분히 지니지 못한 관객-수용자를 고려한 실험적인 연극 기법을 도입하는 것이다. 그런데 황석영은 역사적 지식을 전달하는 과정에서 일반적인 연극에서 사용되지 않는 다양한 매체들을 적극적으로 활용하는 '기록극'적 실험을 활용한다는 점이 주목된다. "기록극에선 연극기호로서, 그 무엇

343) 연남경, 「황석영 소설의 역사인식과 민중성」, 『상허학보』 13, 상허학회, 2004, 510쪽.
344) 김승종, 「황석영 초기 소설에 나타난 '문제적 개인'」, 『국어문학』 49, 국어문학회, 2010, 95쪽.
345) "이 작품은 서사극적 기법을 활용하여 환영을 차단하고, 분단의 비극적 역사에 대한 새로운 지식을 전하는 동시에 관객들이 분단현실에 대한 냉정한 관찰자로서의 안목을 갖도록 유도하고 있다. 이를 위해 당시로서는 금기시되었던 분단과 관련된 새로운 역사적 지식을 서사극적 형식을 빌려와 전달하고 있다."(임기현, 「한씨연대기」의 연극화 과정 연구」, 『공연문화연구』 30, 한국공연문화학회, 2015, 419쪽) 그런데 그가 지적한 황석영 희곡의 '서사극'적 특성은 브레히트의 개념이다. 반면 텍스트만을 본다면 브레히트의 서사극이 지니는 '소외효과'보다는 오히려 피스카토르의 '기록극'적 특성에 해당하는 실험이 보다 두드러지는 것으로 판단된다.

의 표현인 이차적 실체(상징체)가 묘사되는 것이 아니라, 여러 종류의 실재 기록들이 연극언어의 구조를 이루게 되었다. 피스카토르는 실제 보도자료나 사진, 영화를 동원하여 만든 무대가 자신의 예술적 원리 중에 중요한 객관적 연기법을 실현하는 또 하나의 실험이라 보았고, 자료를 나르는 매체의 확대(영화도 사용됨)를 타진하여, 긍정적으로 상승되는 영향 전략을 확보하기 위해 몽타주 세계의 가능성을 본격적으로 탐구하였"[346]는데, 황석영 역시 이와 유사한 기록극적 특성을 실험하고 있다.[347]

> (전략) 한편 왼쪽 무대 하단엔 장면마다의 시대적 상황을 쉽게 이해시키기 위해 차트를 만들어놓고 필요할 때마다 배우들이 넘긴다.[348]

위의 인용문은 공연 텍스트 앞에 제시된 무대지문의 일부이다. 여기서 주목되는 것은 전쟁과 분단과 관련된 "시대적 상황"을 설명하기 위해 "차트"가 사용된다는 점이다. 즉 배우의 연기를 통한 "시대적 상황"의 재현 대신, 다른 매체를 활용한 '전달'이 사용되는 것이다. 이는 구체적으로 소설 원작과는 달리 공연 텍스트에 새롭게 삽입된 '다큐멘터리' 장을 통해 구현된다.

제 1장 다큐멘터리 1

해설자2 제 2차 세계대전이 한창이던 1943년 3월, 미국의 루스벨트 대통령과 영국의 이튼 외상이 워싱턴에서 회담을 갖고, 전쟁이 끝난 뒤 일본

---

346) 남상식, 「정치 연극의 언어」, 『한국연극학』 6권 1호, 한국연극학회, 1994, 322쪽.
347) 이와 관련하여 다음과 같은 언급을 참조할 수 있다. "이러한 서구의 피스카토르와 같은 실험 공연제작자들의 생각과 활동 방식은 현대 한국 마당극에서의 매체기술을 사용한 표현방법과 매우 유사함을 알 수 있다. 특히 정치적 목적을 위해서 피스카토르와 마당극의 대표적 연출가 임진택 모두 현대 대중매체를 사용하려 했다는 점이 그러하다."(이원현, 「한국 마당극에 나타나는 서양 연극의 실험적 기법들」, 『한국극예술연구』 22, 한국극예술학회, 2005, 179쪽)
348) 황석영, 〈한씨연대기〉, 『장산곶매』(황석영 희곡전집), 창비, 2000, 316쪽.

식민지의 복귀문제에 대해서 논의하던 중 루스벨트는 이 자리에서 처음으로 한국에 대한 강대국의 신탁통치 문제를 제기했습니다.

해설자 4 (무대 전면 왼쪽으로 가면서) 이러한 제안은 그해 11월 카이로에서 발표한, 루스벨트·처칠·장개석의 이른바 카이로공동선언에서도 반영되었습니다.[349]

위의 인용문은 텍스트의 도입에 해당하는 부분이다. 본격적인 한영덕의 생애에 대한 재현 이전에, 한국전쟁과 분단의 맹아로 기능하는 "강대국의 신탁통치 문제"를 전달하여 역사적 맥락을 환기시키는 것으로, 관객-수용자가 한영덕의 비극적 삶을 보다 거시적인 시야에서 해석할 수 있는 정보를 제공하고 있다. 그런데 무대지문에서 제시된 "차트"에 대한 설명은 구체적으로 찾아보기 어렵다. 이는 민중문화운동의 수행 과정에서 주어진 가변적인 공연 조건에 따라 "차트"가 위의 인용문에 나타난 것처럼 배우의 대사로 처리될 수도 있으며, 혹은 즉석에서 쓴 간단한 '차트'로 재현될 수도 있고, 일정 정도 무대장치 활용이 가능한 경우라면 사진이나 영상, 음향 등 다양한 방식을 통해 변환될 수 있음을 의미한다.

소리E 대한민국의 온건한 사상을 지닌 국민으로서 삼가 귀중한 정보사실을 알려드리는 바입니다. 현재 부산시립병원에서 의사로 근무하고 있는 한영덕은, 1948년 김일성대학 의학부 산부인과학 교수직에 취임한 뒤, 1950년부터는 당의 배려 아래 특별한 대우를 받으며 부역한 사실이 있습니다. (투서는 계속되고 어둠속에서 플래시를 비추며 등장하는 배우 2·4·5. 그들의 모습은 희미한 윤곽뿐이다. 무대 바닥을 비추기도 하고 극장의 천장을 비추기도 한다. 누군가를 수색하고 있는 듯)[350]

실제 소설 원작에서도 한영덕의 생애는 각종 공문서 등을 비롯한 다양

---

349) 위의 작품, 316~317쪽.
350) 위의 작품, 343~344쪽.

한 '기록'적 양식을 통해 실험적인 방식으로 재현된다. 위의 인용문은 한영덕을 비방하는 내용의 '투서'를 공연 텍스트로 변환한 것인데, 이 과정에서 본래 활자매체인 '투서'는 "소리"로 변환되어 재현된다. 그런데 음향 효과 장치가 구비된 경우라면 "소리"의 형태로 전달될 '투서'는 음향 효과 장치가 부재한 경우라면 간단한 손글씨나 배우의 대사 등으로 재현될 수도 있으며, 영상 효과 장치가 구비되면 경우라면 슬라이드의 연속 등을 통해 재현될 수도 있다. 이와 같은 특성은 황석영의 공연 텍스트로의 변환 작업이 실제 공연 현장의 가변적 성격을 고려한 것임을 보여준다.

> 사이. 이런 식으로 서너 번 반복되는 이별의 모습. 배우들 모두 일단 퇴장했다가 다시 가족의 이름을 부르며 등장한다. 이때 배우2도 함께 들어온다. 그들은 무대 전면에 일렬로 늘어서서 조명이 밝아짐과 동시에 노래를 부른다. 이 노래 장면은 앞부분의 슬픈 이별의 감정을 억누르는 효과를 내기 위해 마치 거리의 악사들처럼 희화적으로 처리된다.

> 노래 (모두 같이) '가거라 삼팔선아.' (1·2절)[351]

위의 인용문은 전쟁으로 인한 이산의 문제를 재현하는 부분이다. 그런데 장면 자체는 분명 "슬픈 이별의 감정"을 담은 것임에도 불구하고, 정작 그 노래의 구현은 "희화적으로 처리"되도록 구성된다. 이는 일견 모순된 구성인데, 왜냐하면 이산의 문제를 재현하면서 "슬픈 이별의 감정을 억누르는 효과"를 기대하는 것은 다소 어울리지 않기 때문이다. 이는 브레히트의 서사극적 특성을 활용하여 "극의 진행과 감정이입을 차단시켜 관객들이 분단 비극에 대한 성찰과 비판의 시간을 갖도록 하는"[352] 의도로 볼 수 있다.

---

351) 위의 작품, 332쪽.
352) 임기현, 앞의 논문, 419쪽.

그런데 여기에 황석영이 공연 텍스트 변환 과정에서 지속적으로 실제 민중문화운동 '현장'에서의 구현을 고민했다는 사실을 고려하면 두 가지 점이 주목된다. 첫째, 우선 구체적인 노래가 남인수의 대중가요인 〈가거라 삼팔선아〉로 명시되어 있다는 점이다. 1974년 발표된 이 노래는 일반적인 연극 관객층인 지식인보다는 당대 민중들에게 익숙한 대중적 성격을 지닌다. 둘째, 이 노래가 "(모두 같이)" 부르는 것으로 설정되어 있다는 점이다. 이는 배우들 전체가 부르는 것일 수도 있고, 공연 상황에 따라서는 관객들을 포함하여 부르는 것으로 확장될 수도 있다. 그런데 황석영은 후자를 기대한 것으로 보이는데, 배우들만이 부르는 것이라면 굳이 "(1·2절)"을 모두 수행하여 관객에게 "슬픈 이별의 감정"을 극대화시킬 이유가 없기 때문이다. 이러한 점을 고려한다면 소설 원작과는 달리 공연 텍스트는 민중들의 능동적 참여를 위한 장치들을 실험하고 있음을 알 수 있다.

같은 맥락에서 텍스트의 종결에서 나타나는 차이 역시 주목된다. 소설의 경우 종결은 한영덕의 딸인 한혜자에 초점이 맞추어지며, 전쟁과 분단을 극복할 새로운 '세대'의 등장에 희망을 담는 방식으로 구성된다.

> 새벽의 냉기 때문에 눈을 뜬 혜자는 서 학준 박사와 고모가 잠이 든 걸 확인한 뒤에 살그머니 일어났다. 그애는 발꿈치를 들고 영좌(靈座) 앞으로 걸어가 향그릇 옆에 놓인 유품들 중에서 수첩을 집어들었다. 집안의 모든 사람들이 잠들었는지 사위가 고요했다. 그애는 우중충하고 좁은 계단을 내려와 그집을 빠져 나왔다. 고별식은 끝났고, 이제 아버지는 망령마저 떠돌 수 없도록 땅속 깊이 묻힐 것이다. 혜자는 아버지의 매장에 관한 따분한 기억을 갖고 싶지가 않았다.353)

소설에서 한영덕의 비극적인 일생은 새로운 세대인 혜자에 의해 "땅속

---

353) 황석영, 「韓氏 年代記」, 『창작과비평』, 1972 봄, 70쪽.

깊이 묻힐" 대상으로 서술되며, 한영덕의 삶을 담은 "수첩"은 이러한 '애도'를 온전히 수행하기 위한 역사적 기억으로 서술된다. 반면 공연 텍스트의 종결은 다음과 같이 서술된다.

술에 취한 한영덕, 관 앞에 쓰러져 잔다. 음악소리와 함께 망치소리 고조되면서 조명 서서히 암전된다.[354]

위의 인용문에 나타나듯, 공연 텍스트에는 서사의 시간적 구조상 이미 죽은 한영덕이 술에 취해 "관" 앞에 쓰러져 잠드는 것으로 종결된다. 따라서 소설에서 한혜자에게 초점을 맞추어 분단을 극복할 새로운 세대에 대한 희망을 제시하는 것과는 다른 효과가 발생한다. 분단에 의해 희생당한 한영덕의 비극적인 생애가 부각되는 셈이다. 사실 이러한 구성은 브레히트가 제기한 서사극의 핵심 요소에 해당하는 '소외 효과'를 부정하며, 오히려 인물에 대한 몰입과 동화를 극대화시킨다는 점에서 서사극의 특성에 정면으로 배치되는 것이다.[355] 이러한 맥락에서 주목되는 것은 위에 명시된 "음악소리"에 대한 구체적인 설명이 없다는 점이다. 즉, 공연의 종결 역시 가변적인 공연 조건에 따라 극의 분위기를 고조시키는 음향 효과나, 직접 관객들이 참여하는 합창 등의 다양한 방식으로 변환될 수 있는 것이다.

이와 같이 황석영은 서사극 등 서구의 실험적 연극 기법을 활용하며, 이를 당대 민중문화운동의 문제의식 속에서 새롭게 해석하는 양상을 보여준

---

354) 황석영, 〈한씨연대기〉, 앞의 책, 354쪽.
355) 이와 관련하여 다음과 같은 언급을 참조할 수 있다. "현대극은 서사극의 수용으로 점진적으로 발전해나갔고 서사극은 그 토대를 만들어 주었다. 그러나 한국 현대극은 서사극을 수용하면서도 서사극의 특성과는 다른 면모를 보여주었다. 이것은 한국인의 정서에 기초한 한국적인 서사극을 만들기 위한 노력의 일환으로 분석할 수 있다."(조정희, 「1980년대 서사극의 현실반영성 연구」, 『인문사회과학연구』 11권 1호, 부경대학교 인문사회과학연구소, 2010, 176쪽) 조정희는 "한국적인 서사극"의 구체적인 모색으로 이강백, 이현화 등 희곡 작가와 함께 황석영을 꼽고 있다.

다. 전쟁과 분단의 역사적 맥락을 기록극적 기법을 통해 재현한다든가, 주어진 공연 조건에 맞추어 가변적 형태의 장치를 활용하는 것, 관객들의 능동적 참여를 위한 장치들을 풍부하게 배치하는 것 등이 이에 해당한다. 이러한 실험은 황석영의 공연 텍스트로의 변환 작업이 지닌 현장성의 문제의식을 보여주는 것으로 평가할 수 있다.

4) 고정된 활자에서 열린 텍스트로의 변용

황석영의 소설의 공연 텍스트로의 변환은 단순히 예술 장르의 변환을 통한 미학적 실험에 그치는 것이 아니라, 당대 민중문화운동 과정에서 실제 민중들과 교감하며 이들을 저항적 주체로 호명하기 위한 기획이었다. 따라서 그는 문화예술의 일반적인 수용자층인 지식인층과는 변별되는 민중들의 기대지평을 고려한 텍스트 변환과 이들을 단순히 공연의 '대상'이 아닌 능동적인 참여를 통한 '주체'로 형성하려는 기법적 실험을 활발히 수행한다.

이와 같은 황석영의 문제의식은 이 장에서 다룬 소설 텍스트의 공연 텍스트로의 변환 뿐 아니라, 실제 다양한 마당극 및 굿을 비롯한 연희 대본의 창작은 물론, 검열이라는 시대적 상황 속에서 '테이프'356) 제작 등으로 확장되어 나타난다. 이러한 매체활용을 통한 구체적인 현실과의 교감은 그의 민중문화운동이 단지 내용적 층위에서의 진보적 진술에 그치는 것이

---

356) 황석영은 제주 지역의 비극적 역사를 형상화한 영화 시나리오를 창작하는 등(〈날령 죽경 펄에나 문엉〉) 다양한 매체활용을 실험한다. 특히 광주민주화운동의 진상을 알리기 위해 제작한 〈지하방송 '자유광주의 소리'〉 테이프에는 윤상원 열사과 박기순 열사의 영혼 결혼식을 굿 형식으로 재현한 텍스트가 실려 있다. 이 텍스트는 시낭송과 내래이션, 노래, 아지테이션 등 매우 다양한 음향 매체가 활용되고 있다. 자세한 것은 황석영, 〈넋풀이〉, 『장산곶매』(황석영 희곡전집), 창비, 2000를 참조. 이러한 매체활용은 이후 1980년대 활발히 이루어진 민중문화운동으로 계승된다.

아니라, 실제 당대 민중과의 호흡을 통한 열린 텍스트의 기획이라는 점에서 지식인 중심의 민족문학론의 한계를 극복하기 위한 단초를 내포한 것이기도 하다.

제5부

'반복'과 '차이'로서의 서사 장르의 문제성

이상으로 4·19를 계기로 촉발된 문학장의 재편과 이를 기반으로 한 1960~70년대 소설의 장르적 특성을 살펴보았다. 기존 연구는 문학의 내용과 형식을 다소 이분법적 대립구도로 설정하는 한계를 보인다. 그러나 문학 텍스트는 단순히 표면적 진술만으로 현실에 대응하지 않으며, 또한 단순히 형식적 실험만으로 사회와 관계 맺지 않는다. 오히려 특정 장르를 생성하며, 이를 통해 사회 현실을 구조적으로 드러낸다.

이러한 문제의식에서 이 책은 우선 1부에서 당대 문학장의 재편 과정에서 활발히 이루어진 비평적 논의를 검토하였다. 4·19 이후 조동일 등에 의해 활발히 진행된 전통 담론의 흐름과 이후 제3세계문학론 등의 제기는 서구의 근대문학의 장르적 규범과는 변별되는 동아시아 고전 서사 장르에 대한 재인식을 추동하였다. 나아가 1970년대 민족문학론의 자기 성찰 속에서 제기된 민중문학론은 지식인-작가에 의한 담화 양식과는 변별되는 민중의 담화 양식에 대한 탐구로 발전하였다. 한 편 이 시기 서구 문학 이론의 수용에서 두드러지는 것은 단순한 '이식'과 '모방'이 아닌, 포스트 콜로니얼적인 전유와 폐기의 전략이다. 4·19 이후 김붕구 등에 의한 프랑스 문예사조의 수용은 한국적 상황에 맞추어 '증언문학'으로 개념화된다. 이후 김치수 등에 의한 문학사회학의 수용은 김현의 양식론적 문제설정과 결합되어 다양한 서사적 실험을 추동하는 계기로 작동한다. 더불어 산업사회로의 급속한 진입 속에서 다양한 미디어의 발전이 이루어지며, 이를 매개로 한 대중문화 역시 문학장에 큰 영향을 미치게 된다. 이 과정에서 기존의 엘리티즘적 문학장의 '외부'의 담화 양식이 틈입하기도 하며, 인접 예술 장르와의 접속을 통한 텍스트의 변용 양상이 두드러지기도 한다. 특히 영화를 비롯한 새로운 예술 장르와 문학과의 교섭이나 기존 소설 작품의 공연 텍스트로의 전환 등이 매우 빈번히 나타난다.

2부에서는 전통 서사 장르의 계승과 진화의 양상을 고찰하고, 민중의 담화 양식이 서사 장르에 개입하는 현상을 살펴보았다. 이른바 전통단절론과 이식문학론의 문제설정에서 종종 간과되곤 하는 '전', '기', '설', '사', '부' 등의 동아시아 전통 서사 장르는 이문구, 강호무, 현재훈, 한수산 등의 텍스트를 통해 새롭게 구현된다. 나아가 민중의 담화 양식에 대한 천착은 박태순, 신상웅, 황석영 등의 일련의 논픽션 서사에 대한 발견으로 구체화된다. 이러한 성취는 주로 비평사적 층위에서 논의되어온 당대 전통론이나 제3세계문학론, 민중문학론 등이 실제 서사 텍스트의 영역에서 활발히 구현되었음을 보여주는 것이라는 점에서 주목된다.

3부에서는 서구 문학이론의 수용을 매개로 하여 수행된 서사 실험의 양상을 살펴보았다. 우선 김붕구 등의 누보 로망 수용의 문제성과 이를 토대로 한 최창학 등의 실제 서사 텍스트의 실험을 고찰하였다. 이 과정에서 서구 누보 로망이 상호텍스트성을 비롯한 포스트 콜로니얼적 전략을 통해 한국문학의 특수성을 발현하기 위한 매개로 기능하고 있음을 확인하였다. 그리고 김치수와 김현 등에 의해 제기된 문학사회학적 인식의 심화와 양식론과의 통합적 인식을 토대로, 현실 법칙 너머의 정치적 무의식을 표출하는 최인훈, 이제하, 이어령, 오탁번 등의 서사 텍스트를 분석하였다. 이러한 서사 실험은 주로 리얼리즘적 규범에 국한되어온 현실에 대한 문학적 대응의 새로운 방식을 보여준다는 점에서 주목된다.

4부에서는 관습화된 문학장의 '외부'의 서사 텍스트가 고정된 형태의 장르간의 경계를 넘어서는 다양한 양상들을 분석하였다. 우선 4·19에 참여한 문학장 '외부'의 서발턴의 발화를 오상원, 곽학송, 신상웅, 박태순 등의 텍스트에 삽입된 소문, 유언비어, 괴담 등에 대한 분석을 통해 추적하였다. 이는 서사 텍스트가 공적 기록에서 배제된 서발턴의 목소리를 담아내는 유력한 기제라는 점을 보여준다. 나아가 고전적인 3분법적 장르 체계를 비판하며, '광장'의 양식으로서의 '종합예술'을 고민한 최일수의 논의, 이범선, 김승옥과 최인호 등의 소설의 영상 매체로의 변환과 다시-쓰기의 전략, 황석영 등의 활자 텍스트의 개방적 공연 텍스트로의 변환과 수용미학적 문제의식 등을 분석하였다. 더불어 이병주와 최인훈 등이 보여주는 역사와 소설간의 새로운 관계맺음에 대한 서사 장르적 실험의 양상 역시 살펴보았다. 이러한 다양한 서사의 경계 넘기와 관련된 실험들은 특히 매체간 변환과 혼종이 매우 활발히 진행되는 현재 시사해주는 점이 크다는 점에서 주목된다.

기실 문학사적 맥락에서 볼 때, 고정불변의 장르란 존재하지 않는다. 그러나 완전히 새로운 장르 역시 존재하지 않는다. 장르 자체가 이론적 개념이 아니라 역사적 개념에 속하기 때문이다. 그렇다면 4·19를 계기로 폭발적으로 이루어진 서사 장르의 분화와 실험을 어떻게 볼 것인가? 이는 한 축으로는 근대문학의 형성 과정에서 배제된 고전 서사 장르가 4·19를 계기로 새롭게 인식된 결과이며, 동시에 다른 한 축으로는 서구 문학이론의 능동적 수용과 한국문학의 특수성에 대한 인식이 발현된 결과이다. 나아가 엘리티즘적 문학장 '외부'의 언어가 폐쇄적인 문학장 자체를 전복하려는 문학의 '혁명'을 추동한 결과이기도 하다.

1960~70년대 소설은 4·19를 통해 새롭게 열린 사회와 현실 속에서 기성의 장르와는 구분되는 방식으로 문학의 혁명을 수행하고자 했다. 4·19 혁명은 단지 정치적 층위에 국한되는 것이 아니라 문화적 층위에서도 운동했기 때문이다. 그러나 이러한 문학의 혁명은 단지 이 시기에만 국한되는 것은 아니다. 이전 시기, 이미 1930년대 '전형기'에 동아시아 서사 장르의 계승과 서구 문학이론의 탈식민적 수용이 활발히 진행되었고, 이후 시기, 1980년대 엘리티즘적 문학 장르 개념을 비판하며 서발턴의 고유한 글쓰기 양식이 문학장의 폐쇄성을 전복하고 서사 텍스트의 주체와 객체간의 위계질서 자체를 해체한다. 이러한 문학사적 흐름은 일견 단순한 '반복'으로 보이는 장르의 변화가, 특정 시기 문학적 인식틀에 의해 고유한 장르적 '차이'를 생성하는 것임을 단적으로 보여준다.

그런 맥락에서 이 책은 4·19를 계기로 촉발된 1960~70년대 소설의 장르론적 성격을 문학사적으로 배치해야 할 후속 과제를 남긴 셈이다. 구체적으로 다음과 같은 것들이 이에 해당된다: 이 시기 소설의 장르적 특성은 한국 근현대문학의 전개 과정에서 어떠한 지점을 반복하며 어떠한 징후를 차이로 드러내는가? 예컨대 1930년대 후반 이른바 전형기 고전 서사 장르의 계승이나 서구 소설이론의 수용과 변별되는 텍스트를 산출한 문학적 에피스테메의 실체는 무엇이며, 민족문학론이나 문학사회학 등을 추동한 내적 논리는 무엇인가? 1970년대 대두한 대중문화론은 이후 어떠한 지점에서 1980년대 민중문화론과 반복되면서도 차이를 드러내는가? 예컨대 동일한 대상인 대중과 민중을 문화적 층위에서 구분할 수 있는 근거는 무엇이며, 텍스트의 주체와 객체를 전복하려는 메커니즘은 실제 운동에서 어떠한 방식으로 구현되었는가? 엘리티즘적 문학장의 '외부'를 문학으로 호명할 수 있는가? 예컨대 유언비어, 소문, 괴담 등의 서사 텍스트가 지니는 나름의 '미학'을 추출할 수 있는가? 나아가 서발터니티의 흔적을 복원하기 위해 요구되는 문학적 상상력의 실체는 무엇인가? 서사 텍스트의 매체 변환을 분석하는 관점은 어떠해야 하는가? 특히 상업자본의 논리를 피하기 어려운 대량생산 체제 하의 인접 매체로의 변환에서 유의해야 할 것들은 무엇인가? 등등. 그리고 이러한 질문을 통하여 반복 속에서의 '차이'를 발견하는 작업과 함께, 비로소 4·19로 촉발된 서사 장르의 변화는 그 문학사적 좌표를 찾을 수 있을 것이다.

참고문헌

1. 기본 자료

『사상계』, 『자유문학』, 『산문시대』, 『청맥』, 『신동아』, 『세대』, 『창작과비평』, 『문
  학과지성』, 『월간문학』, 『현대문학』, 『한국문학』, 『문학춘추』, 『창조』, 『여
  성동아』, 『대화』, 『마당』, 『월간중앙』, 『동서문화』 등 잡지자료

곽학송, 문혜윤 엮음, 『곽학송 소설 선집』, 현대문학, 2012.
구중서, 『한국문학과 역사의식』, 창작과비평사, 1985.
김붕구, 장성규 엮음, 『김붕구 평론 선집』, 지식을만드는지식, 2015.
김승옥, 『김승옥 소설전집』(전 5권), 문학동네, 2004.
김주연, 『예감의 실현』(김주연 비평선집), 문학과지성사, 2016.
김치수, 『문학사회학을 위하여』(김치수 문학전집 2권), 문학과지성사, 2015.
김현, 『현대 한국 문학의 이론』(김현 문학전집 2권), 문학과지성사, 1991.
김현, 『분석과 해석』(김현 문학전집 7권), 문학과지성사, 1991.
박태순, 『무너진 극장』, 책세상, 2007.
백낙청, 『한국문학과 세계문학1』, 창작과비평사, 1978.
백낙청, 『인간해방의 논리를 찾아서』, 창비, 2011.
오상원, 유승환 엮음, 『오상원 작품집』, 지식을만드는지식, 2010.
유종호, 『유종호 전집』(1권), 민음사, 1995.
이문구, 『관촌수필』, 나남출판, 1999.
이문구, 『이문구 문학에세이: 외람된 희망』, 실천문학사, 2015.

이병주, 『이병주 전집』(전 30권), 한길사, 2006.

이제하, 『이제하 소설전집』(전 4권), 문학동네, 1999.

전태일, 전태일기념사업회 엮음, 『내 죽음을 헛되이 말라』, 돌베개, 1988.

조동일, 『한국문학과 세계문학』, 지식산업사, 1991.

조동일, 『동아시아문학사비교론』, 서울대 출판부, 1993.

조영래, 『전태일 평전』, 돌베개, 1983.

최인호, 『최인호 중단편 소설전집』(전 5권), 문학동네, 2002.

최인훈, 『최인훈 전집』(전 15권), 문학과지성사, 2008.

최창학, 『창』, 책세상, 2008.

한수산, 『사월의 끝』, 책세상, 2007.

황석영, 『황석영 중단편전집』(전 3권), 창비, 2000.

황석영, 『황석영 희곡전집』, 창비, 2000.

2. 국내 문헌

1) 단행본

공임순, 『우리 역사소설은 이론과 논쟁이 필요하다』, 책세상, 2000.

구해근, 『한국 노동계급의 형성』, 창비, 2002.

권보드래·천정환, 『1960년대를 묻다』, 천년의상상, 2012.

김원, 『박정희 시대의 유령들』, 현실문화, 2011.

김윤식·김현, 『한국문학사』, 민음사, 1973.

김윤식·정호웅, 『한국소설사』(개정증보판), 문학동네, 2000.

백문임 외, 『르네상스인 김승옥』, 앨피, 2005.

사월혁명연구소 엮음, 『한국사회변혁과 4월혁명』(1권), 한길사, 1990.

원우현 엮음, 『유언비어론』, 청람, 1985.

조남현, 『풀이에서 매김으로』, 고려원, 1992.

차봉희 편저, 『수용미학』, 문학과지성사, 1985.

최원식·임규찬 엮음, 『4월혁명과 한국문학』, 창작과비평사, 2002.

하상일, 『1960년대 현실주의 문학비평과 매체의 비평전략』, 소명출판, 2008.

홍상훈, 『전통 시기 중국의 서사론』, 소명출판, 2004.

2) 논문 및 기타 자료

강유정, 「김승옥의 소설 〈무진기행〉과 김수용 영화 〈안개〉 비교분석」, 『우리문학연구』 40, 우리문학회, 2013.

강진구, 「광주대단지 사건과 문학적 재현」, 『어문론집』 64, 중앙어문학회, 2015.

고진아, 「〈離騷〉의 巫俗敍事的 特徵」, 『중국학연구』 50, 중국학연구회, 2009.

권보드래, 「4·19와 5.16, 자유와 빵의 토포스」, 『상허학보』 30, 상허학회, 2010.

권보드래, 「중립의 꿈 1945-1968: 냉전 너머의 아시아, 혹은 최인훈론을 위한 시론」, 『상허학보』 34, 상허학회, 2012.

권영민, 「정치적인 문학과 문학의 정치성」, 『작가세계』, 1990 봄.

김건우, 「국학, 국문학, 국사학과 세계사적 보편성 - 1970년대 비평의 한 기원」, 『한국현대문학연구』 37, 한국현대문학회, 2012.

김기봉, 「팩션으로서의 역사서술」, 『역사와경계』 63, 부산경남사학회, 2007.

김동식, 「한국영화에 등장하는 미국 또는 미국인의 이미지에 관하여」, 『민족문학사연구』 36, 민족문학사학회, 2008.

김만수, 「한국소설에 나타난 미국의 이미지」, 『한국현대문학연구』 25, 한국현대문학회, 2008.

김미영, 「김승옥 소설의 '개인' 연구」, 『현대소설연구』 34, 한국현대소설학회, 2007.

김성환, 「1970년대 논픽션과 소설의 관계 양상 연구」, 『상허학보』 32, 상허학회, 2011.

김성환, 「1970년대 노동수기와 노동의 의미」, 『한국현대문학연구』 37, 한국현대문학회, 2012.

김승종, 「황석영 초기 소설에 나타난 '문제적 개인'」, 『국어문학』 49, 국어문학회, 2010.

김양선, 「70년대 노동현실을 여성의 목소리로 기억/기록하기」, 『여성문학연구』 37, 한국여성문학학회, 2016.

김원, 「'한국적인 것'의 전유를 둘러싼 경쟁」, 『사회와역사』 93, 한국사회사학회,

2012.

김원, 「발굴의 시대: 경주 발굴, 개발 그리고 문화공동체」, 『사학연구』116, 한국
　　　사학회, 2014.

김윤정, 「1970년대 대학연극과 진보적 연극운동의 태동」, 『민족문학사연구』32,
　　　민족문학사학회, 2006.

김종열, 「전태일 – 그 죽음 이후」, 『기독교사상』16권 4호, 대한기독교서회, 1972.

김지미, 「4·19의 소설적 형상화」, 『한국현대문학연구』13, 한국현대문학회, 2003.

김지혜, 「1970년대 대중소설의 영화적 변용 연구」, 『한국문학이론과비평』58, 한
　　　국문학이론과 비평학회, 2013.

김진규, 「'증인'의 조건과 '행동과 연대'의 가능성」, 『한국문화』73, 서울대학교 규
　　　장각 한국학연구원, 2016.

김청강, 「현대 한국의 영화 재건논리와 코미디 영화의 정치적 함의(1945~60)」, 『진
　　　단학보』112, 진단학회, 2011.

남상식, 「정치 연극의 언어」, 『한국연극학』6권 1호, 한국연극학회, 1994.

남정만, 「누보로망의 특징과 그랑로망과의 대립」, 『인문학연구』5, 인천대학교 인
　　　문학연구소, 2002.

노현주, 「정치의식의 소설화와 뉴저널리즘: 이병주의 『관부연락선』 연구」, 『우리
　　　어문연구』42, 우리어문학회, 2012.

류진아, 「김승옥 소설에 나타난 여성인식 연구」, 『국어문학』57, 국어문학회, 2014.

마쓰모토 겐이치(松本健一), 「아시아주의자의 원상(原象): 나카노 세이고(中野正剛)
　　　의 경우」, 『일본비평』10, 서울대학교 일본연구소, 2014.

문흥술, 「역사소설과 팩션」, 『문학과환경』5권 2호, 문학과환경학회, 2006.

문흥술, 「남한 역사소설 연구」, 『인문논총』29, 서울여자대학교 인문과학연구소,
　　　2015.

민병덕, 「논픽션과 한국독자의 의식」, 『출판학연구』, 한국출판학회, 1970.

민종덕, 「조영래 변호사의 〈전태일 평전〉」, 『길을 찾는 사람들』, 사회평론, 1992.

박영정, 「슈프레히콜 연구」, 『한국극예술연구』4, 한국극예술학회, 1994.

박종렬, 「실록소설로서의 이병주의 『지리산』」, 『현대문학이론연구』29, 현대문학
　　　이론학회, 2006.

백지은, 「1960년대 문학적 언어관의 지형—순수/참여 논쟁의 결과에 드러난 1960
　　년대적 '문학성'의 양상」, 『국제어문』 46, 국제어문학회, 2009.

변재란, 「유현목 영화에서의 도시 서울 읽기」, 『영화연구』 49, 한국영화학회, 2011.

서영인, 「〈산문시대〉와 새로운 문학장의 맹아」, 『한국문학이론과 비평』 34, 한국
　　문학이론과 비평학회, 2007.

서영채, 「민족, 주체, 전통: 1950~60년대 전통논의의 의미」, 『민족문학사연구』
　　34, 민족문학사학회, 2007.

서은주, 「소환되는 역사와 혁명의 기억: 최인훈과 이병주의 소설을 중심으로」, 『상
　　허학보』 30, 상허학회, 2010.

서은주, 「1970년대 문학사회학의 담론 지형」, 『현대문학의 연구』 45, 한국문학연
　　구학회, 2011.

서종택, 「딴전의 시학: 최창학의 〈창〉의 서사담론」, 『한국학연구』 31, 고려대학교
　　한국학연구소, 2009.

송효정, 「최인훈의 『태풍』에 나타난 파시즘의 논리」, 『비교한국학』 14권 1호, 국
　　제비교한국학회, 2006.

신병현, 「70년대 지배적인 담론구성체들과 노동자들의 글쓰기」, 『산업노동연구』
　　12권 1호, 한국산업노동학회, 2006.

신형기, 「4·19와 이야기의 동력학」, 『상허학보』 35, 상허학회, 2012.

심재욱, 「1970년대 '증상으로서의 대중소설'과 최인호 문학 연구」, 『국어국문학』
　　171, 국어국문학회, 2015.

연남경, 「황석영 소설의 역사인식과 민중성」, 『상허학보』 13, 상허학회, 2004.

오제연, 「4월혁명의 기억에서 사라진 사람들: 고학생과 도시하층민」, 『역사비평』
　　106, 역사비평사, 2014.

오제연, 「1970년대 '유언비어'의 불온성」, 『역사문제연구』 32, 역사문제연구소,
　　2014.

오창은, 「민중의 자기서사와 한국 노동현실의 증언」, 『한국문학이론과비평』 76,
　　한국문학이론과 비평학회, 2017.

오태영, 「내선일체의 균열들: 김성민의 『녹기연맹』을 중심으로」, 『상허학보』 31,
　　상허학회, 2011.

원우현, 「대중문화와 유언비어」, 『현대사회』 1권 3호, 현대사회연구소, 1981.

유승환, 「모국어의 심급들, 토대로서의 번역」, 『상허학보』 47, 상허학회, 2016.

유승환, 「황석영 문학의 언어와 양식」, 서울대학교 박사학위논문, 2016.

윤선자, 「프랑스 대혁명기의 민중축제: 전통적 카니발 관행의 부활」, 『프랑스사연구』 7, 한국프랑스사학회, 2002.

이경래, 「서사 담론과 지시적 환상: 〈바나나 바나니〉를 중심으로」, 『프랑스문화예술연구』 18, 프랑스문화예술학회, 2006.

이경재, 「이제하 초기소설의 현실묘사 방법과 그 의미」, 『인문과학연구논총』 33, 명지대학교 인문과학연구소, 2012.

이나영, 「1950년대 최일수 민족문학론 연구」, 『문화와융합』 25, 문학과언어연구회, 2003.

이명원, 「최일수 문학비평 연구」, 성균관대 박사학위논문, 2005.

이승준, 「최창학의 중편소설 〈창〉 연구」, 『우리어문연구』 55, 우리어문학회, 2016.

이승엽, 「내선일체 운동과 녹기연맹」, 『역사비평』 50, 역사문제연구소, 2000.

이영환, 「해방후 도시빈민과 4·19」, 『역사비평』 46, 역사문제연구소, 1993.

이원현, 「한국 마당극에 나타나는 서양연극의 실험적 기법들」, 『한국극예술연구』 22, 한국극예술학회, 2005.

이원희, 「한국 현대시극의 가능성 연구」, 『국어문학』 55, 국어문학회, 2013.

이정석, 「이병주 소설의 역사성과 탈역사성」, 『한국문학이론과비평』 50, 한국문학이론과 비평학회, 2011.

이청, 「이문구 소설의 전통 양식 수용 양상」, 『판소리연구』 28, 판소리학회, 2009.

이행미, 「최인훈 「총독의 소리」에 나타난 일상의 정치화」, 『한국어와 문화』 10, 숙명여자대학교 한국어문화연구소, 2011.

이혜진, 「내선일체의 차질: 김성민의 『녹기연맹』을 중심으로」, 『국제어문』 54, 국제어문학회, 2012.

이현원, 「최일수와 장호의 시극 인식에 대한 연구」, 『어문논집』 64, 중앙어문학회, 2015.

이효성, 「유언비어와 정치」, 『언론정보연구』 25, 서울대학교 언론정보연구소, 1988.

임기현, 「황석영 소설과 희곡의 장르교섭」, 『현대소설연구』 42, 한국현대소설학회,

2009.

임기현, 「「한씨연대기」의 연극화 과정 연구」, 『공연문화연구』 30, 한국공연문화
학회, 2015.

임영봉, 「동인지 〈산문시대〉 연구」, 『우리문학연구』 21, 우리문학회, 2007.

임지연, 「1950년대 최일수의 세계문학론 연구」, 『비평문학』 60, 한국비평문학회,
2016.

임학순, 「박정희 대통령의 문화정책 인식 연구」, 『예술경영연구』 21, 예술경영연
구, 2012.

장문석, 「주변부의 세계사: 최인훈의 『태풍』과 원리로서의 아시아」, 『민족문학사
연구』 65, 민족문학사학회, 2017.

장세진, 「'아비 부정', 혹은 1960년대 미적 주체의 모험」, 『상허학보』 12, 상허학
회, 2004.

장영우, 「전(傳)과 소설의 관련 양상」, 『한국문학연구』 38, 동국대학교 한국문학연
구소, 2010.

장을병, 「대중사회와 Mass Communication의 機能」, 『성대논문집』, 1964.

전우형, 「〈오발탄〉의 매체 전환구조와 영화예술적 속성 구현 양상」, 『한국현대문
학연구』 28, 한국현대문학회, 2009.

정은경, 「필연적 미완의 기획으로서의 문학사: 김현의 한국문학사 서술에 대하여」,
『국제어문』 42, 국제어문학회, 2008.

정혜경, 「4·19의 장과 〈사상계〉 신인작가들의 소설」, 『현대소설연구』 62, 한국현
대소설학회, 2016.

조관자, 「일본 우익의 국가주의와 아시아주의 연구」, 『한림일본학』 30, 한림대학
교 일본학연구소, 2017.

조정희, 「1980년대 서사극의 현실반영성 연구」, 『인문사회과학연구』 11권 1호, 부
경대학교 인문사회과학연구소, 2010.

주민재, 「가상의 역사와 현실의 관계: 최인훈의 『태풍』을 다시 읽다」, 『한국근대
문학연구』 5권 2호, 한국근대문학회, 2004.

차미령, 「〈산문시대〉 연구」, 『한국현대문학연구』 13, 한국현대문학회, 2003.

채호석, 「1940년대 일본어 소설 연구」, 『외국문학연구』 37, 한국외국어대학교 외

국문학연구소, 2010.

최병근, 「유현목 감독의 〈오발탄〉에 나타난 시각적 진술에 대한 연구」, 『영화연구』 42, 한국영화학회, 2009.

최은정, 「김승옥 〈무진기행〉 각색 연구」, 『한국언어문화』 62, 한국언어문화학회, 2017.

최협, 「아시아계 미국이민은 성공한 소수민족인가?」, 『국제지역연구』 11권 4호, 서울대학교 국제학연구소, 2002.

하상일, 「1960년대 조동일 문학비평 연구」, 『우리문학연구』 33, 우리문학회, 2011.

한수영, 「최일수 연구: 1950년대 비평과 새로운 민족문학론의 구상」, 『민족문학사연구』 10권 1호, 민족문학사학회, 1997.

한승혜, 「1960~1970년대 프랑스 신구상회화에 나타난 저항의식」, 『현대미술사연구』 38, 현대미술사학회, 2015.

홍재범, 「〈무진기행〉과 〈안개〉의 정념과 형상화 양상」, 『한국극예술연구』 35, 한국극예술학회, 2012.

황호덕, 「내전, 분단, 냉전, 1950 이야기 겹쳐 읽기: 끝나지 않는 전쟁의 산하, 끝낼 수 없는 겹쳐 읽기-식민지에서 분단까지, 이병주의 독서편력과 글쓰기」, 『사이間SAI』 10, 국제한국문학문화학회, 2011.

3. 국외 문헌

Ashcroft, Bill 외, 이석호 옮김, 『포스트 콜로니얼 문학이론』, 민음사, 1996.

Bakhtin, M. M., 전승희·서경희·박유미 옮김, 『장편소설과 민중언어』, 창작과비평사, 1988.

Chatman, Seymour, 한용환 옮김, 『이야기와 담론』, 푸른사상, 2003.

Fishelov, David, *Metaphors of Genre*, Pennsylvania State University Press, 1993.

Genette, Gerard 외, 석경징 외 편역, 『현대 서술 이론의 흐름』, 솔, 1997.

Guha, Ranajit, 김택현 옮김, 『서발턴과 봉기』, 박종철 출판사, 2008.

Guha, Ranajit and Spivak, G(ed), *Selected Sualtern Studies*, Oxford University Press, 1988.

Hume, Kathryn, 한창엽 옮김, 『환상과 미메미스』, 푸른나무, 2000.

Jackson, Rosemary, 서강여성문학연구회 옮김, 『환상성』, 문학동네, 2001.

Morris, R(ed), 태혜숙 옮김, 『서발턴은 말할 수 있는가?: 서발턴 개념의 역사에
        관한 성찰들』, 그린비, 2013.

Zima, P., 허창운·김태환 옮김, 『텍스트사회학이란 무엇인가』, 아르케, 2001.

劉勰, 최동호 편역, 『문심조룡』, 민음사, 1994.

저자소개

장 성 규

1978년 서울 출생. 성균관대학교 인문학부 및 서울대학교대학원 국문과 졸업. 문학박사. 2007년 『경향신문』 신춘문예로 등단하여 문학평론가로도 활동하고 있다. 성균관대학교 박사후국내연수(Post-Doc) 과정과 서울대학교 기초교육원 강의교수를 거쳐 현재 건국대학교 글로컬캠퍼스 한국어문콘텐츠전공 조교수로 재직 중이다. 연구서로 『문(文)과 노벨(novel)의 장르사회학』, 평론집으로 『사막에서 리얼리즘』, 『신성한 잉여』가 있다.

좌절된 혁명과 서사의 형식

-1960~70년대 소설의 장르론적 해석

초판 인쇄 2019년 1월 25일
초판 발행 2019년 1월 30일
지은이 장성규
펴낸이 이대현
편 집 박윤정
디자인 홍성권
펴낸곳 도서출판 역락
　　　　서울시 서초구 동광로 46길 6-6(문창빌딩 2F)
　　　　전화 02-3409-2058(영업부), 3409-2060(편집부)
　　　　팩시밀리 02-3409-2059
　　　　이메일 youkrack@hanmail.net
　　　　홈페이지 http://www.youkrackbooks.com
　　　　등록 1999년 4월 19일 제303-2002-000014호
ISBN 979-11-6244-233-3 93810